最後一趟巴士

年紅小說選集

年紅　著

本書由「方北方出版基金」贊助

「馬華文學獎大系」總序

葉嘯（馬來西亞華文作家協會會長）

一九八九年，吉隆坡暨雪蘭莪中華工商總會創設了「馬華文學節」，馬來西亞華文作家協會倡議配合文學節，舉辦「馬華文學獎」，獎勵表現優秀的馬華作家。這個建議獲得多個團體回應支持，作為文學節的重點專案，每兩年主辦一次，至今已進入了第十一屆。每屆只頒發予一位得主，除獎狀外，獎金為馬幣一萬元，是為馬華文壇最高榮譽的文學獎。「馬華文學獎」的意義在於主辦單位為工商團體，首開風氣，體現了「儒」和「商」的結合，志在提高馬來西亞華文文學水準與作家社會地位，為馬華文學增添了實際的推動力。

「馬華文學獎」的評審除了評估候選人的文學創作成果和文學創作思想之外，也必須衡量候選人在推動及發揚馬來西亞華文文學方面的成績與貢獻。由此可見，「馬華文學獎」的得主不單具備顯著的創作成績，更需積極推動馬華文學的發展。

「馬華文學獎」的歷屆得主如下：

第一屆（一九八九）：方北方

第二屆（一九九一）：韋暈

第三屆（一九九三）：姚拓
第四屆（一九九五）：雲里風
第五屆（一九九八）：原上草
第六屆（二〇〇〇）：吳岸
第七屆（二〇〇二）：年紅
第八屆（二〇〇四）：馬崙
第九屆（二〇〇六）：小黑
第十屆（二〇〇八）：馬漢
第十一屆（二〇一〇）：傅承得

馬來西亞華文作家協會作為歷屆「馬華文學獎工委會」顧問，在評選過程中，提供了實際的諮詢，確保「馬華文學獎」評審公正及嚴謹，以致「馬華文學獎」成為最具代表性的文學獎項之一，而歷屆的得主，可說是實至名歸。

工委會於二〇一〇年籌辦第十一屆「馬華文學獎」，我代表馬來西亞華文作家協會提出有意為所有「馬華文學獎」得主出版選集，以表揚、肯定他們在馬華文壇的貢獻。這項提議獲得工委會一致通過，並且邀請作協成為應屆的協辦單位，進一步加深了作協和「馬華文學獎」的關係。事實上，歷屆的得主幾乎都是作協的歷任會長或理事，因此，為歷屆得主出版選集，更是作協當仁不讓的使命。

在作協秘書長潘碧華博士的穿針引線下，我們獲得臺灣的秀威資訊股份有限公司支援，應允出版全部選集，並徵求「方北方出版基金」贊助部份經費。如此一來，解除了作協需動用龐大出版經費的顧慮，可以全力以赴。

秀威的挺身而出，讓「馬華文學獎大系」的出版更具意義，這亦可視作馬華文壇前輩作家在馬來西亞以外的國家，首次作大規模的作品展示。我們不敢奢望選集暢銷熱賣，卻極期盼能夠藉此向大家推介「馬華文學獎」諸位得主，尤其是前行代作家如方北方、韋暈、原上草、吳岸、姚拓、雲里風、馬漢，代表了馬華文壇早期的鮮明特色；而年紅、馬崙、小黑，以至傳承得的中生代，顯現的又是另一番景色了。

本大系由潘碧華（大馬）、楊宗翰（台灣）兩位負責主編，每部選集特邀一位評論作者為「馬華文學獎」得主撰寫評介，相信有助於讀者更深一層瞭解馬華作家。我也要在此向秀威同仁致謝，因為大家的努力，本大系才得以順利誕生。

自序

年紅

會學寫小說，主要還是自小就愛讀小說。二十世紀五六〇年代，閱讀可說是最好的消閒方式，也是學生時代的最佳精神糧食。記得，念小學三年級時，讀了第一本小說是中國兒童文學家李岳南的《白娘子的故事》，不但喜歡，而且印象深刻。後來因喜歡看香港的武俠粵語片，幾乎沉迷在我是山人、羅浮山人、毛聊生……的武俠小說天地。當時只不過十二、三歲，便開始利用課餘時間四處叫賣報刊雜誌、油條燒餅去賺幾毛錢來購買愛看的小說書刊。幸虧進入中學後，懂得從《中華文選》課本的作者生平中，選讀五四運動後的文藝小說。當年，半工半讀，省吃省用，把錢大都拿去買老舍、巴金、茅盾、魯迅、張天翼、沈從文、郭沫若……的著作。我曾為董總的《中學生》週刊寫過一篇題為《阿Q戰勝洪熙官》的散文，談的便是閱讀興趣轉變的事兒。

雖然早在一九五四年我便發表了第一篇散文，記得那是刊登在南方晚報副刊的《綠洲》版。不過，我期望的，還是成為小說作者。直到一九六〇年，我的小說習作才有機會在南洋商報的《文風》、《商餘》和南方晚報的《小說版》發表。印象中當年的副刊編輯都有扶掖新血的愛心，否則像我們那群青少年的習作是很難在中港台資深作家雲集的副刊上突圍的！

由於十一歲時父親病逝，家徒四壁，母親靠一雙手撫育了八個兒女，困苦情況可想而知。貧困的生活環境，耳聞目睹的難免是勞苦大眾唱不完的悲歌。因此筆下的人物、故事幾乎都圍繞著這圈子。後來踏入教育界，參加了社團活動，看的也多了；可是有好一段日子腦海裡始終浮現著農業社會的那種意識和現象，所以有人說我的作品傾向「左派」，也有人說我是「現實主義」作者，還有說我的小說是「草根文學」。說實在的，我寫小說時，從來就沒想到這些。我只希望自己的作品能與時俱進，寫作技巧方面不要固步自封。

為了提升寫小說的技巧，我曾經在六七〇年代參閱了許多名家撰寫的小說創作論之類的書籍。可是獲益很少，更甭說有什麼影響了。倒是閱讀海明威、巴爾扎克、契柯夫、老舍、沈從文、奧亨利……的作品，給了我不少的啟示。

值得一談的是，六〇年代初曾因所寫的一篇小說，被一個土豪「對號入座」，不但給我帶來精神上的威脅，而且還差點兒把我的飯碗給打破了。然而我不屈服，並堅持創作的理念和立場。轉眼近五十年，對於這點，我始終沒有絲毫的改變！

生活本來就十分繁忙，寫作興趣又未能專注於小說。因此所寫的短篇小說和極短篇數量並不算多。去年，獲得「雙福文學出版基金」贊助，由南馬文藝研究會聯合彩虹出版有限公司出版了《年紅小說選之愛的賭注》，半年後又由彩虹出版有限公司再版發行，同時印「限量版」版本，我深感欣慰。如今，馬來西亞華文作家協會精心策劃了一套《馬華文學獎大系》，由臺灣秀威資訊科技股份有限公司印行。由於我是第七屆馬華文學獎得主，受邀參與。看到《最後一趟巴士》能有機會再版增訂面市，心中確實也有一份喜悅。

二〇一二年七月七日

「時代夾縫」中傳統價值觀的危機與身分的焦慮
——年紅小說導讀

程豔梅（中國傳媒大學文學院碩士研究生）

一、前言

年紅，原名張發，筆名另有魯師、晉溪、夏之雷、易兆等。一九三九年十二月十五日生於馬來西亞柔佛州麻坡，祖籍福建晉江下鄉村。一九六〇年畢業於日間師訓學院，曾任過教師、柔佛州加亨國民型華文小學校長、大馬國語研究會總秘書、兒童報週刊主編、泰來兒童文學叢書主編、南馬文藝研究會會長、國語文學出版局文學諮詢委員會委員、大馬寫作人（華文）協會國文秘書、大馬翻譯與創作協會副會長，麻坡東甲啟明華文小學校長，退休後，在中馬各地推廣兒童文學教學。

年紅一生致力於文學創作與研究。[1]出版有兒童文學：寓言集《黃瓜公主》、《獅子和老虎》、

1 曾獲得一九七一年首屆「首相頓拉薩文學獎」、一九七八及一九八二年馬來西亞華人文化協會頒予的「兒童文學獎」、一九七八、一九八五及一九九三年馬來西亞福建聯合會「散文優秀獎」、一九九一年臺灣頒予的「民國八十年華人著述獎」及福聯會「優秀小說獎」、二〇〇三年柔佛州政府頒賜的「文學作家獎」及「馬來西亞華文文學獎」等獎項與榮譽。

《孔雀開屏》、《大笨鳥》、《公雞得寶》、《會唱歌的烏鴉》；兒童詩集《他們三個》、《黃金樹》、《小草》、《龍》、《媽媽留下的》、《老鼠過中秋》、《畫一面國旗》；兒童小說集《爸爸的金龍魚》、《外公的紅跑車》、《魔輪》、《一把大雨傘》；廣播劇本集《學生劇場叢書（十二冊）》、《播種的人》、《爸爸的老師》、《一把小剪刀》、《哥哥的彩色筆》；嬰幼兒歌集《小螞蟻》、《睡著了》、《爸爸有個鼓》、《小木馬》、《小白鵝》、《新的一年又來到》。短篇小說集《舞會》、《夜醫生》、《最後一趟巴士》、《少女圖》（微型小說集）。小說散文集《鴻溝》、《為新一代開創文學新天地》。散文集《文壇漫步》、《我的情》、《悲歡往年》、《沉醉》等等。年紅筆耕不輟，幾十年如一日，他的作品涵蓋各種體裁，堪稱馬來西亞多產華文作家之一。

年紅著力於馬來西亞兒童文學的創作，也是世界華文兒童文學的創設者之一，他懷著一顆愛心，以知識分子的良知和使命感進行創作，發表了許多反映社會現實的短篇小說，成為馬華文壇重要的一員。最新出版的短篇小說合集《最後一趟巴士》共五十八篇，選自《夜醫生》（一九七二）、《最後一趟巴士》（一九八一）、《少女圖》（一九九二）及其他散見作品，多作於馬來西亞獨立（一九五七年八月三十一日）以後，尤其是「新經濟政策」（一九七〇）實施以來的六〇年代到九〇年代初期之間。隨著馬來西亞經濟建設的快速發展，來自西方的文化夾著商品經濟開始向馬來西亞本土的傳統文化發起猛烈衝擊，華人的傳統觀念，尤其是傳統的倫理道德觀念與淳樸的民風民情受到嚴重挑戰，各種社會問題頻繁發生。年紅以其敏銳的觀察力和洞察力，迅速感知並捕捉到了這些資訊，在其小說中對這些問題進行了較為全面而深刻的反映。

二、自私與逐利：傳統美德的失落

面對著飛速變化的世界，年紅小說中經常出現這樣的感歎：「時間過得好快呀！」「到底，時代是不同了！」（〈最後一趟巴士〉）、「那是過去的事呀！現在，時代不同啦，情形當然也變了！」（〈文苟〉）、「現在是什麼時代啦？」（〈橙黃的太陽〉）、「時代變了！」（〈牛角蕉〉）、「爸，那是你的時代呀，可別把我也拉了回去。」（〈二胡〉）……作為新舊兩個時代代表的年輕人（包括青少年，小一輩）和老年人（老一輩），在「時代夾縫」中，比其他人更容易受到文化衝突的影響，也更容易感受到這種文化變遷而帶來的迷茫與苦痛。《最後一趟巴士》從宏觀與微觀兩個方面，對於這兩個群體的生存狀態和心靈感受進行了細緻描繪。小說中相當多的篇幅都對此有所反映。對於年輕人來說，主要是思想觀念的變化及由此引起的對傳統文化價值觀的矛盾態度；而對於老年人來說，則主要是由傳統文化價值觀的失落所造成的身分的焦慮——對自身及時代的懷疑與不確定。

在新舊交替時代出生並長大的年輕人，漸漸遠離了傳統價值觀，來自經濟社會的現實思想，如拜金主義、個人主義、享樂主義、奢侈浪費、盲目追求浪漫刺激等現象，充斥整個社會，年輕人多受影響，迷失在金錢社會潮流中。年紅以敏銳的眼光覺察到這一變化，並將之揭示在小說中。

在金錢掛帥的社會成長的年輕人，急功好利，自我表現的意識強烈。〈摩托車〉中的「我」在某考試榜上有名，其父親答應「我」滿足的一個要求，「我」毫不猶豫地把心裏想要很久的摩托車說了出來，並且當天晚上就向朋友們宣布，後因不願被朋友嘲諷而不允許爸爸收回承諾。對「我」來說，能夠擁有「無敵小霸王」這種名牌摩托車非常光榮，因而才會在朋友的慫恿、挑釁下，不顧安危和別人賽車，完全將父母的擔憂放諸腦後。

〈最後一趟巴士〉中年輕的售票員「胖子」，是個自私自利的年輕人。巴士本就是一種服務，他卻沒有這種意識，而是對乘客的態度冷淡，甚至把短程的乘客都趕下車。為了趕上和女朋友看戲的時間，他一再催促發車，不管是不是有人趕不上這最後一趟巴士。敬業樂業的傳統美德，在商品經濟的洪流中消失殆盡，代之以冷漠與自私的個性。〈一票〉中的司機「沙林」撞了人，首先想到自己的安危，害怕被當地人毆打，不敢去救人而想「直接報警」。過後還為自己的行動找藉口，在競選期間，傷者可能是對方陣營的人，自己冒生命危險救人豈不是枉然？救人先考慮利害關係，可見人性的迷失，人與人之間的互信蕩然無存。

〈痔仙〉諷刺繼承傳統皮毛的民族後代。小說中的「小痔仙」，住在「一座建築雅致，富有西洋色彩的兩層大廈。不論是花園形式，還是廳中擺設，都堪稱成一流，令人興歎」。他留著長髮，「一派洋相」，口口聲聲說是「在遵循著先父的遺志，在從事改革」：

> 我爹地的思想很進步，要我們年輕人改革，要我們打爛舊思想的腐敗框子……我是接受了他的革新思想，而且付諸實踐，瞧我的裝飾，瞧我的花園，瞧我的擺設，瞧我的住宅，瞧我的醫學論點……一切的一切，都在革新，都在摒棄舊的理論！因為我是新的一代，一切，都得跟上新時代潮流！

小痔仙繼承祖先名號，不會診斷，只是守著「祖傳五代的秘方」，不學無術，沒有學到實際的內涵。他誤解其父革新的理論，甚至看不起先人們「專門在看人家最骯髒的部分」。身為「痔仙」的後人，他崇洋媚外、追求物質上的享受。在他的身上，傳統只剩下膚淺的外表，讓人感歎傳統在年輕一代的手裏迷失。年紅小說中的時下年輕人，多追求表面時尚的物質生活，缺乏厚重的思想深度。〈雪后〉中的阿成，是一個典型的例子，「長頭髮的男孩子，從一輛紅色MG跑車中跳將出來……紅色的運動衫和黑色的窄長褲像要裂開似的，緊緊貼在他的身軀上」，「一聲快速行駛的緊急剎車聲」，一再強調自己的洋名是「Peter」，說話時常夾雜英文，學的是西洋拳，是一個洋化青年，人格低下，被雪后拒絕後，因愛生恨，對雪后加以冷嘲熱諷。「我」、哈心和阿成的身上，既有時下年輕人天性固有的特點，又處處顯露出商品經濟時代重利輕義的痕跡。

〈兄弟情〉說的卻是失衡的兄弟情。大豬的弟弟二豬，文中沒有正面描寫，卻通過大豬的敘述讓人看到了一個自私自利、只顧自己前途的青年，逼得哥哥用生命給他換取學費。哥哥工作意外出事，臨死之前還記得需要學費、一心向上的弟弟。〈牛角蕉〉中提到的年輕人，嚮往城市生活，早就忘了自己出生、成長的「膠園」。成功與金錢的誘惑，淡化了傳統文化中倫理觀念和鄉土情結，人變得無情無義，嫌棄自己出生的故土，這也是作者最擔憂的事。

在紙醉金迷的世界裏，虛榮心也會讓意志不堅的人迷失本性。〈十三號〉中的理髮女郎，內心也渴望能夠「有朝一日，紅將起來，學人家『三號』去割雙眼皮，拉下巴，突出鼻樑，隆胸束腰」，成為人人誇羨的白天鵝。為了出風頭讓自己的兄弟扮演闊氣的顧客，定時到理髮店指定由她服務，在其他理髮師羨慕的眼神中，她得到滿足。直到有一天，弟弟匆匆到理髮店告訴她家裏出事，經不起良心的煎熬，十三號女郎痛哭起來，才揭露了闊氣顧客的真實身分。

一向重視倫理關係的華人家庭，也受到新思想的衝擊，父母與子女有了思想上的代溝，孩子們追尋自由、刺激的生活方式，將父母的忠言置之不顧。〈舞會〉中的金花討厭寂寞單調的生活，渴望像其他年輕人一樣擁有自由，參加時下流行的舞會。她一向就恨她的母親，那老太婆經常喜歡在她底耳邊，嘮叨個不停，說什麼女孩子家應當在家裏看書學針線，在外胡來，成何體統？她討厭聽聖經，但是，她母親就如一本《新舊約聖經》，愛護她的母親不但沒有得到回報，反而在她眼裏變成不共戴天的仇人。〈清溪水，慢慢流〉裏的雄兒原本是個純潔而富有感情的純真少年，在社會上摸爬滾打之後，卻變成了勢利、貪圖享樂、渴望刺激和冒險、不重感情、讓父母難以理解的「陌生人」。

在年紅的小說中，我們看到許許多多墮落的年輕人，在險惡的社會中迷失了自己。〈計程車阿佬〉中阿佬的女兒「成天往外跑，交了些不上進的失學少年」，最後被人拐跑；兒子「書包裏藏著色情書刊，還偷偷躲在朋友家裏觀看春宮錄影帶」，最後吸白粉被警員拘留。社會風氣敗壞，學校所傳授的道德教育經不起社會惡劣風氣的衝擊，不良風氣輕易荼毒年輕學子的心靈，引誘他們向物質享受看齊。在這樣的環境下成長起來的多是「貪圖享受的新一代」，物質上的滿足伴隨的卻是精神上的空虛。〈寫給母親的信〉描寫一個十八歲的打工少女獨自來到繁華的大都市打拚，因受不了城市燈紅酒綠的夜生活的誘惑，沉湎於舞廳和夜總會，結果失身於花花公子，後被拋棄，連自己的骨肉也給毀了。〈愛的咒語〉中的「我」原是一個成績優秀的女學生，同樣因受不了迪斯可、五星級的咖啡座、牛排晚餐等的誘惑而上當受騙，失身於「麥哥」，後不但遭到拋棄，還被麥哥逼迫去接客。作者在文字中，為那些墮落紅塵的年輕男女惋惜，也批判不良的社會風氣，荼毒青年男女的心靈，也譴責那些作奸犯科的歹徒，危害社會的安寧。

社會逐漸走向現代化，但是人們的思想卻沒有相應地走向「現代化」，負面的東西交錯縱橫，如一個大染缸；在物質至上的社會中，充斥著各種各樣迪斯可、夜總會，有迷你裙，有「ＸＯ」，有五星級的咖啡座、賓館，有豪華名車、高檔住宅，有健身房、有美容院，有講求節奏、追求內心發洩的快節奏音樂……

在這樣一個物欲橫流、追求浪漫刺激的商業社會，傳統美德如勤奮、節儉、樸實、善良，漸漸被貪圖享樂、虛榮奢華、追求冒險刺激所取代。年輕人對傳統文化及倫理道德有著矛盾的心理，在生活的實踐上想要丟棄傳統，然而在本性上卻不願意完全失去傳統的依歸。

如〈摩托車〉中的「我」在某種程度上認為父親的觀念過時，但當哈心辱罵批判自己的父親時，他又難以忍受。〈橙黃的太陽〉中的「他」雖然認為在做人方面，母親的看法迂腐過時，但他還理解母親對自己的愛，為自己的付出，因此不會不尊敬母親。〈寫給母親的信〉中的打工少女，儘管迷戀都市的夜生活，但在給母親的信中仍把自己編造成一個勤勞樸實的傳統女工，不想母親擔心，可見孝心還在。〈愛的咒語〉中的書呆女，內心深處卻依然渴望能夠穿回校服，過著純潔的學生生活。〈十三號〉中理髮妹由於虛榮而讓兄弟假扮闊顧客，但在聽到母親生病進了急診室時卻難以裝作無動於衷，於是傷心大哭。〈二胡〉中的「兒子」雖然覺得二胡「那哦依哦依的聲音，不能刺激年輕人的感情，也不能表現年輕人的奔放」，但在二胡聲中長大的他，理解父親對二胡的熱愛，他對二胡也不是沒有感情，只是社會和時代讓他認為學古老的東西會被朋友嘲笑，使他不得不放棄學拉二胡。〈包裝水〉中牛伯的女兒雖然不願意用白開水代替包裝水，心裏卻感謝父親省吃儉用是為了她那種既要她節儉又怕她受委屈的矛盾心情。

這些年輕人都有善良的本性，他們既容易受到外界各種事物的誘惑，又在某種程度上難以割捨傳統文化的一些影響。社會的負面影響是存在的，但是年紅顯然並未因此對社會失去信心，也沒對年輕人失去信心。對於文化衝突之下年輕人的矛盾與迷茫的細緻描述，尤其是年輕人在時代的潮流中的那種掙扎，恰恰體現出年紅對於年輕人天性善良、充滿活力的信心和期望。年紅的這種希望與信心，也是他系列小說中最引人注目的光輝。

三、期望與失望：老人身分的邊緣化

描寫年輕人的成長與生存，是年紅在關注社會的未來；而瞄準老年人的生存狀態，則是年紅關注社會的現在與過去。以睿智乃至帶有滄桑味道的語言中，年紅對於為社會貢獻了一生，已經或者正在退出歷史舞臺的老年人的生存狀況進行了講述。

在不同的國度，談論退出社會舞臺的老年人地位都是一個尷尬的話題，而數十年前就處於現代化進程中的馬來西亞華社的老年人尤其如此。時代的改變，傳統文化價值觀的失落，讓老一輩不知所措，他們不理解年輕人所謂的時尚和潮流，不理解年輕人的自由與理想。「代溝」的出現讓他們在家庭和社會中的地位逐漸邊緣化，他們開始感到困惑，感到孤獨和迷惘，繼而無奈和絕望。年紅以極為同情的態度描寫了他們在東西方文化、新舊時代衝撞下的心理和生存狀態。

年紅筆下的主角對家人的付出是可敬的。作為一家之主或家庭的支柱，他們迫於生存的壓力，也為了讓兒女和弟妹能夠接受更好的教育，過上更好的生活，甘願省吃儉用，做牛做馬，不惜冒著生命的危險去賺錢養活家人。他們對家人有情，對朋友有義。

〈兄弟情〉中的大豬才三十出頭，但對弟弟來說卻一直充當著父母的角色，承擔著父母的義務，在他身上有著所有父母的特點，而且未老先衰。為了讓弟弟能夠讀完書，他甘願為資本家賣命，受其剝削壓榨，「一天駕十八個鐘頭的車，沒死，已是萬幸的了！」後為了賺更多的錢而轉行駕樹桐車，在瘋狗仔出事後又自願承擔照顧他的義務，使自己原本拮据的生活更加雪上加霜，只能要錢不要命，拿自己的生命做賭注：

他覺得自己好像車頭裏的機器，拼命地拖著沉重的車身，向前跑動；一日復一日，直到成為廢鐵為止。……然而，當他看到了瘋狗仔開始有了求生的欲念，看到了阿狗阿嫂勤快地幹活，孩子們慢慢地長大；當他收到弟弟從老遠的地方寄回來的信告訴他在學業上有了成就，那時候，他又會不辭勞苦，不計危險，心甘情願地拼著命多趕幾趟車。

他隨時都做好了出事的準備，因此不敢奢望也不敢想未來，只能寄希望於弟弟身上。「向來，大豬討厭醫院，可是，他還是被送了進去，他討厭棺材，最後，他還是被安置在裏頭。」大豬的悲劇讓人同情，他的犧牲讓人動容，又讓人難過。

〈計程車阿佬〉中的阿佬才三十九歲，卻由於過於辛苦而「一臉皺紋，嘴巴裏的牙齒已掉了好幾顆」，雙眼凹陷，眉毛稀疏，頭髮「有三分之一已經灰白了」，看起來像個五十歲的老人。這也是一個為了生計、為了孩子而甘願犧牲奉獻的人。〈賣棺者〉中阿城的父親「立志要做個平凡的人，做個心地善良的人，一輩子也不為自己的生活，去傷害他人」，卻在社會的壓力下拋棄了道德和仁義、拋棄了做人的良心，而變成了一個沒有感情的冷血的人，「無時無刻要人死」。為了讓兒子能夠繼續上學，憑一技之長找一份安定的職業，安分守己地過一輩子，不再重蹈自己的覆轍，他只能捨棄殘生，在良心的譴責下繼續做自己所厭惡所痛恨的人。老人的無奈和痛苦讓人感慨，為了讓孩子生活在乾淨、明亮、溫暖的環境裏，自己甘願承受一切黑暗和痛苦，成為這個黑暗社會的犧牲者。

年紅在小說中不僅看到了家庭支柱對家人、子女的奉獻與付出，還看到了他們一生敬業樂業，堅持不懈地對社會的貢獻與付出。如〈最後一趟巴士〉中的樹桐伯，二十幾年來，一天當中，來回四趟的車，他始終持著誠心為乘客服務的態度，不管公司人怎麼說，他都要確保有更多的人趕上了最後一趟巴士。〈理髮伯和咖啡佬〉中的理髮伯和咖啡佬，有著精湛的手藝，一二十年來一直深愛著自己的工作。〈三腳貓〉中的三腳貓，孤獨，瘦弱，隻身一人從外鄉來到鎮裏，做著所有人都鄙視的清糞工作。〈大傘•小傘〉中的沙李伯也是個為社會做出過許多貢獻的老工人。他們在現實的社會中，是被遺忘的一群，卻在年紅的小說中，留下了時代的身影。

養兒防老，父母為孩子嘔心瀝血、做牛做馬，換來的又是什麼呢？這也是年紅小說探討的問題。由於出生貧困，計程車司機阿佬將自己生存的希望完全寄託在兒女身上，但是長大後的兒女使他傷心失望，他無法瞭解兒女的想法，也無法和他們溝通，因此被他們嫌棄，完全成了家庭中的邊緣人物。〈送月餅的老人〉中，老人把子女都供大學畢業了，他們卻嫌回家慶中秋麻煩而取消了老人一心期待的中秋會，留下老人孤獨寂寞地守著吃不完的月餅，最後只好分給他人。〈清溪水，慢慢流〉中的「我」和妻子面對日益變得陌生的兒子，盼望的是有朝一日他能帶著原有的純真回到他們身邊，只是長大了的兒子「再一次離開了這個家，而且，離得更遠、更遠」，傷透一心想敘天倫之樂的父母心。〈高空天線〉中的鄭老頭，為了女兒和她男朋友回家過年能夠看上喜歡的節目，不惜花錢架起一百二十尺高的電視天線，結果天線被風颳彎打爛了剛蓋過的鋅板屋頂，最後女兒卻發電報說不回家了。老人辛辛苦苦等到的只是一封電報。〈領屍〉中的老人，得了絕症卻沒有一個兒女前來探望，死後來領屍的兒女們「個個珠光寶氣，舉止文雅高貴」，開著「既少見，又豪華名貴的汽車」，卻沒有絲毫哀傷的神色，辦完領屍手續後立即消失得無影無蹤。〈哀悼會〉中的「大媽」，生前被自己的兒子說成是個不守婦道、敗壞門楣的壞女人，甚至與她斷絕關係，死後卻成了兒子賺錢（賭義錢）的工具。哀悼會上，「（伯父）只睜圓了雙眼，老往那張安置在治喪委員會名表下的桌臺注視著。看去，並沒有絲毫哀傷的成分」。在商品經濟社會，人們對親情的態度是淡漠的，所謂的親情不過是金錢的附屬品罷了。年紅在那個時代看到太多的例子，也讓他不禁為父母們仗義執言，讀來讓人為那些兒女態度憤怒，也為老人處境心酸。

這些被時代遺忘的老人含辛茹苦地把兒女撫養成人，兒女是他們的希望，也是他們生存的意義。然而長大以後的兒女卻一再讓他們傷心和失望。本來辛苦半生，晚年應該享清福的老人，卻生活在孤獨中。他們不但缺乏物質的享受，也缺少親情的安慰。但在商品經濟社會長大的年輕人，追求的是金錢和物質，他們不懂得「情」的重要，不理解老人的孤獨與無助。傳統社會中的家庭觀念和倫理觀念在時代的衝擊下不堪一擊，對兒女來說，父母不再是家庭裏的重要成員，而變成了給點錢就可以不聞不問的多餘人，甚至在某些年輕人眼裏，父母只是自己索取的對象，親情也不過是金錢的附庸而已。

這些老人，背著因襲的重擔，肩住了黑暗的閘門，放子女到寬敞明亮的地方去幸福的度日，自己卻被子女和社會遺忘在了黑暗的角落，變成了可有可無的存在，陪伴他們的是無盡的孤獨與失望。這究竟是父母者的失敗，還是學校教育的失敗呢？這的確是值得我們深思的。

年紅筆下的老人不僅是家庭中的落寞者，也是時代中的落伍者，在社會上同樣屬於被邊緣化的人物。〈二胡〉中的「他」即是個孤獨落寞被時代所遺棄的老年人，「在他這一生，除了死去的太太，和他感情最為親密的，便是這把二胡了。」對於喜歡現代音樂的年輕人來說，二胡是屬於舊時代的應該要拋棄的東西，連他的兒子也不願意學。他是孤獨的，也是絕望的，他不懂為什麼民族的傳統的東西在新時代反而會被拋棄。

〈牛角蕉〉中的木度、馬末、張博同樣是時代的「落伍者」。他們不明白為什麼年輕人會那麼熱衷於城市，而對從小長大的土地和綠色的世界卻沒什麼感情。「在寄宿學校念初一的孫兒回來度假，沒半個星期，便又吵著要回城市去。」在老人眼中，城市的吸引力太可怕了。過去，他們「為工作而生活，為人群而服務」，苦卻也快樂；現在，「我們的孩子都成長了，他們追求他們的理想去了。但是，我們能沒有自己的理想嗎？」（〈牛角蕉〉）工作對老年人來說，不僅意味著生存，更重要的是「他們深深熱愛著那份工作，沒有那份工作，他們活著，又有什麼意義？」（〈理髮伯和咖啡佬〉）「時代的轉變，不太冷酷了嗎？」在時代面前，老人們是如此地無助，他們所鍾愛的理想在新時代是沒有生存餘地的，是註定要被拋棄的，就如同理髮伯和咖啡佬，他們最終只能在雨樹下那麼簡陋的地方繼續自己喜歡的工作。

〈陋屋〉中的老頭死守著自己的陋屋，不願意離開這裏，因為他對這裏的一樹一木，一花一草，都有著深厚的感情，更重要的，或許就如他兒子所說，死守著陋屋就是死守著過去，陋屋有著他太多的回憶。所有的親人都離他而去，兒子也不理解他，陋屋對他更多是一種心靈上的安慰，是他相依為命的伴侶。但在商品經濟社會，對建屋發展公司裏那些「裝成和藹可親，心中卻沒有半點的真感情」、「滿口為大眾服務，內心可是狠得很」的人來說，他們看重的是陋屋這塊土地的經濟效益，老頭在他們眼裏只是一個該死不死、阻擋他們發財的沒用的「老廢物」，因而可以利用各種手段乃至拳頭去對付他。小說結尾「這時候，我眼前似乎已經林立著一排排、一幢幢美麗的洋房；似乎也清楚地看見，那弓著身子的老頭兒，雙眼閃閃發光在那間陋屋裏，四面是熊熊的大火。……」作者以同情而又憤怒的筆觸，揭示出老人在現代社會中的可憐地位和悲慘遭遇。

「最怕站在這裏了，幾年來，老朋友是越站越少了！」「每一次，在這門口一站，隔天總會有人病倒；而來的人總是慈善家，走開後就變成了大老千……」（〈老人院門口〉）那些所謂的慈善家們打著「關心老人」的口號，卻只是將老人作為顯示功德、獲得美譽、贏得社會地位的工具。華人傳統文化中尊老敬老的美德在商業社會的虛榮與偽善面前不堪一擊，傳統美德的淪落及老人在社會中的境遇與地位由此可見一斑。

對老年人群，年紅滿懷尊敬描述他們的善良、奉獻與崇高；又滿懷同情，描述他們在家庭在社會中日益的落伍和被邊緣化。社會今天的美好受益於老年人的貢獻，而成為時代過去時的他們何去何從，他們在家庭和社會中又該擁有怎樣的身分和地位，這是年紅提出的問題，也是我們現代社會應該給出答案的問題。

四、結語

二十世紀六〇到九〇年代，馬來西亞經濟快速發展，隨之而來的是傳統文化的失落，尤其是倫理道德觀念和淳樸的民風民情面臨尷尬的境地，由此引發了各種各樣的社會問題，這也是年紅若干小說寫作的大背景。

年紅立足於社會現實，他以巴爾扎克的細緻，滿懷悲憫，關注於國情民生，在小說中對諸多社會問題進行了關注；有時候又辛辣如魯迅，面對醜惡，拍案而起。如他的〈三腳貓〉諷刺了慈善家字狗叔及社會的虛偽、偽善，表達了對下層勞動人民三腳貓的深切同情；〈神算子〉、〈馬六先生死了〉揭露了馬來西亞華人社會中充斥算命、看相等封建迷信思想；〈人與狗〉、〈獵〉寫了人對動物的殘忍獵殺；〈此河不得游泳〉、〈變形的母親〉涉及經濟發展對環境的污染和破壞；〈貴人〉、〈辭職〉、〈但是〉、〈提升〉、〈缺德呀缺德〉、〈第一課〉等揭示了商品經濟發展中由於拜金主義的泛濫而出現的官場虛偽，商場爾虞我詐、坑蒙拐騙現象；〈阿威〉反映了現代社會人們身體素質的下降；〈槍匪〉、〈鑽石手錶〉、〈好兄弟〉等涉及社會治安問題；〈義款〉、〈小卡車〉、〈兄弟情〉、〈麗珠和茱蒂〉等諸多作品，都反映了下層人民為了生活而奔波忙碌的艱辛及貧富差距的日益懸殊，同時也表現了勞動人民的善良樸實與勤勞樸素、吃苦耐勞的優秀品質。

《最後一趟巴士》中，通過對這些社會問題的關注和思考，年紅為我們展示了那個時期馬華的社會現實和人生百態。借助年紅的小說，若干年後的讀者，也不難細緻入微地瞭解那個時代的馬華世故與人情。年紅對社會問題和華人傳統文化的深刻思考，是作為小說作家所具有的強烈使命感與責任感，讓小說為時代留下烙印。

目次

摩托車

如果人類能夠在這小小的地球上生存一萬年，那麼，現在的人類該是生命史上的青年時代吧！

＊　＊　＊

我才踏進家門，爸爸便一把將我拉住。他的手像在發抖，面頰充血，紅得像大紅花，他笑著，樣子十分開心。

「你真行！你真行！」

他在我肩膀上拍了一下，然後拉我到桌邊坐下，指著桌上的英文報，說：「你讀過了嗎？」

「蘇聯地下試炸一顆氫彈！」我說。

「不，不是這件事。」

「那，你是指越南的戰爭？」

「這個哪裏比得上你的名字？」他激動地說：「我們這個家族裏頭，就只有你一個能在紅毛報紙上出風頭！」

我莫名其妙了。

「聽著，我的紅兒，你應該向我要求些什麼？」

「要求什麼？」我張大嘴巴，睜圓了眼。

「爸爸欽佩你，你念華校，高三得第四名，轉英校，劍橋九號文憑考得四個A，而現在十一號也居然考上了，你行，你應該得到一些什麼……」

我這才明白過來，他是為我「榜上有名」而高興。於是，我也笑開了。

「紅兒，爸爸許的諾言，絕不反悔，你儘管向我要求些東西，爸爸一定答應你的！」他說：「當然，你不可以要一顆原子彈，你明白嗎？」

我覺得，他說得很認真，便對他說：

「我只有一個要求。」

「那，你說，爸爸先答應你！」

於是，我毫不猶豫地把心裏想要很久的東西說了出來：

「我要一輛摩托車！」

「什麼？摩托車？」他的眼睛即刻睜得又圓又大，笑臉也立刻消失了：「你為什麼不要求一顆手榴彈？」

＊　　＊　　＊

在摩多車行，我選了一輛大紅色的雙煙囪摩托車。車行的技工為我加上了油，踏動了引擎，那兩輪的機器車，便威風凜凜地在我爸爸的面前噴出煙來了。

「簡直是個怪物！」他歪著嘴說：「這次，該是我自討苦吃了。」

「爸爸，這東西有什麼不好？一加侖油可跑上一百三十多公里，把油門加滿了，連汽車都得嗅它的煙呢！」

「你說什麼？它比汽車快？」他吃了一驚！技工立刻豎起大姆指，插嘴說：

「沒錯，最快時速一百四十公里。」

「什麼？」我爸爸的面頰又發紅了，手也抖起來了。不過，這一回，他沒有笑，而是一本正經地問那技工：「你不是在吹牛吧？」

「你沒有看它的說明書嗎？」對方說：「告訴你，這種傢伙，人家都只管稱它為『無敵小霸王』；去年還在歐洲和東南亞摩托車競賽中榮獲冠軍呢！」

爸爸再也說不出話來了，他呆得像塊雕石。好久，他才歎了一口氣，不停地搖著頭，對我說：

「紅兒，爸爸想收回昨天許下的諾言，你不會反對吧？」

「我反對！」我說：「昨晚，我已向所有的朋友宣布這摩托車的事。我有自尊，我不願被朋友嘲諷我是『西班牙大砲』！」

「不能妥協？」

我望望那輛正在「卜蔔」冒煙的摩托車，堅決地回答他：「不能！」

他的臉色一沉，又歎了一口氣，然後很認真地說：

「你——紅兒，小心聽著！我——你爸爸沒有反悔和違諾，摩托車是你的！不過，這是附帶的條件，你必須接受：一，不准跑快；二，不准跑快；三，還是不准跑快！要是你不遵守這附帶的條件，我一定會把車收回。你得明白，爸爸不是和你說著玩的。」

＊　＊　＊

我載著哈心，在海邊的柏油路上奔馳著。

「時速有八十公里嗎？」他叫著說：「這種車，不跑上八十公里，那是很沒有意思的。」

「哈心，這是市區範圍呀，超過『五十』就要被拉去吃『烏豆飯』的。」

「管他媽的，這兒又沒有什麼『白腳的』（交通警察）！」

「不行，我爸爸知道了，這車子就吹了。」

「他怎會知道？」他說：「老實說一句：你不配駕這種名牌快車！」

我得尊重我的爸爸，最少，我應該聽他的勸告：不准開快車。我說：「他說過：年輕人，火氣旺，見識少，又愛出風頭，玩摩托車，就像玩氫氣彈一樣可怕！你明白嗎？」

「你爸爸是個原始怪人！」

「你為什麼罵他？」我有點光火：「他是個好商人！」

「他的腦袋簡單，對事膽怯，和你一個模樣！」

「我警告你，要是再侮辱我父親一次，我就趕你下車。」

我的話還沒有說完，忽地聽見後面響起兩聲刺耳的車笛聲。哈心回頭一看說：「是『巴剎』賣魚的，他駕的是一輛老爺摩托車，不會超過一百CC的。」

「管他幾CC。」我說。

「可是，張，他就要超過去了。你這『無敵小霸王』能落在那輛老爺車後面嗎？」

「沒關係！」

「你丟臉！」他說：「你和你爸爸一樣膽怯！」

只聽得「嗤」的一聲，那輛摩托車已經越了過去，那個賣魚的傢伙，還載著一個少女。難怪他那麼神氣，那麼想出風頭了。

「老實說，你不趕我下車，我也不太想坐在這兒了。」

哈心嚷了起來：「你瞧，那個賣魚的傢伙還回過頭來，對我們笑呢！」

「別理他！」我說：「就當著沒看見！」

「什麼，你不明白，那是在下『戰書』呀！」

沒錯，那賣魚的確是在下戰書，因為他笑得古怪。他故意把車子放慢了些，然後按住「克拉斯」，拚命轉油門，讓那車子冒出一大股、一大股的煙，像隻發怒了的老虎，在前頭哮咆著。

我有點光火了，不過，我咬住牙根，按住氣，把車子放得更慢，我想讓自己的車子離開那股白煙遠些；誰知，那車子老是在前頭，仍舊在冒著一大股、一大股的臭煙！

「張，你放我下來吧，我受不了啦！」哈心叫了起來。我不理睬他。

「你爸爸是個原始怪人，和你一樣膽怯！」

「哈心，我要和你絕交了。假如你再侮辱我爸爸一句！」

「放我下車！」

我望望前方，是條直路，而那輛老爺摩托車離開我的車子只有一小段路程——大概只有四十碼吧！所以，我下定決心要越過去。於是，我打開三號「牙」，把油門猛地一轉，那「無敵小霸王」就像一匹脫韁的野馬，飛快地直衝上去了。沒一會兒功夫，已經越過那冒煙的老爺車了。

「哈哈！」哈心拍一下我的肩膀，叫了起來：「這才像個樣子呀！」

我睨視一下反射鏡，發現後面那個傢伙也加了油，追上來了。因此，我就不得不硬著頭皮飛馳下去……

「張，我給了他一個鬼臉，這下子呀，他可真的吃不消啦！」哈心好像很開心，雖然他的嗓子已經有點兒沙啞，但他是高聲地，不停地在喊叫著：「哦——我們開戰了——我們開戰了！」

我的手有些兒抖動了，心臟也跳得很不正常。最少，我知道：我的臉色十分蒼白。

那風，呼刺刺地從耳邊颳過。我的眼睛開始作痛，眼淚流了出來。可是，我不理這些，我得堅持到底！我想。

「哈，他女朋友頭上的紗巾，給吹走啦！」哈心說：「瞧，她的頭髮多長呀！」

「他會休戰嗎？」我問。時速表上的針。正指著「一百」。

「不會，我敢預言，有女朋友在身邊，他是永遠不會低頭的。」

「要真的是這樣，我們只好投降了！」

「什麼？你這膽怯鬼！」他說：「你不怕他把你這一場比賽宣傳開去嗎？你的『無敵小霸王』輸給一輛老爺摩托車，你這個未來的大學生還有臉皮經過賣魚『巴剎』嗎？」

「你說說看，那怪物能跑多快？」我確實有些膽怯。不過，我已經下不了臺了！我後悔，剛才不該越過他的車。「剛才，你說它不超過一百CC，怎麼竟跑上時速一百公里呢？」

「平常，那類車只能跑上八十公里，不過，現在既然超過了一百，那就很難預料了。因為摩托車的機件如果一經改良，速度就無法確定了。這點你也知道的。」

我的心冷了半截。手，抖得更厲害，心臟當然也跳得更加不正常。

前面還是直路，看去似乎很長、很遠。由反射鏡中，我依然看見那車子緊緊地跟著……

「哈心，你看，這場『戰爭』什麼時候才能了結呢？」

「這要看你的毅力和膽量！」

「我只覺得……沒有意義！」

「嘿！嘴巴說話，手上也該加油呀！你瞧，他追得更近了。」

不錯，那老爺摩托車已追到了我車子的右邊，可說是並駕齊驅哩！那賣魚的傢伙對我作了個怪笑，我也只好回他一個怪笑！他車後那個長髮的女伴，已是面無血色了！她緊緊地抱著男朋友的腰，半聲不響，而我身後的哈心，卻還是在高叫著。

忽然，我看見前方路旁稻田裏走出兩頭水牛來，於是，我不自主地抓緊「克拉斯」，一腳踏上煞車器，只聽得車輪發出一陣刺耳的聲響，我整個人由車上飛了起來……

* * *

我睜開眼睛，就看見爸爸那張憂慮和焦急的臉孔。他沒等我看清楚置身何處，就對我說：

「紅兒，你違反了我訂下的條約，我已經把你的摩托車賣給『臭鐵』店了！」

我打開口想說話，這才發覺全身都在發痛！

「你，哈心，那賣魚的和他的女伴，狗命都一樣長。但是，我肯定，你們都失掉幾根牙齒，折斷了幾根骨頭！」他說：「不過，要不是稻農即時把你們救起，哼——」

「哦，我的手和腳有斷嗎？」我有氣無力地問一聲。

「就是斷了也沒有什麼關係，反正科學發達，原子彈都製得出來，難道你的幾根骨頭就接不上來嗎？何況，義手義腳隨時都可以買到！」他瞪著我，忿然地說：「都怪我自己，給你買那怪物！」

聽他這麼一說，我才鬆了一口氣。因為我瞭解他老人家，他這麼說就等於告訴我：手沒斷，腳也沒斷。於是，我對他作了一個苦笑。

「哼，你還笑得出來？」他用鼻子哼著氣，說：「像你們這批年輕伙子呀，要是真的把氫氣彈交在你們手上，那麼，人類的歷史就已經翻到末頁囉！」

我沒有小心聽他說的話，只在回想，為什麼我要和那賣魚的爭長短，幹那毫無意義的蠻事？

「唉，年輕人心中蘊藏著那股衝動和好強的心理，的確太可怕了。」他不停地搖著頭說。

父親走後，隔床的哈心伸過頭來，對我說：

「哈，你爸爸的確是個怪人！」

「哈心，你再侮辱他老人家，我和你絕交！」我正色地說：「你看得出，他是愛我的！」

「你誤解我的意思了，」他說：「我說他是怪人，因為他剛才發表了怪論，而那些怪論，似乎有些道理！」

雪后

我從七里遠的郊外趕到市鎮，本來打算看一部描寫人性的影片，然後去參加一位朋友的婚宴。誰知市區停電，電影院停映日場，原定計劃只好告吹。

天氣是悶熱的。天空橙色的雲層映著炙熱的柏油路，連空氣都好像是靜止了。

我抹去額角的汗，無意識地望望天空，像在煉鋼廠裏參觀巨大的熔爐，我熱得發慌了。於是，我加速腳步，朝著河邊走去。我知道，美麗的麻河會帶給我馬六甲河峽清涼的河風。

驀地，我感到一陣喜悅。我的雙眼一亮。在蒼翠茂盛的熱帶松下，擺著一個小冰水攤。想起冰水，我的心就涼了。我跑上前去，朝攤後的女人喊了一聲。

她像在縫著什麼，停了手，抬起頭。一對圓溜溜的眸子即刻閃出驚訝的光芒。

我們不約而同地「哦」了一聲。也同樣感到尷尬。

半晌，她才問：「老師，喝一杯嗎？」

「哦，天氣很熱哪……」

「坐，請坐。老師。」她嗓子壓得很低。

我坐在長硬的木凳上，覺得很不自在。

「您要『橙汁』還是『沙士』？」

「隨便。」

我知道自己說錯了話，卻也無可奈何。——我一向是討厭土產的甜橙汁，因為我怕糖精。

她默默地刨了半杯「雪」，然後從木架上抽出一瓶赤色的「沙士水」。

我透了一口氣。

她蒼白而秀麗的臉上掠過一絲的微笑。

我即刻記起校慶日運動會上的事。她是招待主任，我是體育教練。

「老師，請喝吧。」

她問我要喝什麼？我說：我怕橙紅色，那是熱情的標誌！她笑了，就是那麼甜美的微笑……

我慌忙接過她遞上來的玻璃杯。她的眉頭已被憂鬱鎖住了。

我吮了一口冰水，空氣似乎陰涼了些。

「生意怎樣？」我問。

「過得去……」她低著頭，又在縫著什麼。

「中民呢？」

「病倒了。」她的嗓子有些兒顫抖。

「他的長篇小說寫完了嗎？題材和內容都很不錯的。」我記起他的抱負，也記起他說給我聽的小說。

「醫生要他好好地休養。」

我幾乎沒有辦法聽清楚她的話，因為，她似乎在暗泣。

「對不起。」我說：「希望他早日恢復健康。」

我再吮一口冰水，覺得很淡，很凍。我覺得不該沉默無言，但是又想不出適當的話來打開另一個話匣子。

我在翻過去的一頁。我要再看一看她在遊藝晚會上的舞姿，我要欣賞一下她那歡樂的、充滿著青春的微笑……然而，我翻到了一頁頁的空白……我只看見目前的她，那個滿腔悒鬱的她。

「高中畢業了，你就和中民結婚嗎？」終於，我問。

她羞怯地點點頭。

「聽說中民放棄了上大學的獎學金？」我問。

她點點頭。

「那太可惜！」我說：「聽說你們趕著結婚是害怕同學的破壞，是嗎？是阿成吧！」

她沒有回答，但是眼裏露出不安的神色。

我聽到一聲快速行駛的緊急煞車聲響，回頭一看，並沒有車禍發生，只見一個長頭髮的男孩子，從一輛紅色MG跑車中跳將出來。他個子雖矮，身體卻十分健壯。他那紅色的運動衫和黑色的窄長褲像要裂開似地，緊緊貼在他的身軀上。

「哦，他來了！」她的臉色顯得更蒼白。「誰來了？」我問。然後回過頭。我仔細一看，很面善。

「啊！什麼風吹你到這裏來呀？」他怪叫：「老鐵人！」

「是你？要不是聽見你叫『老鐵人』，我簡直不相信你就是『無牙成』了！」我有點驚訝。

「NO！再不要叫我『無牙成』了，改叫『Peter』啦。」他笑裂大嘴，好像要我細察他的假牙。

「老鐵人，你怎會上這兒來會我們的校花呢？不不，她現在是『雪后』了！」

我心裏起了個疙瘩。他曾在我的指導下奪得全柔佛華校田徑賽的鐵餅錦標。不過，他對我並沒有絲毫的敬意。他不稱呼我「教練」也罷，卻老是叫我「老鐵人」。

我不怪他那牛脾氣的父親沒有好好地教育他；只自疚沒有能力改變他那種傲慢、專橫的態度。同學們只管喚他作「無引線的烈性炸藥」。

「老鐵人，我們的這位『雪后』是個怪可憐的人兒哩！她的郎呵——那個大文豪現在正躺在床上用ＴＢ調編『黃梅』曲呢……」

「阿成！」我瞪他一眼。

「叫我Peter行不行？」

「不管你叫什麼，我覺得你太刻薄了，不像男子漢！」

他愕了一陣，似乎有點不高興。

「老鐵人，我如不是男子漢，能當Boxing Club的主席嗎？」他雄赳赳地挺起胸，像隻善鬥的公雞。

我感到厭惡。含上吸管，吮了一口冰水。

「雪后，」他轉過頭，樣子酷像打了一場勝戰，傲然地對她說：「我要——」他一對閃閃發光的眼老瞅住她，話卻不說下去。

「要什麼？」她躲開他的視線，雙眼不安地溜著。

「奶——」他提高嗓子：「奶冰！」說罷，把我坐著的木凳用力一拉。我差些摔下凳去。他朝我望了一眼，笑著說：「Sorry，老鐵人。」

我沒睬他。看看手錶，還有兩個多鐘頭，婚宴才開席。因此，我有點納悶了……

「唉，想不到紅得發紫的校花，竟然落到這個地步——」他接過她遞來的杯子，冷笑著說：「擺了個小攤子，賣五分、一毫的冰水……」

她皺著眉，低著頭，又縫起什麼來了。

冰凍的水由我的喉嚨流進胃裏。我想：這世界好像很溫暖，充滿著熱情；可是，當你進一步去體驗時候，又會因為它的冷酷而感到心悸。

「再來一杯，快！」我聽見他在喊：「要快！」

「我覺得你的態度使人厭惡！」我忍不住地說。

「有什麼不對嗎？」

「對你的良心自問一下吧，」我說：「撇開你們同學間的友誼不說，單就對一個被惡劣環境迫著的不幸少女，你這樣做是對的嗎？」

「張老師，」她搶著說：「我並不覺得不幸！我雖然辛苦些，但是，我始終感到自己是快樂的，並且在期待著幸福的日子……」

「你是說我在迫害她、恥辱她嗎？老鐵人，你錯了！」他搶去了話頭，說：「你仔細想想：有誰比我更同情她？我為什麼要一天兩三次回來這兒喝冷飲？這麼大的市鎮裏頭，難道沒有比這小攤子更高級的嗎？」

「阿成——」

「我叫Peter！那個被人撕碎心臟的阿成已不存在了！」他嚷著說。

「你的口氣充滿了憎恨！」我正色地說：「我的看法倘若沒錯——你是來報復的！」我故意把「報復」兩字說得很重。

他的臉色變了。我想，他一定覺得臉孔發熱。他從褲袋裏抽出手帕，使勁地在下巴抹擦，「雪后」遞給他第二杯奶冰，他一飲而盡。

「老鐵人，你說，我為什麼要報復？」

「誰也不會淡忘了『情書展覽會』那回事的！」我冷冷地說，我心裏明白，這話會像一隻突如其來的兇犬，一口咬住他的喉頭。

他臉孔發青，唇在抖著，牙格格地響。他像隻受創的狼，雙眼射出痛恨的光。

「她公開了你的信是她錯，」我說：「但是，事後，中民已說服了她，公開向你道過歉，這難道還不夠嗎？」

他依然死瞅著我，像在詛咒什麼。

「這個世界的確太缺少『真愛』而充塞太多的『怨恨』了！」我說：「何不讓我們把一切可恨的化為可愛的呢？」

他睨視呆立著的她，瞪她一眼，冷哼一聲。

「我想，世上沒有比『恨』更可怕、更足以消滅人類的了。不是嗎？」我自言自語地說。

我希望他能瞭解我的心意。因為我也是個被毀過自尊的人！坦然地說，要不是理智能夠控制住我衝動的感情，我深信，自己必定犯下了嚴重的罪行。我曾自高、自傲……但是，我的自大心理終於在一個所愛的少女的眼角下被輾扁了！因此，我也曾像他一樣地痛恨過人。而今，我是變了，因為我看透了一切，我自悟出一個真理——只有「愛」才能使人歡樂；而恨，卻只能把人沉溺在痛苦的大海裏。

「你——」他鐵青著臉，冷冷地說：「你低估了我的人格！你在冷嘲我！」

「沒有的事。」我說：「不過，若是站在師長的立場，你剛才的一舉一動，一言一語都不曾把你的人格提高起來。」

他把掌中的杯狠狠地朝攤桌上一拍，「乒」地裂開了。我心冷了一陣。

「你倚老賣老！你有什麼資格批評我？」

我看見他的指間滴出血來。
「你該在她的面前向我道歉！」
聽他這一說，我有點光火了。
「你該在她的面前向我道歉！」他把語氣又加重了些。
「不呢？」我繃緊臉孔，問他。
「我們到後巷走一趟。」
「什麼意思？」
他把染血的手握緊，在攤桌上敲了一下。
「有這必要嗎？」我自覺騎上了虎背。
「有！一百個、一千個有！」他的聲音有些沙啞地說。
「老師！」她失聲地嚷出聲來。
「雪后，這是公平的。」他說：「他是『老鐵人』，我沒可能欺侮他！」
「彼得，我求你，別——」她慌了。
「別管我們，」他說，「世上的事都必須有個解決。」
她的眼眶潤濕了，眸子充滿著哀求的神色，對我說：「老師，為什麼要為我去做那種無謂的事呢？我求你，別和他鬥，那是沒意義的、愚蠢的！」
她臉上閃著兩行淚光。我有些為難，也感到難過。
「我什麼都受得了的，讓他繼續侮辱我吧，我不在意！我說——」她把臉一掩，伏了下去。
我看見他嘴角露出了一線滿足和得意的冷笑。我心中的無名火便燃將起來了。我瞪著他，忿然地說：

「你是個可恥的人！我不難想像你這些日子裏，對她所施的報復手段——那百分之百是可恥的、令人切齒的！」

他和我兩人一前一後地走進一條只能容納一輛卡車的小巷。

四下沒有人，只見一隻瘦瘦的野狗，吃驚地躲進一個積滿垃圾的桶裏。我聞到一陣陣的臭氣味。

「好，先說定，這一場架將解決下什麼問題。」我說。

「侮辱或被侮辱！」

「什麼意思？」

「你向我道歉後，讓我繼續侮辱她、或是我向她道歉，讓你侮辱！」

「你是說，我打倒你，你將不再去干擾她？」

「沒錯。但是，你被打倒了，就要你別再管我和她之間的事！」

「敗類！」我咬緊牙根：「雖然，現在採取的解決方式近乎原始，但是，對你這麼一個人，我想該是再適合不過的吧！」

於是，我們便在這個陰暗的角落動起武來了。他用西洋拳法，我用太極拳術。他吃了虧，急得滿額是汗。我即已下決心教訓他一頓，就不得不提起精神來，沉著應付。他的拳總是落空，因此越發急了。他的眼開始露出頹喪和恐懼的神情，勁也差了。然而，我並不下手把他打倒，只全神地注意他攻來的拳頭，讓他在不安、懊惱、恐懼的威脅下，使他的精神逐漸崩潰！他像隻受創的野獸，發狂地向我衝闖，我卻有意無意地對他施出幾下耍弄他的招數，使他愈發氣憤和不安。他喘著氣，心裏似乎充滿了矛盾。

「可惡的老東西，怎麼不出手呀？」他的聲音嘶啞了。

我冷笑。

「你膽怯嗎？」他的自尊被擊碎了！

我依然冷笑著。

他猛地一衝，右拳朝向我的臉部打來，我只一閃，避過了。他因用力過猛，撞倒在垃圾桶裏。那條瘦狗哀叫一聲，垂著尾巴，飛一般地打從我的腳邊奔過。

「你欺人！你不覺得羞恥嗎？」阿成在垃圾桶裏掙扎著，似乎想爬起身來。但是，過了好一陣子，卻依然坐在桶裏。他很尷尬，也很氣憤！

「你扭傷了手吧？」我看出他內心的痛苦，心軟了些。

「干你屁事！」他無力地掙扎著。

「要我扶嗎？」

「滾開！」他尖聲地嚷道：「這還不夠嗎？你還要把我侮辱個夠不成？你——你說！」終於，他忍不住苦楚了，淚水從眼裏滾了出來。

我走上前去，一把將他扶起。他出奇地瞅住我，沒有反抗。顯然地，他的手臂已受了傷。

「她說得對，這是沒意義的、愚蠢的！」我有點懊悔地說：「你覺得痛嗎？」

他咬住唇，依然瞪著我。

「走，我帶你去看跌打醫生。」

他一動不動。

「讓我們忘卻過去的吧！」我用誠懇的眼光望著他：但我仍然準備他的突襲。

我瞭解他。他是個倔強的、具有強烈的報復心理的青年。

但是，他低下頭，竟像嬰孩一般地哭泣起來。

「你——」我驚訝得說不出話來。

「我應受罰！」他哀痛地說：「我可恥！我不該用種種方法去為難她，打擊她的自尊！因為我已體會出，這是極難受的！比我手臂的創傷更加難受……我——」他抬起頭，用淚眼望著我，「我起誓不再欺侮她了！」

「是嗎？」我不知道該落淚，還是微笑。

「我將忘卻一切，」他低聲說：「但是，請相信我，過去，我做出可恥的行為，只因我深深地愛著她！」

* * *

我跳下車，大步地走到河邊。

冰水攤邊的少婦向我打著招呼。她的臉圓了些，也紅了些。

「喝『沙士水』嗎？」

「當然，」我微笑著，「怪熱的天呵！」

「聽說又要限水了，看來非休業不可啦。」她刨著冰。

「阿成還來嗎？」

「他把中民送進普勒夫人肺癆醫院之後，就沒來過，聽說，他去台灣念佛學呢？」

「什麼？」我像是看見突然開放的煙花。

「難道是我騙你不成？」她把冰水遞給我。

「要是能把恨都化成愛，這世界豈不是太美好了嗎？」我自言自語。

「老師，你說什麼？」她微笑著問。

「沒什麼，」我吮了一口冰水，覺得涼快多了：「我彷彿又看到了運動場上，那朵充滿著青春活力的校花……」

她終於笑開了！笑得那麼甜，那麼美。

我望著麻河口，心胸開朗了。

白母雞

在我們五個兄弟當中，母親最不喜歡我。但是，不知怎地，她老人家卻偏愛和我住在一塊兒。母親的為人，倒沒有什麼太大的缺點，她不吹毛求疵，也沒有囉哩囉嗦的毛病。她對事情一向看得開，衣食也隨便。可是就有一點，老叫我吃不下，那就是，在她的眉頭眼角中。似乎流露出她內心對我的不滿——彷彿我真個是未盡孝道，這點，常使我感到悶悶不樂。

我太太原是個鄉下姑娘，所以喜歡養雞。雖然我一向討厭雞鴨鵝之類老是隨地拉屎的家禽，但是，為了不叫她的生活單調，我終於特准她在後院養五隻母雞。太太果真守諾，就只養了五隻。其中，三隻是黑的，一隻是黃的，還有一隻是白的。

這五隻母雞，長得都胖，樣子可愛；其中四隻，還經常下蛋哩！也正因此，每天早餐的兩個半生熟的雞蛋錢，就這樣兒省了下來！

可惡的卻是那隻白母雞，啄起碎米、玉蜀黍來、比那一隻都快，但是，養了整年，卻不曾吃過牠一個蛋。說牠不生蛋嗎？幾乎每天都聽見牠跟著家裏的四隻母雞「喀加」「喀加」地叫個不停。

母親一開始就不太喜歡牠身上的白羽毛，覺得不很吉祥，如今，見牠又不生蛋，心裏可就更加不樂了，她忍了好一段日子，後來終於忍不住了，她對媳婦說：

「我看哪，這隻白母雞準是劣種，不然，為什麼『喀加』『喀加』地吵死了，從來就不生半個蛋給家裏的人吃？」

「大概還沒到生蛋的時候吧？」我太太冷靜地說，用一張破報紙擦去牠撒在地上的一小堆糞。

「喝，鬼相信！」她說：「據我所知呵，凡是會『咯加』『咯加』叫的母雞，就一定有生蛋的經驗。」

「我總不這麼想。」

「從前，在甘榜裏，也常聽到一些不生蛋的母雞這麼叫的。」

我原是躺在安樂椅上看報紙的，那是一段有關商會獻捐籌建會所的新聞，我捐了一千兩百五十元，報上卻印上「兩百五十元」，心裏已經不太舒服，耳邊偏又老響著母親和太太的談話，便禁不住插嘴說：

「一隻母雞的事兒，真值得你們這般費神去談論嗎？不生蛋就不生蛋，有什麼好爭的？反正，人，也有不會生孩子的呀！」

「我不是這麼想，」母親說：「我氣這隻白母雞，是因為牠會生蛋，但是——」

「但是，蛋呢？」我截住她的話頭。

「一定是生在別人家裏！」她很自信地回答：「當然，人，也有這樣的囉，不是嗎？」

我看她說得這麼武斷，倒是一時回不出話來。於是回過頭，把報紙一翻，那竟是一則同鄉會的消息：我又一次蟬聯會長。我心笑了。但是，讀下去，「樂捐獎學金四百元」這行字，又使我心頭有些兒絞痛！我想：膠價一天不如一天，膠園的收入已經銳減，加上商店的生意冷淡，老要為銀行的數字和簽發的支票傷腦筋，而公會、商會、公塚、學校，成天接二連三地上門來募捐，簡直透不過氣來！想到這兒，忍不住歎了一口氣。母親聽見了，卻說：

「歎氣也沒用，雞就是這樣，劣種就是劣種，把蛋生在別人家，你怎麼樣關牠、迫牠，牠也不肯把蛋留下來的，還是把牠殺了，吃牠一些肉！免得將來，血本無歸。」

「過些時候，看看再殺吧。」顯然地，太太有些不忍。

「也好，過幾天，就是『中秋』了，要是牠再不爭氣，那麼我們也用不著刀下留情了！」母親說到了這兒，忽然有所感觸地把話頭一轉，說：「對了，月餅還沒買哪！」

我聽她這麼說，以為她老人家忘了，便說：

「不是收在櫥子上嗎？」

「不，那些是要拜月的。」她說：「我的意思是：你大哥失業好幾個月了，你的五弟賺錢也少，你都必須幫幫他們，買些月餅去給他們的孩子吃，還有，給他們一百幾十塊，好讓他們去清理清理店裏的債款！」

聽到「債款」兩個字，我即刻又想起了屋子、汽車、貨車……上期的帳和付款日期；還有銀行的赤字，我悶住了。

「我也知道你拿不出錢來的，你心疼！但是，對別人，你總是那麼慷慨！」說完，她掉頭就走了。

這幾句話，的確又重重地敲擊了我煩悶的心。我覺得，她並不瞭解我，不知道我有苦衷！

「我覺得，不如把那白母雞殺了，煮一道『咖哩雞』吃個痛快。……」太太走到我身前，輕聲地說。

「怎麼？」我望著她那兩道有點兒鬱悒的眉兒，有些詫異地問：「你服了她？」

「我只覺得沒有必要為了一隻母雞，傷了和氣，」她說：「你不是常說：『家和萬事興』嗎？何況，在我，養雞也只是在於打發時間而已……」

「明明是她老人家多疑嘛。」

「我的看法也不一定是對的。殺了，就可以知道到底誰是誰非。要是白母雞肚子裏真個沒蛋，牠也不能怪誰。因為這都是牠自己惹來的禍——既然不生蛋，何苦老要跟著人家叫『咯加』呢？」說罷，她忍不住長歎一聲。

「算了，算了！就把這事兒忘了吧，唉，真沒意思！」

我以為，這事情已經過去了。因為過了中秋節，那隻白母雞還是照常地跟著下蛋的母雞一塊兒地亂叫。而母親，始終沒有再談起要殺雞的事。誰知，就在這一天，當我一踏進門的時候，母親便綳住臉，沒好聲色地對我說：

「我的風濕病又發作了。」

「要服藥嗎？」我問。

「不吃藥會好嗎？」

「我這就去替你買『千根藤』。」

「我不喜歡這東西」

「『虎骨酒』好嗎？」

「我想吃燉母雞。」

「那好，我到『巴剎』去買一隻。」

「你總愛向我喊窮，為什麼又要花錢呢？」她說：「就把那隻白母雞宰了吧！」

我沒有回話，只看見太太走進廚房裏去，接著，我聽見磨刀聲。……

晚餐的當兒，我發覺母親的神色有些不對。她老是癡望著那道燉雞湯，並不下筷。我太太請了她幾聲，她還是默默地瞧著，沒動一湯匙。

「媽，你不是說要吃母雞嗎？」我問。

「你們吃吧。」

「你怎麼啦？」

「沒有。」她頓了頓，然後說：「你大哥的三個兒子都停了學啦。」

「哦。」

「我自個兒悶了一天，也想了一天，為什麼你有錢捐給獎學金，就不能栽培你的侄兒？你有錢捐給社會，為什麼就不能幫幫你自個兒兄弟的忙？你成天在外頭跑，在社會上喊喊叫叫，好像是個了不起的人，是個袋子裏頭有鈔票的人……但——」

「媽，你想這些幹什麼？」

「中午，來了一群收捐的，聽他們說，你樂捐了一千多元，還沒清還，要來向你催收。當時，我很難受；因為，我總想不開你對弟兄的態度。……」她老人家的眼裏，似乎有些疚意。她嚥下了一口口水，然後接下去說：「過去，我始終，以為你很富有，不然，在外頭不會有那麼多的人支持你這個，支持你那個……現在，恍然大悟，你也是窮的，說好聽點，也不過是個富窮人而已，不然，不會老是欠人家的捐款！又欠得那麼久！」

我的心一陣沉重。只管吃飯，沒有回答。

「所以，我應該承認，過去，我確誤解了你，就像——」她驀地把視線投入那碗燉雞湯：「就像我曾經誤解了這一隻根本沒有蛋的母雞一樣！但是，該怪誰？誰叫牠叫得那麼認真，那麼響亮？……」

這話兒，簡直就是一針中穴，我麻了一陣，驀地，領悟到，過去，為什麼自個兒會有那麼多的煩惱？……

最後一趟巴士

樹桐伯抬起頭，望了望膠園山頭那半個紅紅的太陽，吸了一口指間挾著的短煙頭，然後一彈，把煙頭彈進了路邊的小溝。

小溝漲滿了黃黃的泥水，樹桐伯一看，就知道有一場山雨。

他一跳一跳地走到巴士邊，拉開了車門，吃力地爬了上去，端正地坐在駕駛盤前。他朝反射鏡看了一眼，歎了一口氣。

「怎麼啦，肥仔，又趕人了？」

肩頭掛著車票的年輕胖子冷冷地說：

「是趕過了！短程的，都叫他們等下一輛新村巴士。要是不能等的，大可坐『霸王車』呀！」

樹桐伯搖了搖頭，又歎了一口氣兒。

「你不高興了？對嗎？」年輕胖子說：「你不開口，我也知道你心裏要說什麼。」

「其實，走巴士，本來就是一種服務！」

「跛腳六，別說漂亮話，我不聽這一套。」

樹桐伯臉色一沉，把視線移向前方，前方的彩霞已暗淡下來。

年輕胖子明知樹桐伯不喜歡人家叫他「跛腳六」，他卻偏愛這麼叫他。因為他不喜歡樹桐伯，打從一開始，就這麼樣兒。他常常自怨運氣不好，才會和這個跛腳老頭子碰在一塊兒！

「六點半啦！」年輕胖子提高嗓子，喊了一聲。

樹桐伯聽在耳裏，卻仍然默默地望著漸漸暗淡下來的彩霞。他粗得結了繭的手掌，緊緊地握住駕駛盤，心裏有一種酸痛，打從他那瘦臞而乾癟的臉上流露出來。

「六點半。」他低低地，自言自語地說：「最後一趟車啦……」

「喂！跛腳六，開動引擎呀。」年輕胖子指著手錶，不耐煩地叫了起來：「我的女朋友買了戲票，在等我看夜間頭場電影，你別開我的玩笑，好不容易才追到手的，可別害我哪！你這一輩子娶不到老婆，那是命中註定的，我和你同人不同命，知道嗎？」

樹桐伯的臉色又一沉。他掌心冒了汗。聽年輕胖子這句話，像心頭被晚風一吹，不禁打了個寒噤。

他的腦海中閃出了個割膠女孩的臉，但卻有些模糊。

當年他是個駕樹桐車的年輕伙子，他本來是會娶這女孩的，可是偏偏有那麼一場意外，車子翻了；女孩的哥哥被壓死了，而他，卻斷了一條左腿！

「時間過得好快呀！」他又不自禁地歎了一口氣。

年輕胖子舉起打洞器，敲了敲門邊的銅柱，有些生氣地說：

「跛腳六！你算什麼？時間到了，你總不開車，公司怪你，也不知多少次了！你以為這是盡職？公司的人可不這麼想。他們說，那跛腳的，不行啦，一點鐘的車，要走一個半鐘頭！哼，還有一些公司的人，要你上醫院去檢查檢查的呢！好啦，這回，你收到了解僱信，叫你退休，吃自己！你還要為公司多賺幾個錢？等，等，等搭客，哼！就是載滿這一車，公司也照樣滾你的蛋！」

樹桐伯咬了咬牙根，嚥下一口氣，雙眼呆呆地望著那片山林，半個紅紅的太陽早已消失在山背，而天空的彩霞也成了片片灰雲，籠罩著整個山野。夜，就將降臨了。

在膠園的小徑上，匆匆地趕來了幾個工人，他們有的背著噴射桶，有的腰間掛著長刀，手中握著長鋤。他們上了巴士，其中一個笑著對樹桐伯說：

「真倒楣，下了肥，打了藥水，偏偏來一陣山雨！」

「巴士要是跑了，你們就更倒楣了！」年輕胖子走上前來，敲著銅柱：「上那裏去？可不是短程吧？票！」

「滿地泥濘，芭路難走，不然，早就出來了！」一個工人抹了抹額頭的汗，喘著氣，說：「好在最後一趟巴士是樹桐伯駕的，我們知道，他一定會等的！」

「哼！」年輕胖子沒好聲氣地說：「打從明天起，看看會不會有人等著你們？我就不相信，會有另一個傻佬！」

「甚麼傻佬？」一個工人一邊把錢交給年輕胖子，一邊問。

「下坡的？」

「半路，十八里。」

「幾個？」

「我們四個。」年輕胖子把打了洞的車票交給那個工人，回頭對樹桐伯說：

「該開車了吧？」

「芭裏好像還有一批人沒出來。」一個工人說：「聽說，好像有一個砍樹桐的被樹椏打中了。」

「幹這行的，『粗澀』得很，可是，有人就不得不冒著險，硬頂！」樹桐伯開口了，他幹過這一行，也最同情幹這一行的：「以前，我有一個朋友，就是在芭門裏被樹打死的，唉，才結婚四個月，太太肚裏又有了孩子……」

「你可是為了這件事，不敢結婚？」那工人問。

「沒有的事。」樹桐伯苦笑著說：「其實，很多人家都不喜歡把女兒嫁給幹倒樹和駕樹桐的，因為，太不可靠了。」

說罷，他朝反射鏡一望，看見年輕胖子滿臉的肉都擠成一堆，樣子是在冒火哪，於是，他拉動引擎，虛踏幾下油門，順手按了兩聲車笛。

他看看車上的鐘，是六時四十五分了。

「芭裏那批工人，會出來吧？」他忍不住問了一聲。

「他們應該下坡去辦糧食的呀！」一個工人回答：「這季節，多下幾天雨，有幾段路就要漲水的，沒足夠的食物，是不行的哪。」

樹桐伯正打算問下去，沒料到年輕胖子已光了火，狠狠地敲了一陣銅柱。

「Go Head!」他嘶聲地喊了一聲。

樹桐伯朝前後望了一陣，沒有人影，於是又歎了一口氣，然後進了「牙」，把車開出路邊。

「這是最後一趟巴士呀！」他自言自語地說：「要是還有人趕不上，那他們該怎麼辦？」

「跛腳六！我女朋友在等我看戲呀！」年輕胖子知道，樹桐伯這個樣子，是在拖時間。「多載幾個，也分不到半分紅利！你再等下去，公司也不會發分紅給你的。職工會嘛，也不會替你爭超時薪水。你還是走吧！」

樹桐伯好像完全沒有聽見他的話。他只放眼看看這道崎嶇的山路兩旁的林子，那蒼翠的一片，雖然已在即臨的夜色下顯得朦朧，但是，那一段是油棕園，那一段是樹膠園，那一段是可可園，那一段是木薯芭，那一段是芭門……他都一清一楚。

當初，他駕這條路線的巴士時，這兒還是一片原始森林。他撞過草叢竄出的鳥兒，輾過猴子，也讓過路給大象。

一天當中，來回四趟的車，看的雖是同樣的景物，同樣曲折崎嶇的道路，然而，他並不覺得厭倦。他喜歡膠工拖著成包的膠片上他的巴士，他喜歡種植工人扛了肥粉上他的巴士，他喜歡工人背著電鋸上他的巴士，他喜歡墾芭工人抬著糧食上他的巴士，他喜歡……總之，他很開心，他的腳是跛了，但是，他還是能夠為大家做一點兒事。

二十幾年來，他坐在巴士駕駛座上，看到這片山林的變化，由古樹，化為芭場，小樹長成綠野。……

「Go Head!」

他從沉思中被喚醒過來。他又按了按車笛，然後把車燈給亮了。

「我叫Go Head你聽見了沒有？」又是那個年輕胖子在喊叫：「也罷就讓你今天多神氣一陣。明天，可就是我的天下，你想再氣我，來世了！看誰倒楣，明天派到這輛巴士來當售票員，我可要拿他來出出氣！」

樹桐伯沒有理會他，只踩了油門，把巴士開走——在那條他駕了成千上萬的山路奔馳，就只這一回，他的心情特別沉悶。

他望著路牌6、5、4、3，……的過去，握著駕駛盤的手，可就越握越緊！

＊　＊　＊

巴士終於進了站。

搭客們帶著疲倦的腳步，匆匆地下了車。

年輕胖子看了看錶，朝地上狠狠地吐了一口口水，頭也不回地朝公司辦事處走去了。

車上，只留下一個樹桐伯，他充滿血絲的雙眼，發愣地望著反射鏡，乾癟的嘴唇不停地在抖動著。

「我是該向他說一說的，」他想：「可是誰要聽我這一套？到底，時代是不同了！」

他對自己苦笑了一下，卻發現瘦臞的臉上，閃著兩道光芒。……

一票

司機沙林突如其來地把車子煞住。

我吃了一驚，從打盹中醒了過來。

「發生了什麼事兒？」

「議員先生——」

「國會已經解散了，你為什麼老是改不了口呢？」

「哦，是，先生，」他臉色蒼白，嗓子有些兒顫抖：「你瞧，那老婦人……」

「什麼婦人？」

「她，她，她被我們的車子給撞倒啦！」

「什麼？」我叫了起來：「沙林，你闖禍了！還不趕快停車。」

沙林猶豫了一會兒，終於照我的話做了。他說：

「先生，這是她的不對，沒好好地看路，就那麼匆匆忙忙地闖過馬路來。我響了號笛，她理也不理。據我看：她不是視感有問題；準是耳朵出了毛病。這，這的確怪不得我呀，我確確實實已經盡了力啦！可是，還是閃不開。」

「唔。我看她一定受了重傷，不然，她怎麼不爬起身來呢？」我朝前望了一陣，說：「沙林，我們下車去看個究竟。必要時，該設法救她。」

「先生！我們還是直接報警去吧。」他的臉色依然蒼白，聲音還是有點兒顫抖：

「這兒，曾鬧過事兒！」

「鬧過什麼事？」

「他們蠻不講理，毆打司機！」

「這是個法治的國家！」

「先生，這……」

「別囉嗦，快和我一同下車去。」

「先生，你不是說過，今天晚上必定要趕上群眾大會嗎？那兒有幾千人在等著你發表演說，對你這次的選票，有決定性的作用？」

「救人要緊。」

「你是為了這一票？」

我有些光火了，瞪了沙林一眼。他無可奈何地隨我下了車。他雖沒說什麼，但是，嘴唇卻在動著，像在祈禱，又像是在詛咒。

「唔，只是被撞昏了，趕快拿急救箱來。」我檢查過那個躺在車輪邊的老婦人之後，鬆了一口氣，立刻對沙林說：「先把她救醒過來，再送到醫院去治療吧。」

然而，沙林木然地立著，並沒去拿藥箱。

「你怎麼啦？」我問。

「先生，他們來了！」

「別管誰來了，先去給我拿救急箱來！」

「不，先生，我們還是走吧，他們會胡來的。我，我……」

「你想怎樣？」我一把抓住他的手，狠狠地瞅著他：「你和我合作多年，難道忘了我為人的原則嗎？」

「沒有。」他臉如死色：「只是，那批人，來勢凶凶，我們會吃眼前虧的。」

「別理他們。」.

「我家裏，大大小小，還有七八口……」

「你能見死不救嗎？」我用責備的眼光瞪住他。

這當兒，一批激動的膠工已把我們圍住。我聽得很清楚，有人在叫嚷著：「揍他！揍他！」我心裏頭的確有些慌亂，卻只得裝著十分鎮定的樣子，立直了身子，對他們說：

「請各位冷靜，這是一個有法律的國家，這種事件應當由法庭去判決！」

「屁話！」一個年輕伙子，臉孔鐵青，握著拳頭，對我叫了起來：「法律是你們有錢人，有汽車階級的！」

「你太衝動了，老弟！」

「哼，要是你母親發生了這等事兒，你就不會衝動?告訴你，她老人家是我唯一的親人！」

「那麼，你就應該協助我，把她老人家給趕送進醫院去治療才對呀！」我說：「你不覺得，你正在阻礙我的搶救工作嗎？」

其他人也開始叫囂起來了。

「別聽他媽的！」

「揍死這兩個王八羔子！」

「哪一個是司機？這是個『以牙還牙』的世界呀！」

我發覺，面前那個青年的意識開始動搖了。他們似乎進退維谷。我立刻對他加了一句：

「你再不動手協助搶救，她老人家若是有三長兩短，你也要負一部份的責任！」

他遲疑了一陣子，終於叫喊了一聲：

「靜！」

＊　＊　＊

走出計票站，迎面吹來一陣夜風，我打了個寒噤。

「先生。」沙林緊跟在我的後面。

我噓了一口氣。

「只差了一票！唉！就只差一票啊！」

「唔。」我看看手錶，是淩晨五點四十八分。

「上午，我看見她到投票站去。」

「看見誰？」

「那個被我們撞傷的老婦人。」

「我知道，她腳有點兒跛，不過，不礙事了，她很快便會復原的。」

「先生，你想，她會不會是投你對手的票？」

「這個，別去猜想！」

「要是她真投了對方的票，我們冒了生命的危險去搶救她，豈不是枉然？」

「沙林，」我苦笑了：「你說，那天，我沒趕上群眾大會，失信於幾千個等著我去發表政見的選民，對比起來，那一方面對我的影響比較大？」

「哦——」

「我救她，是居於人道，她投票，是居於人權，這是兩回事呀！我不能成天地叫喊著『人道』的口號而實際上卻在幹那違反『人道』的勾當，這一點，難道你還不明白？」

他怔住了。看他的樣子，的確有點點兒可笑。不過，我和他相處多年，瞭解他是個十足純真的人，也不便和他多說，只拍拍他的肩膀，說：

「是回家休息的時候了。我們走吧。」

「先生。」

「有什麼話想對我說，是嗎？」

「你，你落選了，以後，當什麼呢？」

「『留得青山在，不怕沒柴燒』，這話兒，該明白吧？」

我們上了車，開動了引擎。他握住駕駛盤，苦笑著問我：

「先生，你真的看得開嗎？」

「我幾年來，都一直害怕會落選。但奇怪的是，這一次，我卻是不覺得什麼。雖然只輸了一票。」

車子開走了。曙光透過了雲層，我彷彿聽到處處雞啼……

三腳貓

自從來到這偏僻的芭場工作之後，幾乎每一個晚上，我都騎著摩托車，穿過一段十來里路的崎嶇紅泥山徑，來到那方圓大約一百公里內，獨一無二的鄉鎮，會會一些朋友，在咖啡攤一起閒聊。有時候，也走進露天電影院，看一場拳打腳踢的影片，消磨一下時間。

由於芭場的勞作，既吃力，又單調，逛鄉鎮，上咖啡攤，自然而然地就成了年輕伙子調劑生活的方式。

喝一杯咖啡，吃一片印度麵餅，只是向咖啡攤的老闆租用一張方桌的表示。年輕伙子圍在一塊兒，主要的，還是談天說地，你一句，我一句地說個沒完。

因此，咖啡攤無形中便成了「海德公園」，什麼問題，都在這兒出現了！除了說說男女間的事兒，大家也經常喜歡在這兒抨擊這個，批評那個！當然，胡扯的多，說正經話的少。儘管如此，大家還是一派正經地侃侃而談。不過，有時候，也會爭得臉紅耳赤，似乎是在辯論和探求真理，誰也不肯認輸。

我的個性比較不喜歡與人爭論一些似是而非的問題，所以，總是坐在一邊，聽友人指手劃腳地談著。

最近，差不多整個咖啡攤的人，都把焦點放在一個新來的老頭子的身上，話題來來去去，始終脫離不了「三腳貓」這個怪稱呼。

「三腳貓」到底是誰？我不曾見過。不過，打從談話中，我知道，這是一個五十歲的外縣老頭兒。他沒有家眷，單獨一個來到這個鄉鎮，當起清糞工人。

聽大家說話的口氣，這個老頭子該是走了倒楣運；話頭話尾，就沒一句對他有利的。可見，他是不討人喜歡的。

更糟的是，一向平靜的鄉鎮，在「三腳貓」任職之後，一連發生了幾宗偷竊的案件，使得警方也把矛頭指向了這個來自外縣的獨身老頭兒的身上去。

「這個老傢伙，一定是利用清糞這份職業，來掩飾他的偷竊勾當！」有人肯定地這麼說：「什麼活兒他不幹，偏偏選擇這一行沒人要的行業……」

「對！這份工作，待遇既不好，工作又不輕鬆，他單獨一個，隨便找一份工作，不就成了，何苦到這個窮鄉僻壤來吃這碗骯髒飯？」即刻有人附和了：「準是看上了這份工作，有個夜間自由跑動的機會！」

像這樣兒的話題，在咖啡攤裏一被談開來，簡直就如「三司會審」一般；在那些口舌之下，「三腳貓」就被定了罪──即使挑遍了整個鄉鎮的井水，也難洗得淨他的罪名。

於是，「三腳貓」便成了鄉鎮中的眾矢之的，真個有點兒像「過街老鼠」，讓人喊打喊殺哩！

＊　＊　＊

這一晚，我照常打從芭場趕進鄉鎮，隨著來到了咖啡攤。可是，咖啡攤早已坐滿了人。

在這小鄉鎮裏，咖啡攤坐滿了人，算是一件大事。

要不是政黨即將改選；或是專供打麻將的俱樂部開會員大會；或是地方上發生了不尋常的事件，那個容納得下成百人的咖啡攤，是從不「高朋滿座」的。

今晚，俱樂部並沒開會；而政黨也剛剛改選過。這兒坐了那麼多的人，當然是發生了不尋常的事啦。

我站在一旁，好奇地聽著大家在談論著。不一會兒，我便恍然大悟了。

又是「三腳貓」！這回，他似乎闖了禍。

「這個人——不，他不是人，簡直是禽獸！」說話的，是地方上的「紅人」——被稱為「慈善家」的字狗叔。過去，大家都叫他「瘋狗」，不過，自從他當了「萬字廠」的老闆，賺了不少錢之後，大家都改稱他為「字狗叔」了。這時，他臉色發青，氣呼呼地說：「像這樣的人，我們應該把他驅逐出這地方！」

「警方說，什麼事，都得講證據，像你所說的這種『無頭公案』，我們怎能下主意呢？」回話的，是地方議會主席，他面有難色，低聲地說：「法律又不是我們訂的，我們怎麼可以隨隨便便把一個人趕出這個地方呢？」

「喝！你還說這是『無頭公案』？我太太前幾晚肚子發痛，點了燈上廁所去，不一會兒，就聽見廁所後頭有聲響，朝上一望，就看見『三腳貓』……」字狗叔一舉打在咖啡桌上，震得幾個咖啡杯都和盤子碰出了聲來。「還有，昨晚，我的姨太太上廁所，也被『三腳貓』偷看了！難道這些都是我的老婆造謠生事？」

「我看，最好還是上警局去報案。」地方議會主席說：「報個屁！」字狗叔嚷著說：「你明知道我是有地位的人，是俱樂部的名譽主席，是福利機構的財政，是要面子的人！難道你要我上法庭告他

『三腳貓』偷看我的老婆大便，讓報紙把我的照片給登出來？虧你這個主席，說得出口！」

那地方議會主席被他這一罵，居然目瞪口呆，一連嚥下幾口口水。

「別忘了，你們的組織，缺少錢的時候兒，就會來找我『字狗叔』，勸我捐款；錢拿到了手，就說什麼有事用得著你們，儘管向你們提，你們一定會出面協助的。好啦！現在我字狗叔用得著你們，你們又能怎麼樣？要我去報案，要我去出醜！哼！把這種錢，拿去養狗，起碼還能替主人吠幾聲！」

字狗叔在大庭廣眾發脾氣，那是司空見慣的事。不過，看他這麼不客氣地罵當官的，倒是第一遭哩。

本來，有些人還加油加醬地說幾句「三腳貓」的壞話，以便討好字狗叔，讓他越說越理直氣壯。但是，現在，大家都閉了嘴，一聲不響了，因為這氣氛已不再像往日閒聊那麼輕鬆；相反地，整個咖啡攤似乎成了法庭，而推事老爺，就是字狗叔本身。誰一開口要是說錯了話，就只有當眾挨罵，自討沒趣的份兒而已。

這一來，擠滿了人的咖啡攤，驀地，竟是鴉雀無聲。

「我多說也沒用，這一回，要是你是當地方官的，沒辦法替我除掉這個禽獸不如的『三腳貓』，以後，關於錢的事兒，你也別想再來找我商量了！」字狗叔睨視著那地方議會主席說。

那地方議會主席，整個臉紅得可以和祭天公的紅豬頭相比！

「我們走！」字狗叔把手一揮，幾個年輕力壯的漢子，便隨他走出了咖啡攤。

留下的人，你望望我，我望望你，竟都啞了！

我覺得留在咖啡攤裏，倒不如進電影院去看一部電影來得輕鬆愉快，於是，拉了幾個朋友，跑進戲院裏去看電影，把時間給打發了。……

由於放映的片子是上下集合映的長片，散場時，已是十一時了。我不敢久留，吃了一點點心，即刻騎上摩托車，趕回芭場去。

＊　＊　＊

這段歸程，向來是濃霧籠罩的。而這一晚，由於已近午夜，霧氣更見濃厚，燈光照射過去，白茫茫的一片。心想，開快車是行不通的，不如把車子放慢，免得發生意外。

摩托車以時速三十公里行駛了三公里多路程，來到了轉入山徑的三岔路口。我把車子轉了個九十度彎，進入了山徑時，突地覺得前頭路上，好像有一個人躺著。我急忙煞車。由於紅泥地滑溜，差一點連人帶車給翻進了路旁的小溝。當我站穩了之後，便用車燈照射前頭的人影。

我吃了一驚！真是個人，滿臉是血。

我把摩托車放妥，急忙走上前去看個究竟。那人在地上掙扎著坐起身子；是個老人，瘦骨如柴，赤著上身，只穿了一條暗藍色的短褲，胸前的排骨，清楚可見。

「阿岺。請幫幫我……」他用擅抖的聲音，一字一字地說著。

「你——受傷了？」我有點兒害怕。

「沒什麼，請你帶我回去。」他哀求著。

「我帶你去警局，讓他們送你去醫院吧？」我說。

「不，阿岺，請求你。別這麼做！我沒什麼，也不必醫治，求你把我載回家裏，其他的，你都別管。」

「但是，你的臉，淌著血，你身上也都是瘀傷……」

「我這把老骨頭，還頂得住！阿沓，麻煩你，快點兒把我載回去吧，我，我有點冷……」他一對睏倦的眼，呆呆地瞪著我。

我心亂如麻，原想趕去警局報案，但是，看到他那副神態，我便拿不定主意了。當他那冰冷的手握住我的手臂時，我竟不能自主地把他扶了起來……。

他，是那麼的輕，那麼的瘦弱。他的樣子不但醜陋，而且還是個駝背呢！

我沒再說什麼，只是順了他的意思，把他送回家去……。

他住的屋子，其實只是間涼亭似的小亞答屋，沒有窗，只有一個像洞的門。屋子裏邊，除了一個木箱子釘成的衣櫥和一張帆布床之外，可以說，什麼都沒有。

當我把他扶上了帆布床之後，他感動地緊握住我的手，說：

「沒想到，這地方，還有好人！」

「我該回家去了。你還有什麼事兒需要我幫忙的嗎？」我問。

「麻煩你替我拿一件衣來，我冷得很！」

他的衣櫥裏，也只有一件衣而已，其他的，簡直就像個爛布堆。

我把衣披在他身上，轉過身，便匆匆地走出了小屋。騎上摩托車，開了引擎，我頭也不回地便朝歸程趕去……。

那一夜，我輾轉反側，總無法成眠；腦海中老是浮現著那個瘦弱、駝背、滿臉是血的老人的影子……。

＊　＊　＊

一連下了幾天傾盆大雨，紅泥山徑在雨水的沖擊下，成了泥濘滿地的溜滑道路。在這種情況下，做芭場的人，是很少出門的。因為在崎嶇的泥濘小徑上行駛摩托車，簡直是拿性命開玩笑，每一分鐘都有滑落山坡的危險！所以，我和大夥兒一樣，沒有出門，只留在芭場的宿舍裏。

這幾天，我心裏不時會想起那個可憐的老頭子；並且猜測著他受傷的原因。

最使我難受的，要算是他的安危了！我想：像他那麼瘦弱的人，怎麼經得了那場重創呢？在人道上我是有責任前往探望他，並協助他脫離險境的。而我，卻沒有這麼做。我不單是沒有勇氣闖過那道崎嶇的泥濘山徑；同時，我更害怕面對奄奄一息的陌生老人。他要是真個無可藥救，我又能做什麼？

最後，我自我安慰地說：「總會有人去照料他吧……」

但是，無論如何，我的心，總是無法安寧……。

天，終於晴了。

收了工，用過晚飯，我急不及待地隨著幾個同事，駕了摩托車，趕向鄉鎮去。

鄉鎮的咖啡攤，依然與往日一樣兒，坐著許多人，他們喝著咖啡，指手劃腳地在聊天。他們說話中，還是不時談及「三腳貓」的事兒。而這一回，幾乎每一個人都在咒罵他！

「那混帳的老傢伙，工作不做，竟躲在家裏裝病！」一個說。

「是呀，前幾天，才看他好好的，這幾天就一病不起了……」另一個說。

「那老色鬼，早死早好。」又一個說：「地方議會也太沒用了，對於這麼一個行為不檢的老色鬼，連半點兒辦法也沒有！難道讓他白坐著吃政府飯？我家的糞桶，就快滿啦，衛生員在幹什麼呀？還在家裏陪老婆睡覺？哼！」

「才氣人哪！我家裏人多，昨天，糞便已溢了出來，臭得不得了！該有些人寫信給地方議會投訴才對……。」

「聽說，字狗叔已經請他的秘書寫信給地方議會主席，要求把『三腳貓』給炒了！」

「還是字狗叔行，有正義感，能為人民說話，可惜他沒有馬來文憑，又不會說紅毛話，不然，舉他去競選國會議員最適當！」

「是啊，他敢說話，又肯出錢，這樣的好人，可不多見哩！」

「……」

這一晚，我老是心神不定，也沒興趣聽他們咒這個，讚那個。

像有一股不知名的力量，時時在催促著我，要我趕去那間涼亭似的小亞答屋，看那個可憐的老人。

我把熱咖啡一飲而盡，付了錢，匆匆地騎了摩托車趕向那小屋去。

來到那小屋門口，我的心莫名地忐忑直跳。屋裏沒有聲響，也沒有燈光。我從褲袋裏抽出小手電筒，亮著照了進去。

「什麼人？」躺在床上的人，微微地動了一下，問道。

我心裏有著一種說不出的喜悅，興奮地說：「是我！」

「你是誰？」床上的人慢慢地掙扎著坐起身子。不錯，就是他！那個可憐的老頭兒。

「你就叫我『阿呇』好了。」我記起了那晚，他怎麼稱呼我。

「哦，是你來了，隨便坐吧。」他的聲音很柔弱，聽來好像有痰塞在他的喉裏似的。

「你好一點兒了吧？」

「唉！好不了的……。」

「這兒暗得很，蚊子又多，我替你點點燈，好嗎？」

「不必了。」他說：「油早就沒了，何況，在這裏，也沒什麼可看的。」

「那，明天我替你送些煤油來，怎樣？」

「阿咨，以後，你還是別來了。」

「為什麼？」

「聽我的話，免得惹禍上身！」

「我不明白。」

「唉！你年紀還輕，不明白的事情還多著哪。」他說：「我得罪了字狗，看來，他是不會放過我的。」

「你怎麼會得罪他呢？」驀地，我想起了咖啡攤裏，人們談論的話題來：「難道，你就是『三腳貓』？」

「不管大家怎麼罵我，『三腳貓』也好，『兩腳狗』也好。我完全不在乎。不過，我知道鄉鎮裏的人，大多數不歡迎我到這裏來。他們說我是賊，說我是色狼……，他們一看見我，就遠遠地避開了；有時，還不停地吐著口水，好像我身上沾滿了糞便……。但是，我清糞，也只是為了賺一口飯吃呀！我就不明白，我用勞力去賺一口飯吃有什麼不對？他們為什麼要那麼樣地仇視我？為什麼？」他有氣無力地說著，聽來就像是睡夢中說夢話一樣兒。「要不是市區的抽水馬桶多了，清糞包工把我給裁了。我也不會來到這個陌生的地方……阿咨，別嫌我囉嗦，其實，沒人在這裏時，我一個人也是這麼說著的。好在一路來都沒有人上我的門，不然的話，還會有人說我神經不正常，要送我去紅毛丹醫院哪……。

我想，他也著實太苦悶了。對於這麼一個老人，為什麼沒有同情他的人呢？

「你或許也不會相信我的話，但是，事實是這樣的。那一晚，我照常上字狗叔的家去倒糞，沒想到，警方人員把他的家給包圍了，也不知道在他家裏搜查些什麼，我不必去理這些，其實，我也理不了。我只上他家的廁所去，把糞給倒了，清理了糞桶之後，我就走了。雖然，我覺得奇怪，為什麼糞桶裏頭盡是些紙條，那些小紙條，的確也夠多的，滿滿的一桶……。但是，我並不去猜想，那些是什麼，做什麼用的。我只吸著煙，挑著糞桶，上別一家去了。第二天，字狗就派人來找我，要我把嘴關住，不得向任何人談起那些字條的事，還說，要是警方人員知道了，把它當了證據，他們一定來收拾我這條老命……。我不明白他們為什麼要這麼做，也的確不想明白究竟，沒向任何人說起那些紙條的事。阿峇，你想有誰會聽我這清糞的說話呢？但是，他們還是把我拉到膠園裏去痛打了一頓！」

「你應該去報警呀！」我有點兒不平地說。

「算了！即使上了法庭，對我又有什麼好處呢？阿峇，我知道字狗是不會放過我的，他說我得罪了他，要打爛他的飯碗……。其實，是他要打爛我的飯碗才真。可是，我又能做什麼呢？」他歎息著說：「阿峇，我不想你受累，讓字狗那群人找上你的門，給你添麻煩。所以，我勸你還是早一點回家去吧。何況，我也夠疲倦的了，需要好好地休息一下……」

我看見他躺直了身子，便拖著沉重的腳步走出了小屋，駕了摩托車，回芭場去了。

這一個晚上，我又失眠了！字狗叔和「三腳貓」的影子，老在我腦海中浮沉著，浮沉著……。

＊　＊　＊

又是一連幾天的傾盆大雨，把我和同伴們給困在芭場裏。雖然，工作使我疲勞，而渴望有多幾個鐘頭的休息時間。但是真正躺在床上的時候，卻不能安然入睡，一闔上眼，就有個瘦弱的老頭兒的身影閃進了腦中。那張蒼白乾癟的臉孔，總是淌著血；一對瞇瞇的小眼，總是射著哀求的眼光，死瞪著我……。

難得又有一個晴天，山徑雖然還是濕溜溜地，一片泥濘，但是，我卻管不了許多，獨自一個，駕著摩托車，以二十五公里的時速，在那段漫長的芭路上趕路。好不容易才進入了鄉鎮，來到了咖啡攤。

幾個朋友一見了我，立刻把我拉在同一桌子上，替我叫了一杯咖啡。然後，一個拍拍我的肩膀，說：「怎麼，小小幾場雨，就把你難住了？不到這鄉鎮來，可是你的損失呀！」

「是啊，這幾天，發生的事情可多了，可惜，你成了井底蛙，什麼也不知道。」另一個說。

「最使人高興的事，該是『三腳貓』死了，以後，這鄉鎮，不再鬧醜事啦！」

一聽到「『三腳貓』死了！」這句話，我全身像是觸了電，震了一下。

「他怎麼死的？」我顫抖著嗓子，問。

「當然是病死囉！想想，像他那麼一大把年紀，還學風流，不死才怪！」一個說。

「聽說他操勞過度，挑糞時暈了過去，摔進了山溝，受了重傷，不治而死的……。總的說一句，他是罪有應得呀！」另一個插嘴說。

「最叫人感動的，要算是字狗叔的為人了！他不但不計較『三腳貓』對不起他的地方，相反地，還慷慨解囊，捐了一百塊錢，替『三腳貓』收屍，的確難得！像他這麼樣的好人，天下能有幾個呢？稱呼他是『慈善家』，倒真是名副其實。」

整個咖啡攤裏，差不多每一張嘴巴，都在讚揚字狗叔。而對於已經死去的「三腳貓」，卻依然沒有一句好話。

我的心，好像被鉛壓著似地……。

就在這個時候，吹來了一陣風，帶來了一股濃濃的臭氣！咖啡攤裏的人，禁不住都在吐口水，掩鼻子。其中有一個，忍不住地大聲嚷叫起來：「他媽的！整十天沒倒糞了，所有的糞桶都滿了，盡是糞蛆。地方議會的議員們還在睡覺嗎？不然，鼻子給塞住了不成？難道真個要讓我們的鄉鎮，成了個大糞坑……？」

痔仙

我剛閱完二十多篇以「精神革命」為題的作文，透了一口悶氣，正打算舒舒筋骨，睡個午覺。劉志卻在這個時刻出現了。

我看他垂頭喪氣，只得勉強上前和他打個招呼，並且請他進入我的書房。

「打擾你了！」他皺著眉頭說：「我知道你是個大忙人，不該來妨礙你的工作；不過，我也知道你是個『有求必應』的人——」

「老劉，你不妨長話短說！」我抽出一根煙遞給他，他搖了搖頭，卻又接了過去。我替他燃上火，他神志頹喪地吸了幾口，然後對我說：

「我有難題。」

「甚麼難題？戀愛？」

「不，不，不是那回事兒。」他不安地，一臉窘態地說：「也不怕你見笑，到現在，我連女朋友都沒一個……唉！大概是八字不好吧，老是撞上不如意的事兒……」

「你這個人，總是悲觀。」我說：「其實，你的命，比誰都好，一生出來，就是個小富翁，而今，膠價又好，你不必流半滴汗，就有好的吃，好的住，好的穿，還有大汽車坐，你還嫌甚麼八字？」

「別諷刺我，行嗎？」

看他那副瘦削而又憂鬱的臉孔，充滿了不安的神情，我即刻意味到他是面臨了煩惱和憂傷。於是，我把話題一轉，說：

「怎麼，難道是身體有毛病？」

「唔……」他低下了頭，「是一種討厭的病！」

「甚麼病？」

「也不知道，只是——」

他把手上的煙一擲，又從地上拾了起來，猛吸兩口，吐出一股煙霧。

「到底是甚麼病？」我坐正了身子，一把握住他的手。他的手，冷得很。

「只是甚麼？」

「常常出血……」他的聲音很低。

「甚麼地方出血？」

「肛門。」他忽地抬起頭，用哀懇的嗓子對我說：「你是我的好朋友，我這才對你說，請你代我守秘密，我不想讓人知道，我，我求你！」

「這有甚麼不可以說的，唉，你這個人，也太——」

「我告訴你，是希望你能幫助我，而不是要你傷我的心，這點，我——」

「好吧，這事兒我不對人說就是了。」看他焦急的樣兒，我立刻向他說：「你說說看，要是我幫得了，我一定不推辭。」

「那好——」他鬆了一口氣，勉強擠了個笑容，便又立刻收斂了；隨著他說：「你認識人多，醫藥界的朋友也不少，所以——」

「你要我為你介紹醫生？」

「不，我已經看過好幾位醫生了，他們都不能給我下個明確的診斷……」

「怎麼會呢？」

「有的說是大腸出血，有的說是瘤腫，有的要我去照X光，甚至也有懷疑這是cancer……」他說得嗓子都開始顫抖起來：「他們沒主意，我怎麼還要去看他們？所以，我改變主意，去找中醫師──」

「中醫師怎麼說？」

「他們都說這是痔！甚麼內痔和外痔，服了他們的藥，也不見效。到後來，他們才告訴我，藥服不好，就只有兩個辦法了──一是進大學醫院讓專科醫生診斷，必要時，得動手術；一是上吉隆坡去求『痔仙』，因為他有祖傳秘方，像這種無名怪症，他有把握藥到回春！」

「那你打算怎麼樣？」

「我怕動手術。」

「這麼說，只好去找『痔仙』啦？」

「所以我來找你。」

「我又不是『痔仙』。」

「你認識中醫協會會長，他能告訴我們『痔仙』住在甚麼地方？」

「你為甚麼不去問告訴你有這麼一個人的那位中醫師？」

「他們都說，這個『痔仙』已經死了。」

「死了？」我聽得簡直是丈八金剛摸不著頭腦。

「你聽我說，雖然他是死了，但是，他有個兒子，據說得了他的真傳！」他說：「由於這個兒子，並不像他父親早晚留在醫務所裏，要找他，可就不容易了。何況，聽說他最近買了新樓，已不住在舊址了。……」

「原來是這樣。」

「年老兄，看在老朋友的份上，你就幫我這一次忙吧。」

＊　＊　＊

我的信寄出去三天之後，就收到了中醫協會會長的回信——附有『痔仙』的地址。

隔天一早，我就陪了劉志，上都門去尋訪名醫。我在百忙中撥出時間陪他跑那麼一段遠路，一方面是要安慰安慰我這個多年的老友，另一方面倒是想見一見這一位中醫師們所共讚的醫學界奇才。

車子開進了都門的豪華住宅區，花了整整四個鐘頭，才找到『痔仙』的新宅。

那是一座建築雅緻，富有西洋色彩的兩層大廈。不論是花園形式，或是廳中擺設，都堪稱一流，令人興歎。

在客廳中等了約半個鐘頭，才見一位年約三十的長髮青年走了出來。

這時候，接待我們的那個老年人連忙向我們介紹：

「這位就是你們想見的人物了！」

我和劉志都不自禁地互相望了一眼，然後站起身來。

「唉，坐下，坐下！」他一屁股，坐在沙發上，雙腳一伸，擱在几邊：「我就不太喜歡人家稱呼我這個怪號！甚麼『痔仙』，『痔仙』乾脆叫肛門專家好了！……」

我們像是掉進了陷阱，驚奇地瞪著眼前這個獵人。

「都怪我爹地不好，甚麼都好傳給我，就是不該把這個肛門專家的雅號也給我承繼了！要是讓我的女朋友露絲聽見了，一定要氣壞的！」他一邊說，一邊用手摸按著他那頭黑而長的頭髮：「我爹地是個了不起的人，他賺了很多錢，也購置了不少產業，在思想上，他也算進步，天天告訴我，這個要改革，那個要革新，他說，保守雖有好處，卻也有缺點，所以要我們年輕人大膽地去改革，改革一切……」

劉志聽得有點兒不耐煩，他輕輕踢了我一腳，暗示我向他提出治病的事兒。我會意，剛要開口，對方卻搶先截住了我的話頭。

「你們都患上痔瘡這討厭的病吧？唉，這病討厭，令人坐立不安，別急，待一會兒，我會開方給你們的。」

「這——」我想向他說明，要治病的，是劉志，不是我。

「我明白，你們見我這副模樣，不像個醫師，對不對？其實，我念華文中學時，也念過『以貌取人，失之子羽』的，你們別看我一派洋相，就以為我不識中醫醫術，請放心，我只是在遵循著先父的遺志，在從事改革而已！」

「改革？」劉志莫名其妙地望著他。

「爹地說，中醫值得發揚，西醫有研究的價值，所以，他把我送進紐西蘭大學去，要我學醫科，還指定要我專攻和痔瘡有關的學系，其實，這簡直要把我難倒嘛，因為中醫主留，倡議藥物治療，西醫卻主張動手術割除，一了百了，……」

「那，你主張……」劉志看來是越聽越不安了：「我，我就是怕——」

「怕甚麼？你怕割去大腸頭，拉屎麻煩嗎？」

「我，我就是不願進中央醫院……」

「你這種思想也要改革！」他忽地坐直身子，指著劉志說：「你知道，有多少人因為這種錯誤的觀念，送了老命的嗎？」

「我是來求醫的——」

「我知道，我知道！」

「現在，我是希望你能替我診斷症狀。」

「喝，這兒又不是醫院，也不是診療所，沒有設備，怎麼替你診斷呢？」

「那，你不是說要開方給我？」

「對呀，我是說要開方給你的，現在，我也沒說不開方嘛。」

「你不必問病狀，不必把脈，不必檢驗，你就能開方？」

「祖傳秘方，百發百中呀！」

「甚麼？」

「你不相信我們祖傳五代的秘方？」他皺了皺眉，似乎有點兒不高興。「要是這樣，你何必上門求醫？」

「我，我是——」

「我已經告訴過你，我正遵循爹地的遺志，對醫病要大膽，要改革！像他那樣墨守成規，一天能開幾個方？」

我聽得滿腦袋疑惑，再也忍不住地發問一句：「難道你去外國學醫，醫學教授也這樣講的嗎？」

他笑了，似乎笑得很開心：

「你以為我真個去學醫，真個去研究人類的肛門？你想我會像我的爹地，和他的祖先那麼愚蠢，專門在看人家最髒的部份？」

「你這話是怎麼說的？」劉志已經是一臉頹喪了。

「所以，剛才我說過，我爹地的思想很進步，要我們年輕人改革，要我們打爛舊思想的腐敗框子……我是接受了他的革新思想，而且付諸實踐，瞧我的裝飾，瞧我的花園，瞧我的擺設，瞧我的住宅，瞧我的醫學論點……一切的一切，都在革新，都在摒棄舊的理論！因為我是新的一代，一切，都得跟上新時代潮流！」

「你在紐西蘭不學醫，是學甚麼？」我禁不住好奇的問。

「也不怕你笑，告訴你，我是去遊歷，真是『行萬里路，勝讀萬卷書』！其實，看比學，要來得強！」他得意揚揚地把視線落在牆上的一幀二十四吋大的彩色照片上。

「喏，」他指著照片，對我們說：「那是露絲和我，在澳洲拍的，這是我最大的收獲。……」

「你去外國，就只找到一個女朋友？」我簡直不信自己會從老遠的地方，來尋訪這麼一個新潮派的青年。

「是也好，不是也好，反正你們來的目的，是求痔科秘方，又不是來問我的身世。」他說：「現在，請你們趕快決定，到底打算要怎麼樣醫治你們的病症？上中央醫院動手術？還是用我祖傳秘方？」

「我是來診斷的。」劉志失望地說。

「我根本就沒有甚麼病，只不過是陪老友來的。」我澄清說。

「這麼說，你們兩位豈不都上錯了門兒？」這是第一次，我看見他皺眉。他說：「你們不是來找『痔仙』的？」

「我是來找『痔仙』的，可惜他已不在了！」劉志垂頭喪氣地回答：「老的『痔仙』，已經作古；新的『痔仙』——」

「新的『痔仙』就是我呀！只要你付錢，我照樣能給你開方配藥的！」

「不！這太冒險了！」

「唉！人，活在世上，本來就是冒險嘛！」他說：「難道你寧願看我穿上醫袍，一本正經地為你看病，而不願我坦誠地把實實在在的情況告訴你嗎？」劉志望著我，只是搖頭。「你應該明白，不管我怎麼個樣兒。那藥方卻是一樣的！」

「我要告辭了。」劉志說：「很對不起，打擾你很多時間。」

「嘿——你，你這是算甚麼？算甚麼呀？」他看我們站起身子，他也打從沙發上跳了起來：「這裏好像是公園，要來就來，要走就走，這，這，這算甚麼？」

* * *

「年老兄，忙了你一整天，真不好意思。」劉志開著車子，朝著歸程駛去。

我沒說甚麼，只是默默地望著前方的夕陽和彩霞，心中自是納悶。

「看來，人類是非變不可了！」他苦笑著說：「理論和口號是越來越多了，也不知道人類會因此變得更好，還是變得更壞？」

我睨視了他一眼，問了一聲：

「你怎麼地會談起這些來了？」

「因為我想起了剛才會見的那個『痔仙』。」

「唉，算了。」

「當然是算了，因為我對他已完全失去了信心！」他歎了一口氣：「老『痔仙』在天有靈的話，一定很悲痛！」

「悲痛甚麼？他痛愛這麼一個兒子，如今見他享盡人間榮華富貴，不開心才怪！」

「我說的是他的革新理論。」

「我倒覺得老一輩能有新思想，是不錯的！」

「就是因為不錯，他才要悲痛！」

「為甚麼？」

「他的理論被小『痔仙』誤解、誤用了！以後，患痔的人，要上那兒去求醫呢？」

「說來說去，你還是歎息自個兒的命運！」我說：「還是拿定決心，上大學醫院去治療吧！如今科學與醫學都很昌明，不致於連你這病都治不了？何況，你有的是錢！」

「我正在考慮這個問題。」說著，他把車子駕進了三岔路口，然後把車煞住。

「不行了？」我急忙問他。

「我看又要出血了！」他答。

「車子讓我替你開吧。」

「也好，只是你路不熟悉，還是小心點看路牌，免得走錯了路。」

「放心吧。」

我把車子開走。他往後一躺，閉上雙眼，像是睡著了；只是他臉色蒼白，眉間仍然掛著幾分憂鬱。……

文荀

聽一個老同學說起，才知道文荀已經「學成歸來」了一個多月。於是趕忙找了施井，一塊兒趕到「文人巷」去看他。因為，過去我們三個，是死黨，也有人說是桃園三結義。

沒想到，見了他，他卻半點興奮的神情都沒有，只一味地深鎖雙眉，不停地歎息。

「走，上附近的小餐室去。」施井一把將他拉出門外：「吃飯去！這兒太悶了！」

「十二點才用過午飯，現在又鬧肚子革命了？」他停了步，望了望我們，無精打采地說：「我在失業期間，真沒這份閒情呵。」

「別急，不會要你出錢的，過去的『和尚請和尚』協定也拉倒！」我笑著說。

「算是為你洗塵！行吧？」施井加了一句。

「喝，四年不見，一個成了冷氣室編輯，一個當了『誤人子弟』的師表，倒是闊了！好，恭敬不如從命，何況，你們都是吃太平飯的，賺錢容易！唔，就讓你們破破費，那倒也不妨！」他聳聳肩，把雙手一攤，說。

「瞧你，還是老樣子，滿口胡言什麼！」施井皺了皺眉，說：「大學裏頭，並沒把你的那張嘴巴給磨平！」

「哼，我就是我，上那兒都是一個樣！這叫『本性難移』！何況，辛辛苦苦熬了四年，回到這個什麼鳥地方，卻還是爬不出頭來！真是他媽的！」

「我們還是上餐室裏去談吧，」我說：「至少，在那兒，口渴了，還有一杯唐茶可以喝！」

我們在餐室的一個比較隱僻的角落坐定之後，施井叫了兩道小點，要了一壺唐茶。文荀卻要了一樽黑啤酒。

「心不疼吧？」他不屑地笑著說。

「你盡量喝吧！」施井說。

「我有胃病，不能喝茶。嘻嘻，醫生的勸告！」他按擦一下上腹：「雖然醫生也要我少沾酒精，但是，管他媽一個屁！」

「文荀，我看，我們還是來談些正經的事……」施井驀地收斂起那一臉輕鬆的神情，說：「比方——」

「哼，雖道我們現在談的，就不正經嗎？」他插嘴，說：「老施，告訴你在大學裏頭，別說談這些，即使是大談女人胸脯大腿，男同學脫光屁股一塊在沖涼的事，也算是學問哪！何況還有些同學靠寫這一類文章，而被舉為幹事！」

「我想瞭解一下你的志願。」施井說。

「哈，還用說？修完了課程，當了文學士，當然是要做作家了！難道，真個想一輩子任『量地官』不成？」

「你寫過文章？」

「就是他媽的本地報章的屁編輯不用！他們都戴他媽的有色眼鏡！」

「不見得吧。」

「還說，他們在扼殺自由思想和言論自由！」

「是嗎？」

「要不，他們憑什麼退我的稿？——那些充分表現新思潮的作品！」

「這樣吧，如果你願意的話，把稿交給我，我設法給你發表。」施井說得很認真。

「什麼，把稿交給你編的什麼少年青年副刊？」他方臉上的一對小眼睜大了，帶著一種特異的眼光，望著施井。

施井感到尷尬。於是，我連忙開口：

「其實嘛，文章千古事，得失寸心知，只要是好的文章，有水準的文章，在那兒發表，還不是一個樣？何況，老施編的報紙，又是大報，單論印數，就十餘萬，這，還不夠你滿意嗎？」

他想了想，終於拍一拍施井的肩膀，露了個無可奈何的笑，說：

「好吧，算你慧眼！」

＊　＊　＊

我看到施井編的文藝副刊上，發表了文苟的文章，心裏很是愉快，便三步作兩步地趕到他家裏去。一見了他，我劈頭就問

「看見了吧？施井夠朋友！」

「你這話豈不是在侮辱我？」

「對不起，我可沒有這個意思。只是——」

「說實話，我這一篇文章，可不是什麼阿狗阿貓的作文習作呀，發表在那種青年少年人看的副刊，我不叫委屈，已算好了，而你，卻說什麼夠朋友不夠朋友！」

「照你這口氣，你應該再作嘗試，把稿寄到其他報刊去發表呀！」

「那還用得著說！」他的小眼下意識地瞪我一眼，呶著嘴，說：「下一步，不但要把稿寄到國際性的報刊雜誌去發表，同時，還要出版成集，寄到國外去，得個他媽的什麼文學獎哩！」

「我很高興能聽到你有這麼遠大的志向，看來，你的確下定決心，打算獻身文藝了！」

「虎死留皮，人死留名嘛！我一定要在文壇上留下響噹噹的名字！」

「你有信心？」

「當然有！」他側著頭，昂著臉，像在演講：「我向來崇拜柏楊、李敖、魯迅……但是，我卻已經決意要比他們更出色！不過，當然囉，目前最重要的，還是要先設法冒出頭來！」

「冒出頭來？」

「唔，叫人知道，我國文壇，有那麼一顆閃亮奪目的明星！同時，要使其他的文人，黯然失色。……」

「你有把握？」

「有什麼難？喝，人家小學畢業的，初中三程度的，高中三水準的，都能在文壇上呱呱叫，難道我這個文學士，反而不如他們？」

「這可難說，因為那還得靠努力！據我這個門外漢所知道的，倒是有些學術、資格都低的，成了大器。像沈從文、王雲五、蕭伯納、莎士比亞……總之，好多好多沒進大學的，他們的成就都令人敬佩。」

「你真的是井底蛙！」他叫了起來，「那是過去的事呀！現在，時代不同啦，情形當然也變了！尤其是在這土地上，什麼都得論學歷，談文憑，難道文學就例外嗎？」

「我不太懂。」

「你當然不懂，因為你連大學的圖書館都不曾見過！」

「算了，我想，這些我也不需要懂，因為事實將會是最好的證明！」我聽他那麼樣的口氣，著實感到有些不舒服，便把話頭拉回來：「你且說說看，你打算用什麼辦法叫頭給冒出來？」

「標新立異！」

「什麼『標新立異』呀？」

「比方，人家寫文章，隱惡揚善，專捧好人；我可就要來個與眾不同的寫法，專罵好人！」

「好人也可以罵？」

「總統都得罵，還有誰不能罵的？」

「讀者能接受嗎？」

「你可就真個什麼都不懂了，因為我們可以把對象加以醜化！像魯迅把大好中國人醜化成阿Q一樣，那不就成了？」

「哦，罵好人，叫標新立異？我總覺得這沒有什麼好處。」

「連這麼一點小道理你都不懂？唉，難怪人家要諷嘲你們教書匠是『誤人子弟』了！」他說：「說穿了，那只不過是一場拳賽。」

「拳賽？」

「如果你要稱為『拳王』，首先你必須把現有的拳王一個個打倒，對嗎？」

「這又和文壇有什麼關係？」

「當然有關係！因為不論談文談武，道理總是一樣！試想想，要不把現在那些活躍在文壇上的紅人給轟幾下，誰會注意你，再說，如果這些人不打倒，你又怎麼能爬上去？又怎麼冒得出頭來？」

「這行得通嗎？」

「所以呀，我說你只配當一個平平凡凡的教書匠！」

* * *

當我把文荀的那套所謂「拳賽」的哲學轉告施井時，施井吃了一驚！

「最近，報館收到很多投訴信，連我也給告上了！」他說：「我還以為這是誤會，卻沒料到，他另有居心！」

「你應該謹慎一點才是，否則，可能後果不堪設想！」

「唉！這就為難了，因為稿是我約的，如果把他退了，那又怎麼對得起朋友？不過，照這等情形來看，他的稿用多了，難免會惹出禍事來的！」說到這兒，施井忍不住地握住拳，輕敲了兩下頭。

「我們去看看他，試試把他說服！」

「我並不樂觀。」

「為什麼？」

「他說過，『本性難移』。」

「這和寫稿的事，風馬牛不相及嘛。」

「這個，你還不明白。」

「那該怎麼辦？」

「你去勸服他，最好以第三者的身分，勸他寫一些有生活意義的文章。告訴他，那才是真正的千古事。」施井很誠懇地對我說：「因為，柏楊也好，李敖也好，都得經得起考驗。……」

「這些作家的事，我一知半解，和他談起來，難免又要針鋒相對！到頭來，被澆冷水的，當然是我。所以，我只答應試試去勸勸他，至於那些雜文家的好歹，我可沒勇氣提！」

＊　＊　＊

我做夢也沒料到，文苟會在「拿督公」廟裏頭，跟那批爛賭的青年人在一塊兒。

前幾天，我讀了他一篇題為〈真字〉的雜文，把萬字迷罵得焦頭爛額，叫人拍案！可是，眼前的他，卻在焚紙燃香，在神像之前，大求真字，真叫我這個丈八金剛，摸不著頭腦。

「來，你這個處男，手運一定比較好，代我抽個號碼！」他命令似地把我喊了過來：「要是中他媽的三五千元，我就自資印他媽的一千本《文苟文集》，不用叫那些他媽的屁書局把稿給退回來，還要在信上強姦我的思想！」

「什麼，你的文集又被退回了？」

「他們識個屁！把糞當作珠寶；而把金言視為糞土！」他氣呼呼地說。

「我還以為你是深入民間，在尋找生活素材，來完成你的創作。」

「屁話！深入什麼民間，人家西方的『嬉皮士』，成天抽大麻，服迷幻藥，也能寫出暢銷書來，我何苦要為那他媽的五塊錢一字的稿費，下鄉受苦？」

「那你寫作，是——」

「過渡時期！」

「什麼，過渡時期？」

「文壇烏鴉一般黑！在這個瞎子島上，獨眼倒稱起王來的時刻，你能幹什麼呢？要我也跟著瞎嗎？還是要我犧牲一隻眼？」

「你扯到那兒去了？」

「你可以代我轉達施井，他丟我的那篇〈文壇百醜圖〉是很不智的！」

「你在行文中，火氣太盛了點！對嗎？」

「放屁！」

「施井覺得，你一槳打沉全船人，不太對，何況，那可能涉及法律問題！」

「他強姦了自由思想；扼殺了言論自由！」他說得臉色發青，一對小眼像在冒火。

「或許，我不太懂得什麼是『言論自由』，但是，我卻相信自由該有個限度。比方，你有說話的自由，但是，你可沒有辱罵別人的自由呀！」

「和你這麼一個教書匠談文學問題，真個是『對牛彈琴！』」

* * *

自從文苟和施井鬧翻了之後，我再也沒有看到文苟的任何文章，在報刊上發表。

當初，我還聽一位老同學說，他閉門造車，寫了一部專罵文壇上人物的集子——連施井也給罵上了——寄到外國的一家出版社去。結果，不到一個月就被退了回來。

之後，又聽一位和他在大學裏同學的友人談起，說他寫了一本雜文集，莫名其妙地，也跟人家大罵帝國主義，殘酷的戰爭遊戲……之類的，結果也被一家反帝國主義的出版社給原封不動地退了回來。

過後，我就常聽人家說，他和麻將臺結了緣；也和萬字票女郎搭上了關係，居然連舊時的女朋友也不要了！

我覺得很傷心，便去找他談談。

「你不當作家了？」我開門見山，劈頭就問。

「封筆了！」他一臉苦笑。

「怎麼？剛剛才磨筆，現在就封筆了？」

「道不合，不相為謀！」他說：「這個文壇，烏煙瘴氣，我可不願和那些沒進過大學，半路出家的文人同流合污！」

「那，現在，你打算怎樣？」

「我已經找到了一份教書的工作。」

「什麼？你也要誤人子弟了？」

「放屁，像你們這種沒有方帽子的，才會誤人子弟，而我——」

「你又——」

「夠了，反正，你向來和施井一樣，不同意我的觀點，多說又有什麼用？」

「施井他——」

「別提他！他的眼光太淺了。」他從鼻孔裏重哼了一聲，然後繼續說：「他使我國文壇蒙受很大的損失！」

＊　＊　＊

走出文苟的家，在寂靜的「文人巷」中步行著，我不停地在咀嚼著文苟最後的一句話。

「這是文壇的損失嗎？」

驀地，我看見一家鐵門上掛著「內有惡犬」的屋裏，闖出了一隻狗，狠狠地對我吠了幾聲，把我給嚇了一大跳，當我站定之後，那狗卻又縮進屋裏去。

「文人巷」又回復了寧靜。……

這時，我忽有所悟地，來個會心的微笑，於是，腳步也輕鬆了……

義款

在醫院，經過了醫生的診斷，當老孫獲悉自己所患上的病症，竟是喉癌的時候，第一個閃進他腦子的念頭，就是自殺！

他念大學時的同學老李第一眼就看出了他的心思，因此，百般勸慰他，並且自動建議為他在報章上發一則新聞，籲請社會人士，慷慨解囊，捐出一筆費用，讓他出國求醫。

老孫考慮了整整一個晚上，終於決定接受老李的好意。

* * *

看到報上刊出有關老孫打算出國求醫的新聞，他太太心頭上的那塊巨石，總算暫時給放下了。她看看身邊的五個孩子——最大的不過十歲；最小的卻只有四歲——心中也不知道是什麼滋味，只覺得鼻子一酸，淚珠兒就一串串地滾了下來。

她想：真的，要是她失去了老孫，那她該怎樣活下去呢？她不但不是職業女性，而且幾乎可以說，她毫無一技之長。

因此，當她知道老孫泛起了死的念頭時，為了灰色的前途，為了失去的愛，她也想到了死這回事，不過，老李的從旁協助，終於使她重燃了生存的火燄！

＊　＊　＊

在短短的一個星期當中，兩家代收義款的報社已經收到了四千多元的捐款，相信，再過幾個星期，可以突破一萬元大關！

老李很是興奮，老孫的太太似乎也建立了新的信心；只有老孫：依然是一臉消沉的神色。

「老李，請你代我打個電話，謝謝所有捐助我的人！」他呻吟著說：「他們給我的溫暖，我已經深深地體會到了。……」

「將來我會代你發一則鳴謝的新聞的，你放心。」老李說。

「不是將來，是現在！」他冷漠地說。

「什麼？現在你的意思——」

「四千多元，已經不是個小數目哩，夠了夠了，就這麼多吧……再多，我可受不了了……」

「這是什麼意思？」

「我不願在往後的日子裏頭，要負更大的內疚的擔子。」

「這是什麼話？你要明白，捐錢的人是出於自願的呀！」

「老李，你的好意，我很感激。不過，我的苦衷，你不會瞭解！所以，我求你，幫我這個忙——我不能再收人家的錢了！」

老李費了許多口舌，還是無法打消老孫的心意。於是只好氣呼呼地說：

「你這人，真是莫名其妙！好吧，你既然心意已決，我當然只好為你轉告報社，說你謝絕日後的義款，請他們別再為你勸捐了！」

＊　＊　＊

老孫從報館接收了義款之後，在回答記者的談話時，說：

「我很高興，在這個冷酷的世界上，還有溫暖存在。要是將來我沒法子報答這群熱心救濟我的善士，我希望他們能本著過去的善心，寬恕我的罪過！」

「那，你打算上那一個國家去治病呢？」記者問。

「我還沒有決定，不過，那必定是個很遠很遠的地方……」

＊　＊　＊

孫太太在外頭收了些衣服，打算在家裏洗洗，賺些錢補貼家用。她一進門，就看見五個孩子坐在一角哭泣，她十分驚異，便上前去問大兒子，說：

「什麼事情叫你們都哭了？有誰敢欺負你們嗎？」

「沒有，是爸爸——」

「爸爸怎麼啦？」

「他說把錢給你。」

孫太太接過一個信封，打開一看，盡是些五十元的鈔票。

「爸爸呢？」

「走了，他說，要我們聽媽媽的話，他要到外國去醫病……他不要我們去……」大兒子哭得一臉淚水。

「但是，他，他怎麼出國呢？他的錢，都在這兒呀！」

她慌忙將錢取出計算，卻發現當中有一張便條。上寫：

我最愛的：

請你勇敢活下去。為了我，為了孩子，我只求你委屈生存下去。別想我，也別管我上什麼地方去，總之，我對不起你，對不起孩子，也對不起社會人士！我必須離開這兒！……再見。

夫字

×月×日

孫太太全身顫抖起來，把字條捏成一團，愣了一陣，終於號哭著奔出家門。……

神算子

我常常把我的女朋友阿花，叫做「開心果」。因為她總是笑嘻嘻的，笑眯眯的。沒想到，這一回，她的眉頭卻皺成一團，那對圓溜溜的眼兒，差不多就要噙著淚水了！看見她這副樣子，我可真有點兒慌亂了。

「是怎麼一回事兒呢？阿花。」

「我們——」

「我們怎麼啦？」

「我們的關係，大概就要告一段落了……」

「你，你在胡說什麼？」我吃驚了：「我們倆不是好好的嗎？」

「但是——」

我立刻想起了她的父母親來。可是，我還沒開口，她已經截住了我的話頭。

「我去看過一個算命先生。他說，我的第一次戀愛，一定失敗。」

「你也相信嗎？」

「他說，掌上的婚姻線是這樣說的，我起初是不大相信的，不過，近幾個禮拜所看到的，所聽到的，好像都不對勁兒。我——」

「你是說，你父母親又提出反對啦？」

「他們不贊成我和你談戀愛，就是因為——」

「我明白！哼，說什麼往遠處想，為我們兩個好，說穿了，還不是嫌我的這份兒職業！說實話，這點最叫我吃不消！像我這樣一個挑擔子的小販，收入雖然不多，總還是靠我一雙手，一雙腿去賺錢呀，有什麼見不得人的呢？」

「這，這是——」

「阿花，難道你也像他們一樣，認為我這個沒出息的小販，將來養不活妻子兒女嗎？」

「發哥，請你不要說下去！」

「我偏要說！而且，希望你把話帶回去，轉告你的爸爸和媽媽。我父親也是個小販，他不但把我媽媽養的肥肥胖胖的，還把我們這一大群的孩子，養得結結實實，個個都有本事幹活兒！問問他，哪一點能強過我爸爸？哼！」

「但是，我不能不尊重他們老人家的意見，他們到底是我的爸爸和媽媽呀……」她的嗓子開始顫抖了。

「所以，你就相信起那個跑江湖的算命先生了？」

「請你——」

「想不到，你的意志這麼脆弱；還有，虧你念了整十年的夜學班，竟連一個看命的話也會相信！」

「請你原諒我，我確實是個沒主見的人，話聽多了，意志就會搖動；難道你還不瞭解我嗎？耳朵所能聽到的，就只有那些使我傷心，使我悲痛的話。你說，我還能怎麼樣呢？說實話兒，我的信心，已經崩潰了。……」

「崩潰了？哈！崩潰了！想不到，你對愛情的處理，是那麼的幼稚，那麼可笑！哼，把你的一切，交在一個從不認識的人的手中。喝，虧你讀書看報，二十世紀七〇年代了，人類已經在月球上登陸了，你卻還沉迷在迷信的圈子裏，相信命運！我真痛心！我的確很痛心，有你這麼一個幼稚而可笑的女朋友！」

像講臺上發表談話一樣，我激動地嚷叫著。待我把話說完了，回頭看阿花時，我的火氣立刻直線降了下來！

哦，阿花哭了！啊，她可從來沒哭過哪！都是那個鬼算命的！

* * *

老陳聽我把心事說了之後，便一把將桌上還沒打開的「五加皮」酒拿開，微笑著說：

「這一瓶酒，用不著喝了！」

「我受不了失戀的痛苦！把酒還我！把酒還我！」

「哈，我一向把你看得很行，就沒料到你連一跤都摔不起！冷靜點兒，這麼消沉、頹喪，沒用處的。聽我的，自然有一條生路！」

「少廢話，把酒拿來！」

「看你，成個什麼樣兒？哼，我老陳那一回解決不了你的難題？你捫心自問！」

「你要給我介紹新的女朋友？別白費心機啦！」我說：「我再也不談戀愛了！那騙人的鬼

技倆！」

「介紹女朋友嘛，我老陳可沒本事兒，活了三十來歲，自個兒都沒半個女朋友，那還能給你介紹？」

「我就是不再談戀愛了！你沒聽說過，第二次戀愛，是痛苦的嗎？」

「誰要你去談第二次戀愛？」老陳一本正經地說：「我要為你設計，叫阿花回到你的懷抱中！」

「有希望嗎？」我的心情為之一振。

「山人自有妙計！」

「什麼計？快說。」

「簡單得很，一句話，『以其法，治其人』！」

「我不明白。」

「你聽著，我老陳有個同學，曾在台灣讀佛學，還學相命。對於看掌紋、算命、看相、推八字，樣樣行，門門通！聽說，還看得極準哪！」

「喝！我還以為什麼妙計，原來又是騙局，少囉嗦，把『五加皮』還我！」

「你為什麼不耐心點，讓我說完話呢？」

「我討厭相命這鬼把戲，那是騙局！我更恨透了算命的人！明白嗎？」

「難道你不要阿花了？」

「要！」我說：「我也要那瓶酒。」

「聽我說完話，我就還你。成嗎？」

「一言為定！」

「你去會阿花，說你不相信那個算命先生的話，要她陪你去見我的算命朋友，嘿，就說，他叫『神算子』……」

「神算子？」

「唔，你必須先和她說定，要是『神算子』說，她的第一次戀愛，終歸失敗，那麼，你們就交為普通朋友；要是他說，她的第一次戀愛，一定成功，那麼，她就應該深具信心，向父母親依理力爭，直到你們成婚為止。」

「老陳，你太天真了！要知道，看相、看掌紋，都是大同小異的，不是印掌，就是相五形，再不，就是問生辰八字。說來說去，也是一個樣兒。要是去見『神算子』，他也一口咬定，阿花的初戀必定失敗，那麼，我不是要去當和尚了？」

「唉！你這人，就不懂得動腦筋！聽著，『神算子』是個學佛的人，學佛的，心地一定善良，換句話說，他一定樂意幫助受苦受難的人，所以，我可以求他，幫你一次，成全你的好事！」

「他肯嗎？」

「只要你聽從我的指示，一切包在我老陳的身上。」老陳拍拍胸膛，蠻有把握地說：「最重要的是，要和阿花先說定，過後不得反悔！」

* * *

阿花看了「神算子」掛在書房裏的文憑和書櫥上的那些佛經和掌紋學書籍，似乎對「神算子」起了敬意。她在我身邊，低聲地說：

「看來，他是個有學問的人，發哥，我會相信他說的一切。」

「神算子」謹慎而仔細地觀察過阿花掌上的婚姻線，然後十分穩重地對她說：

「善哉！善哉！姑娘將來必定和初戀的人成親，而婚後夫妻恩愛，生活美滿。」

我透了一口氣，對著牆上的如來佛畫像，暗叫了一聲「南無阿彌陀佛」！

＊　＊　＊

人類在面對戰鬥時，，信心的確重要！

自從聽了「神算子」的話之後，阿花對於我倆的戀愛前途樂觀的多了。她不但更親近我，同時敢於和父母親對抗。做父母的，見女兒已經長大了，而又是那麼死心塌地地愛著我，日子久了，怨言也就少了。……

在我們結婚之後不久，我為了要答謝「神算子」這一次成全，我的婚事，特地約了老陳，一塊兒登門造訪。

我把一大包的禮物送上時，「神算子」似乎感到莫名奇妙。

「這，這算什麼？」他問。

「嗳，是點小意思嘛，聊表心意。」我說。

「聊表什麼心意？」他皺著眉頭，想了一陣，又問我：「我一向是不隨便收禮的。」

「怎麼，貴人健忘啦？」老陳像是怕他起了誤會，趕忙插嘴，說：「他帶過女朋友給你看掌的。」

「我看掌，從不收費，也從不收禮，難道你也忘了？」
「可是，這一回，是有點兒特殊的。」
「有什麼特殊？」
「我要求你，成全他，要你對他的女朋友說，她的初戀，必定成功，難道你給忘了？」
他聽到這兒，整個臉孔都皺了起來，「唔」了老半天，卻還沒說出半句話來。於是，我對他說：
「就憑先生那一句話，叫我們成了夫妻啦！」
「把禮退下！」他忽然喝了一聲：「老陳，你可真的忘了我做人的原則了，我一向真人不說假話，『是』就是『是』，『非』就是『非』，絕不含糊！」
「那——」我愣住了。
老陳也給搞糊塗了：「難道你說的都是真話？」
「還有假？」他說：「我說過你老陳在三十歲前娶不到老婆，難道會有假的嗎？他們結為夫妻，那是命中註定的呀！」
「我的天！」我喊了一聲，手裏捏的，竟是一把冷汗！

人與狗

白寡婦一手提著菜籃，一手拉開小鐵栓，然後用腳把籬笆的木門推開。她微喘著氣地走進小菜園。這當兒，一條全黑的老獵狗奔到她的腳邊，吐著舌頭，一忽兒伏下，一忽兒躍起地老繞在她腳邊打圈子，牠那條脫毛的尾巴上被繫著一個小銅鈴，在不停地搖擺下，發出一陣清脆的響聲。她沒理睬牠，只顧細心察看自己栽種的蔬菜和甘蔗。當她點數過甘蔗叢之後，眉頭即刻皺緊了。

「又有人偷折了！真氣死人呀！什麼地方守夜隊、巡察團……連我的小菜園都看不了，還要捉什麼傘兵？哼，說不定就是他們幹的。豬仔！把籃接進去。」

「我沒空，我的甘蔗還沒吃完呢。」

「什麼，你又吃甘蔗了？」她回過頭，狠狠地瞪住坐在門口的小孩，「你老愛吃甜的，肚裏一定長了疳積蟲啦！」

那小孩抓抓散亂的黑髮，用衣袖抹抹嘴巴，一邊啃嚼手中半截長的甘蔗；一邊理直氣壯地說：「我餓嘛，誰叫你忘記把鹹粥蓋好，全給衣炭吃了！不信，你問問衣炭。」

「唉，你這老狗越發沒用了！」她說：「不看門，卻會偷東西吃。準是給你這頑皮鬼教壞了；不然怎敢去咬那馬來婦人的紗籠。……」

當她把視線移到隔溝的那間浮腳屋時，立刻發現坐在梯階上的馬來婦人也在瞪著自己，心裏頓起了個疙瘩：「豬仔，快把衣炭叫進去，那個肥女人一定很不高興的。你可別看她的眼，極不祥的……」

「我不怕。」他說，「早上，她在溝邊披曬紗籠的時候，我看著她，她還對我笑呢！後來，她指手指腳，像在演戲地告訴我，她不喜歡衣炭，說牠晚上呱呱叫。我告訴她，是守夜隊的人用木棍擲牠，用石子打牠，但是她不會聽福建話，只是對我笑。」

「是嗎？」她似乎吃了一驚：「她對你笑？」

他點點頭，一口一口地啃著甘蔗：「有時，那個駕卡車的馬來人也對我笑哩。」

「怪不得你變得這麼頑皮，一定是他們夫婦倆搞的鬼怪！」她繃緊了臉，氣呼呼地對他說：「我已說了千百遍，許多馬來人是懂得『降頭』的，你老是牛子不識大老虎！」

「老師說，那是迷信，不合科學！」

「你這頑皮鬼，只讀了兩年書，就整天用『老師說』來騙我這個種菜的女人，真是氣人呢！別再頂嘴，快把衣炭喊進去。別惹我發火。還有，把銅鈴解下，我不喜歡聽那鬼聲音！我得到溝邊去查看一下，有沒有人偷拔了菜。回教開齋節前，菜比較有價錢……」

豬仔懶洋洋地提走了菜籃，便和老狗在門口坐下。他有點納悶，使勁地啃著甘蔗，然後將蔗渣一口一口地吐在老狗的頭上。老狗擺了幾回頭，也倦了，只是伸長脖子伏在地上，動也不動。他把吃剩的甘蔗朝籬笆外拋過去，然後拍拍手，又在短褲上擦了幾下，這才將老狗的銅鈴解下來，拿在手上不停地搖著。

「豬仔，你不能安靜一下嗎？」白寡婦掉轉過頭來，說：「你怎不看看那胖婆的臉色，她一定很生氣的！我想：她遲早會請個『芭王』來的；以後，你千萬別看她，更不能和她笑。如果她拿什麼東西給你，萬萬不可去接。記得嗎？聽說阿森就是中了『芭王』的邪才發瘋的！」

「阿森是想女人才發瘋的；不是『芭王』。」他說：「老師說，『芭王』是馬來鄉村的巫醫，能醫治怪病和疾痛。我沒病，不怕巫醫。」他呶起小嘴，歪著頭，又說：「前幾天，你說過胖婆會請『芭王』來弄死我們的衣炭，我在這裏坐了三個早上，什麼鬼王都沒看見。難道他在晚上才坐地毯來嗎？」

「你就會頂嘴！」她把手上的一把野草擲過籬笆，然後叫著說：「你總不信我的話，但是你等著瞧，衣炭早晚會死在他們的手中的！」

「馬來人信回教，討厭髒豬，不喜歡……」

「我過橋比你走的路多，別再說閒話，準備上學去吧。」她說：「千萬記著，別再和那對馬來夫婦發傻笑，不然，我會打歪你的臉頰！」

豬仔似乎很不服氣，他低著頭，自言自語地咕嚕著：「人家才搬來十多天，又沒做什麼壞事……」伏在他身邊的老獵狗驀地躍起身來，衝出籬笆外，吃驚地對著兩個壯漢發出幾聲乾吠。

豬仔抬頭一看，吃一大驚！他奔出門去，使勁地推那老狗，想趕牠進入屋裏，誰知牠不但不依，反而把垂下的尾巴豎直了，衝前幾步，吠得更起勁了。

白寡婦也奔近前來。她臉色發白，眼裏充滿著驚惶失措的神情。她發呆地立著。

「你的狗？」穿黃衣的壯漢問。他很熟練地把長竿項端的鐵線圈套放大。

她點點頭。心想：衣炭這回完了！

「沒有狗牌？」那人又問。

她搖搖頭。心想：準是那胖婆告的密。她的心腸真毒辣呀！回過頭，發現她正站在籬笆邊觀望。

豬仔看母親竟不說話，慌了，忙插嘴說：「昨晚給賊偷走的……可能是守夜隊……」

「小小年紀就學說騙話？」說著，冷哼了一聲，對白寡婦說：「我們必須捕殺這隻野狗，除非買一個——」他從衣袋裏摸出一個鐵牌子，在她面前一揚。「請別向我講大道理，我們很忙，你也不用向我們求情，因為我們必須公事公辦。……」

她的手在衫袋裏摸了老半天，才摸出兩張鈔票和幾個銀幣：「兩元——七角五分……夠嗎？」對方一臉冷漠地搖搖頭，「一個牌是五塊錢，一分一厘也少不得。請別叫我們為難。」他望了那穿赤衣的馬來人一眼，那人便將兩顆子彈裝進雙管獵槍的槍膛中去。

衣炭吠得更響了。初時的那份懼怕似已在主人的氣味的鼓舞下消失了。牠像是要在主人面前顯露一下自己的英勇本質，以便證明牠並不害怕拿著武器來威嚇牠的人；於是牠跨前一步，發狂似地朝那執竿的人吠叫個不停。那人沉著氣，忽地把長竿一伸，反手一套，再往後一拉，鐵線圈已經套住了老獵狗的頸項。牠吃驚、憤怒、打滾、掙扎、吠叫……誰知，圈套並不因此而脫落，相反地，牠的頸項已被勒得牢牢的，連呼吸也顯得困難了。牠吐出舌頭，白著眼，垂下豎直的尾巴，一邊將腳爪按在泥地拚命往後倒退，一邊頹喪地望著主人哀嗥。……「媽，你看，衣炭嘴角吐出白口水啦，牠要死了！」豬仔紅著眼，淚水滾滴在衣襟上：「我要衣炭……」

她瞪住那條垂死的老狗，腦裏泛起了無限的感觸。她彷彿看到臨終的丈夫在死前所作的掙扎；她彷彿聽到他對生的呼喚。她感到難受，全身的肌肉像受寒一樣地顫抖起來。她衝到執竿的人前面，懇求地說：「請你看在天老爺的份上，饒了這條狗吧，請你……」

「你這鄉下女人！」他有點光火了：「你該放開眼界看看現在的世界呀！什麼戰爭、毒菌、原子彈、電椅……這類的玩意兒都沒有什麼值得人大驚小怪的，而你竟把一條狗命看得那麼重要？太可笑啦！」他抹一抹額上的汗水，然後用力把狗拉到一塊荒地上去。那條老狗經過一陣子的掙扎之後，終於倒下去了。所有的人攏近前去。

「他要開槍了，快走開去！」執竿的說。

馬來槍手已把槍柄頂在肩上。白寡婦母子倆卻毅然地站在老狗的身旁。鄰居的馬來婦人始終目不轉睛地望著老狗發呆。她的神色和白寡婦一個模樣，充滿著緊張、鬱悶、難過和不平……她曾轉過頭，像要和白寡婦說什麼，可是總是沒說出口。最後，她無意識地伸出手，好像要搶槍手的雙管獵槍。槍手早已一手將她拉住。她狠狠地把手掙脫，怒目瞪著對方。槍手把長槍擱在一邊，然後氣呼呼地向她說了許多話；聲音十分粗暴。她顯得極不服氣，也提高嗓子和他嚷叫起來。於是你一句，我一句地爭得連臉孔都變了顏色。可是誰也不願少說半句；誰也不願把聲音稍微降低。

執長竿的不耐煩地看看這個，又看看那個，口裏咕嚕著：「鄉下女人，一般見識！……」

豬仔感到奇怪，便問媽媽：「他們為什麼會吵起架來呢？這兩個人不是她叫來的嗎？」

「我不知道。」她回答：「大概她也是一個人；不忍看見生靈被殘殺吧！……」

老獵狗躺在長長的茅草上，除了四肢還在抽搐之外，全身各部，似已停止了活動。……

＊　＊　＊

白寡婦一踏進菜園，就對著坐在門口的小孩叫罵起來：「豬仔，你這癆積鬼！天一早，又偷甘蔗吃了？」

「我餓嘛。衣炭愛吃魚和飯，我全都給牠吃了！」

「見鬼，你怕牠長不大嗎？」

「我是要牠快點長大呀。」孩子說：「長大了，我要把牠白色的毛塗成黑色。肥婆說，『衣炭』是馬來話，意思是『黑』……」

「我說上幾十回了，不准你叫『肥婆』，應該稱呼她『娘惹』或馬來阿嫂，你總是忘了！」她朝隔溝的浮腳屋看了看，見那馬來婦人坐在梯階上，便向她打個招呼。

「媽，你說過，她的眼是不祥的，你又為什麼每天都和她笑呢？」

「孩子，你是不會明白的。」

小卡車

膠園裏來了一輛新車。這輛新車又紅、又漂亮，它停在剛搬走的那個經理的大房子前面。附近的人都圍上來了，他們都睜大了眼睛，看大汽車，看車上的人。

車上只有三個人，一個男的，一個女的，還有一個小孩。小孩的頭髮很長，但是一看，就知道是個男的。

最愛說話的尖嘴伯開口了：「這個人，一定是新來的經理。那個嘛，是經理的老婆。那個嘛，是經理的兒子！」

聽的人都點點頭，因為大家都知道，尖嘴伯了得，他常常都猜得對。於是，大家都趕忙向大汽車裏的人露出微笑。尖嘴伯一笑，就叫人知道他沒有門牙。

因為膠園真沒有門牙的人很多，所以叫無牙伯的，不是尖嘴伯，而是另外一個。那個無牙伯最不喜歡笑。即使大家都笑了，他還是不笑。他不笑，他的兩個兒子也一定不笑。因為他的兩個兒子很聽爸爸的話，也愛學爸爸的行動。那個大兒子七歲，該念一年級了，卻因為膠園裏沒有學校，沒上學；那個小兒子剛滿五歲，當然沒念書了。兩個人都把頭髮剪得很短很短，看去，圓圓的頭，恰像一顆榴槤。所以，膠園裏的人，都管叫做哥哥的「大榴槤仔」，叫做弟弟的「小榴槤仔」。

他們兄弟倆的亞答屋，就在經理的大屋子旁邊，要不是那道鐵網籬笆隔著，他們多跑幾步，就進了經理的大屋裏去。

不過，大榴槤仔不喜歡到經理的大屋子去，小榴槤仔也不喜歡，因為他們討厭那幢大房子裏的狼狗，那隻狼狗，又高、又兇猛，咬過不少人哪，無牙伯左腿上就有疤痕。自從他被那狼狗咬了一口之後，他不上大屋子去，也不讓大榴槤仔和小榴槤仔上那兒去。即使那個養狗的經理搬走了，他們還是不願上那裏去。

「喂！瞧呀！夠好看的小車子啊……」

又是尖嘴伯的聲音，他不說話，好像就受不了！

大家往那汽車後的行李廂一看，那男人提出來的，的確是一輛挺可愛的小車子。那車子的模樣兒，就和真車子一樣，就是小了些，顏色也是紅的，紅得發亮。

「哇，就和真的一個模樣，可是，不知道會走嗎？」人群中，也不知道誰在發問。

尖嘴伯抓了抓鼻子，點了點頭，說：

「一定會走，看那四個輪子那麼圓，那麼結實，一定會走！我說呀，它一定走得很快哩！」

孩子們都用羨慕的眼光，瞪住那紅色的小車。那群孩子，誰都想跳上去坐，可是，誰都沒有份兒。坐上小車子的，是那長頭髮的男孩。他神態高傲地把小車子踏著走。有時，還故意地捏了捏掛在駕駛盤邊的汽笛。

「叭叭！叭叭！」

孩子們都拍起手來，樣子十分開心。大人們的嘴則笑得更大了。

但是，無牙伯還是不笑。他的兩個兒子也不笑。

「走吧。」無牙伯輕聲地說，「沒什麼好看的。快跟我到園裏去，幫我拔草，順便拿些樹枝回來。」說著，他掉頭就走了。

「聽見嗎？爸爸說，沒什麼好看的。」大榴槤仔對弟弟說。他心裏明白，他和弟弟一樣兒，嘴角雖然沒有笑，心裏頭卻多麼愛那會走的紅色小汽車呀。

小榴槤仔眨了眨眼，咬了一下嘴唇，說：

「是沒什麼好看的。走就走！」

* * *

「叭叭！叭叭！」

那長髮的男孩踏著小車子，在門前的石灰地上兜著圈子，十分神氣。

大榴槤仔抓著籬笆的鐵網，發愣地瞧著；小榴槤仔也抓著籬笆的鐵網，發愣地瞧著。

「這車子一定很貴。」小榴槤仔說。

「當然貴囉，你沒看見，它會走嗎？」大榴槤仔擺起了老大哥的模樣，說：「會走的東西，當然貴了，不懂？」

「你也會走，你貴嗎？」小榴槤仔呶著嘴，說。

「嘿——」大榴槤仔抓抓自個兒的榴槤頭，想一想，才說：「爸爸說，再不聽話，把你們賣了，能賣，當然值錢啦。爸爸說，值錢就是貴，你懂嗎？」

「不懂。」小榴槤仔回答。

「不懂算了。為什麼問那麼多？」大榴槤仔說。

「是爸爸說的，不懂，問哥哥。」

「那，哥哥不懂，問誰？」

「問爸爸囉。」

大榴槤仔搖搖頭，說：

「你不懂，爸爸早上忙著割膠，中午忙著收膠，下午要去拔草，又要砍樹枝，晚上又要洗衣服，哪裏有時間回答我們的問題？」

小榴槤仔咬咬食指，瞪著那輛小車子。他對哥哥說：

「爸爸真傻，為什麼不買一輛大汽車？」

「哼！你才傻！」大榴槤仔不喜歡弟弟說爸爸的壞話。他說：「你以為買大汽車很容易嗎？告訴你，有錢的人才買大汽車。你懂不懂？」

「那——沙米、木杜和尖嘴伯他們，有錢嗎？」小榴槤仔睜圓了雙眼，又問。

「當然是沒有錢啦，他們就和爸爸一樣，是工人。」

「為什麼——」

「為什麼，為什麼，你想問什麼？」

「為什麼他們駕大汽車？」

「那不是汽車，是卡車！卡車是載貨的，唔，卡車也載工人……卡車是——是——唉，你真傻，你真傻，卡車是卡車，汽車是汽車，不同的，你懂嗎？」大榴槤仔抓了抓頭，頓了一下腳，說。

「我懂了。」小榴槤仔口裏這麼說，心裏卻還是不明白。他想：一樣是個車頭，後邊一支噴煙的；一樣是有四個輪子，可以載人載東西的，為什麼這叫汽車，那叫卡車？

「哦。」他自言自語地說：「一定是有錢人坐的，叫汽車，沒錢人坐的，叫卡車！唔，好像爸爸是個男人，那住大屋子的也是個男人，可是爸爸叫工人，那住大屋子的叫經理。……」

「叭叭！叭叭！」

那輛紅色的小車子，在石灰地上打著大圈子，樣子好像一粒大紅球，滾來滾去，好迷人呀！

大榴槤仔看得入神了，他真想也有這麼一輛小紅車，他的手，抓在鐵網上，不時也會一下一下地捏著，好像是在按汽笛，可是，不知怎地，他嘴裏還說：

「哼！沒什麼好看的。」

小榴槤仔也看得入神，他聽見哥哥說話，心裏有些兒莫名其妙，卻也跟著說：

「有什麼好看呀？」

但是，兩人還是睜圓了眼睛，在看著。……

＊　＊　＊

無牙伯費了好大的勁兒，才把一個破爛了的牛奶箱修好，還為牛奶箱刷上紅漆。他好幾天來都在膠園後的垃圾堆中找東西。而找的，盡是一些被拋棄的玩具腳車的輪子。好不容易，他才找到四個一樣兒大的輪子。雖然，輪子的闊度有些不同，但是，直徑都是七吋。

無牙伯微微地笑了。他是不笑的，現在，他居然笑了：

「有這麼巧，都一樣大！」

他是笑了，可是，嘴巴卻還是閉著。他不喜歡人家看見他那些快掉光了的牙齒。

他坐在門前的一棵芒果樹下，細心地把四個輪子裝在牛奶箱底下，並且在兩根鐵軸上點了油。

他用手撥撥輪子，輪子轉動了。

大榴槤仔看得發愣，小榴槤仔也在發愣；鄰居那個長髮男孩也在鐵網的另一邊發愣。

「爸爸，這是做什麼的？」大榴槤仔問。

「爸爸，是什麼？」小榴槤仔也問。

「傻孩子，你們看不出嗎？」無牙伯在牛奶箱的一邊釘上了一顆「U」形鋼釘，還在上頭綁了一條粗粗的原子繩。

「啊！是車子！」大榴槤仔叫了起來。

「是車子！」小榴槤仔高興得直拍手。

無牙伯點點頭，把車子拉動了一陣，然後停在原位，像是蠻滿意地一直在點頭。

「啊！我有汽車了！」小榴槤仔喊了起來。

「不，是我們有汽車了！」大榴槤仔立刻糾正他說：「爸爸說的，什麼東西，都要說：是我們的。記得嗎？」

「記得。」小榴槤仔說：「是我們的小汽車。」

「這不是小汽車，」無牙伯很認真地說：「這是小卡車，是小卡車，知道嗎？」

小榴槤仔點點頭，趕忙坐了上去。大榴槤仔一手拉起原子繩，小卡車走動了！

兩個孩子都高興得直叫。

鄰居的那個長髮男孩看得一對眼睛要跳過籬笆來。

「爸爸，這卡車怎地沒『叭叭』呀？」小榴槤仔一邊笑，一邊問。

「多幾天，我替你們找一個。」無牙伯皺起了眉頭說。他想：「這個，好為難呀。」

＊　＊　＊

自從小榴槤仔和大榴槤仔有了小卡車之後，隔家的那長髮男孩就不再踏他的小紅車了。他成天站在籬笆的一旁，發楞地看著那兩個小兄弟在玩小卡車。

那小卡車可真行哪，它不但可以坐人，還可以載東西哩。大榴槤仔和小榴槤仔有時用它載燒火用的樹枝，有時用它替爸爸搬膠片，看來，可真好玩兒哪。

那長髮男孩簡直被那小卡車給迷住了。

他爸爸回來的時候，他一把拉住爸爸的短褲，嚷著說：

「我要，我要，我要嘛！」

他爸爸拿下了銜在嘴上的煙斗，問了一聲：

「你要什麼？」

「小卡車嘛！」

「什麼小卡車？」

「可以載人，又可以載東西的小卡車。」

「那兒來的小卡車？」

「喏，就是隔壁的那輛囉。」那長髮男孩指著無牙伯製造的玩具車說。

他的爸爸一看，笑了起來：

「哈哈，那怪東西？喝，有什麼好玩的？明天，爸爸到市鎮去辦貨，為你買一輛更好的！行了吧？」

「要像他們的。」那長髮男孩呶尖了嘴，踢了爸爸一腳：「你聽見了沒有？」

「聽見了！聽見了！」他爸爸連連點頭。

第二天，他買回來一輛小跑車，是日本進口的，四個輪子還裝上閃閃發光的輪蓋。開始時，那長髮男孩十分喜歡，不停地踏來踏去，有時還按了按那「嗚嗚」的汽笛．一時把大榴槤仔和小榴槤仔給吸引住了。可是，後來看厭了，便又拉了小卡車，幫爸爸做工去了。

玩了好一陣，那長髮男孩也覺得沒趣了。他把小跑車停在小紅車旁，然後又站到籬笆邊去，發楞地望著那輛載著膠桶回來的小卡車。……

＊　＊　＊

「我要小卡車！」

住大屋子的男人把大車停在門前，才一下車，就聽見那長髮男孩高聲地叫。

「我不是買了一輛小跑車給你了嗎？」

「我不要小跑車，我要小卡車！你聽見了沒有？」長髮男孩一邊叫嚷著，一邊用兩個小拳頭捶打著他爸爸的肚腩，就像在打鼓一樣兒。

「你真胡鬧！」他爸爸像是生氣了。

「不管，我不管，我要小卡車！」

「那種小卡車，不是錢可以買到的呀！」他爸爸蹲下身子，抓住那長髮男孩的雙手：「爸爸是經理，不是工人。爸爸只會管理園裏的事情，不會拿鐵錘，不會用鋸子，更不會釘製小卡車！你聽明白了沒有？」

「明白了，明白了。就是明白你沒有用，比不上榴槤仔的爸爸，不會做小卡車！」長髮男孩狠狠地掙脫雙手，對他爸爸說：「過去，你對我說，你了不起，在膠園裏，沒有半個人比得上你，你最大，你最大本領，現在，你連榴槤仔的爸爸都比不過！你不會拿鐵錘，不會用鋸子，更不會做小卡車……哼，我明白了，過去，你騙人！你騙人！」

他爸爸聽得楞住了。

大榴槤仔和小榴槤仔都圍到籬笆邊來，無牙伯也站在一旁。他們都注視著那長髮男孩父子倆，心裏都擔心要發生「戰事」了。

只見長髮男孩氣嘟嘟地瞪著他爸爸；而他爸爸卻氣得整個臉都紅透了，像是「天公誕」村裏的人在祭拜時用的紅豬頭。

「你聽著，以後不准你再說爸爸沒有用！聽見嗎？」他爸爸咬著牙根，說。

「沒聽見！沒聽見！」長髮男孩一點兒也不理會爸爸的神情。

「我再說一次，」他爸爸知道籬笆的另一邊有人在注視著，因此樣子變得更凶了：「以後，不准你說爸爸沒有用！聽見嗎？」

「爸爸不會做小卡車，爸爸比不上人家，我要說，爸爸沒有用，沒有用！」

那長髮男孩還要說下去，可是，他爸爸已在他嘴邊摑了一巴掌。

那長髮男孩怔了一會兒，便放聲大哭了。

大屋子裏立刻跑出了一個婦女來，不用說，那當然是長髮男孩的媽媽了。

於是，「戰事」真的爆發了！

無牙伯兩手拉了兩個孩子，就往自個兒的屋裏走去。他邊走邊說：

「沒什麼好看的了，該煮飯啦。」

兩個孩子邊走邊回過頭去看，嘴裏卻都異口同聲地說：

「沒什麼好看的了，該煮飯啦。」

＊　＊　＊

「我要小卡車！」

那個晚上，無牙伯在床上聽見了隔壁屋子傳來了好幾次叫聲。他從隔壁屋子裏的動靜，知道那長髮男孩在發高燒，不時有夢囈。

無牙伯一夜都睡不好，他心裏感到難過。雖然，他並不喜歡那個自以為了不起的長髮男孩，更不喜歡那個眼睛老是望著天的經理，和那個成天都在打扮的女人。但是，鄰居有事兒他就會不安；何況，隔壁的事兒，又是和自己釘製的那輛小卡車有關，那就更使他過意不去了。

他想了一個晚上，終於決定要把小卡車送給那長髮男孩。當然，他是準備接受那個眼睛老是望著天的經理的嘲笑——因為他瞭解到：對有錢人，窮人有時候是做不得好事的！

天一亮，他把兩個孩子叫醒。然後對他們說：

「我割膠去了。你們留在家裏，不必跟我去。」

兩個孩子都點點頭。

「記住，有一件事，我要你們去做。」無牙伯說：「等隔壁的人睡醒了，你們一起把小卡車送過去。」

「送給誰？」大榴槤仔吃了一驚。

「不是送給那個長髮的孩子吧？」小榴槤仔停住了打一半的呵欠，睜圓了眼，問。

「我要你們像過去一樣，聽爸爸的話去做。」無牙伯一臉嚴肅地說：「把小卡車送給那個長髮男孩！他病了！」

「爸爸──」小榴槤仔的眼，眨了幾眨，就紅起來了

「以後──」大榴槤仔只說了兩個字，便頓住了，「以後，有時間，爸爸再做一輛。」

在煤油燈的微弱光線下，無牙伯看見兩個孩子的臉孔上，都閃著兩道光芒。他吸了一口氣，覺得心頭冷了一陣。

「那小卡車，」他對兩個孩子說：「你們也玩得太久了，是沒什麼好玩了。對嗎？」

「唔，是沒什麼好玩了。」大榴槤仔點點頭，啞著嗓子，說。

「是沒什麼好玩了。」小榴槤仔也跟了一句，接著，便泣出聲來。……

*　*　*

無牙伯在膠園裏把自己那份「膠號」割完之後，便坐在一棵樹下抽煙。他必須等割過的膠樹幹上的膠汁流滿了杯子，才去收膠。

膠汁是乳白色的，在透過葉子的陽光下，閃出點點的光芒。這光芒，使無牙伯想起了兩個兒子臉上的淚痕……

他彷彿看見兩個兒子推著心愛的小卡車，踏進了隔壁的大屋子。

他連忙望望吐出來的煙圈，不敢往下想。

「那傲氣逼人的經理，會對孩子怎麼樣呢？」他喃喃地自語。

東北季風颳下了一片片褐黃的葉子。那些葉子旋蕩了一陣子，便飄落在黃土地上，看到黃土，無牙伯便想起了死去的妻子；想起了死去的妻子，他又想到了那兩張淚臉和那輛小卡車。……

「爸爸！」

「爸爸！」

無牙伯回頭一看，是小榴槤仔和大榴槤仔。他們兄弟倆手拉著手，高興地奔到他的身邊。

「我不是說，你們不必來嗎？」無牙伯看見孩子的笑臉，有幾分驚奇：「小卡車呢？」

「小，小卡車——」小榴槤仔喘著氣，要搶著說，可是說不出來。

「由我說吧。」大榴槤仔打斷了弟弟的話頭，說：「送給那長髮的男孩啦。」

「那，」無牙伯點了點頭：「他爸爸媽媽沒說什麼？」

「有啊——」小榴槤仔拍了一下手，又說不下去了。

「他爸爸媽媽好開心呀，他爸爸說，要把小跑車送給我，把小紅車送給弟弟。」大榴槤仔說得口水都噴了出來。

「什麼？他們要把小跑車和小紅車送給你們？」無牙伯有點兒不信。

「是呀！他們是要送給我們呀！但是，我，我，我們說，說——」小榴槤仔的眼睛眨得好緊張：

「不行唷，爸爸會罵的。」

「爸爸罵你們什麼？」無牙伯吸了最後一口煙，把煙頭丟在地上，一踏，然後抬起頭來，說：

「唔，是不可以隨便拿人家的東西的。我們家裏窮，人就要更顯得有志氣！」

說完了話，他伸出雙手，一手撫摸著一個孩子的頭。他那很少笑的嘴巴，終於笑了起來。……

「爸爸，那長頭髮的男孩坐上了小卡車，他爸爸在前面拉著，他媽媽在後邊推著，好好笑呀。」

大榴槤仔說：「告訴你，那長頭髮的男孩還向我們招手哪。」

「唔。」無牙伯點點頭。

「我們可以和他做朋友嗎？」大榴槤仔說。

「只要不是壞人，誰，都可以和他做朋友的。」無牙伯回答。

「爸爸，你肯再做一輛小卡車給我們嗎？」小榴槤仔懇求著爸爸，說。

「是呀，我們要一輛小卡車來幫爸爸載東西。」大榴槤仔也加了一句。

「好！回去，就去找材料。」無牙伯用肯定的語氣說。

兩個孩子高興得抱在一塊兒，不停地跳了起來。

「好啦，現在，一起收膠去吧？」無牙伯一邊提起膠桶，邊對兩個孩子說。

於是，兩個孩子便勤快地在膠園裏工作起來。……

在他們的心中，他們彷彿又看見了那輛堅實的小卡車。……

哀悼會

伯父匆匆地把車子煞住，打從車窗裏頭探出半個頭來對著我，半嚷半叫地說：

「你祖母死了！」

話是聽得十分清楚，只是想了好一陣子，依然不明白他是在說什麼，所以我回了一句：

「你能把車子的引擎停下來嗎？」

「我還有很多事兒要辦哪，沒功夫下車和你囉嗦！」他繃著臉孔，一本正經地說：「我趕回來，那是要家裏的人知道：祖母死了。你還不趕快去通告伯母和叔叔們！」

「祖母不是早在五年前就死了嗎？」我再也忍不住心中的疑惑，提高嗓子，問了一聲。

「你真囉嗦！那回死去的，是你爸爸的母親，這一回，可是我自個兒的母親呀！」

這下子，我才恍然大悟，原來是「大媽」死了！說起這個老婦人，差不多家裏大大小小都知道，她是個不守婦道的壞女人，為了什麼愛情，居然把丈夫兒子都給丟了，而跟著鄰家的一個俊男人跑了！提起她的名字，幾乎家裏的每一個成員都會學著伯父的樣兒，白著眼，歪著嘴，打從鼻腔裏「哼」了一聲，然後用那帶著咒罵似的口吻，說了一句：「別提她了！」弦外之音無非是說，這一個敗壞門楣的壞女人，當她死去算了。由於這個緣故，我心裏想：伯父匆匆忙忙趕回來報喪，一定是要家裏的人和他一塊兒吐一口悶氣。

「那，伯父，你要他們怎麼樣呢？」

「還要怎麼樣？趕快披麻帶孝！」這回，他可真的是嚷了起來：「就說，和『二媽』死時，一樣兒地辦！」

「這個——」我真的是摸不著頭腦了；「他們……」

「屁話，人，只能怨生，不能怨死，就這樣對他們說吧！現在，我可沒有閒時間和你多說，我還得趕去報紙代理處，找記者們給我發發新聞。」

說完了話，把頭一縮，踩了油門，車子就開走了。

我發呆地望著他的車子遠去，心裏頭就像是被那輛柴油車冒出來的那股濃煙給罩住了。

＊　＊　＊

第二天一早，伯父把幾家報紙的每一條新聞都看過了，就是沒有「大媽」死去的消息，所以很是光火，狠狠地把一大堆的報紙往地上一擲，就罵了起來：

「媽的！這些記者，擺什麼架子。居然連我的帳也不賣！」

伯母似乎忍不住了，便掀高了頭上罩著的麻布，雙眉皺成一體，說：

「這有什麼好生氣的？反正又不是什麼好事！何況，像『大媽』這樣子的新聞，刊了出來，最多不是給鎮上的人一些笑話！」

「你閉口！」伯父兇狠狠地瞪住伯母，像一頭鬥牛場上的野牛：「你懂個屁！」

伯母眼兒一紅，忙低下頭去。不過，她嘴裏還是在咕嚕著：

「我是婦人家，當然不懂。可是，一下子說人家不守婦道，聲明和人家斷了關係，一下子又把人家給捧成了個佛，為人披麻帶孝，連棺木都要運回家裏來，這，難道不會被人當作話柄嗎？……」

伯父的嘴唇抖動了一陣，彷彿又要罵出什麼話兒來，結果卻忍住了。他捏緊雙掌，正不知該做什麼的當兒，那對閃著怨怒的眼，卻和我打了個對照：

「瞧你，一點兒哀傷相都沒有，待一會兒，叫那些前來問喪的看見了，成什麼樣兒？」他即刻擺起做伯父的臉孔，帶著幾分責備的口吻對我說：「記得上回，你祖母死了，我做伯父的老勸你別哭，你卻沒日沒夜地流淚，沒個男子漢的樣兒！現在，另一個祖母死了，你竟連一張難過的臉都不肯裝！這不是看不起我的母親嗎？」

我心裏想說，像她那樣的老婦人，早死早了事兒，家裏沒開個慶祝會也罷，卻還要我為她掉眼淚？這簡直是沒有半點道理。但是，我始終拿不出勇氣來說這麼樣兒的話，只發愣地望著他。

他頓了一頓，歎了一口氣，說：

「算了，你們不認她也罷，我不能勉強你們，只是，我要你們幹的，你們一定要聽我的！哭不哭在你們，但是，就是不許你們笑！」

其實，面對著這麼一個突如其來而又是莫名其妙的場面，還有誰笑得出來呢？

*　*　*

趕來問喪的親友，的確不少。可是，鄰近的人由於好奇而前來觀看究竟的，更是擠滿了整個門口。伯父理也不理他們，私下在「吱吱喳喳」地談些什麼，只睜圓了雙眼，老往那張安置在治喪委員會名表下的桌檯注視著。看去，並沒有絲毫哀傷的成份。因此，越叫我想不通他的心思了。

就在這當兒，沙仔匆匆地跑了過來。

「爹爹，他們來電話說，不行了！」

伯父望著他，眨了兩眼，說：

「什麼不行了！吃上了二十來歲，連兩句話都說不清楚，真是的！」

「是P坡來的電話，說說說——」

「說什麼？」

「說不行了！」

「什麼不行了？」伯父真個光火了：「你這蠢才！」

「他們說，要在今天下午，埋葬掉！」

「什麼？」伯父的臉色青了一青：「誰說要埋的？」

「是祖母家的人，他們還說，這是祖母死前交代的，說，說，說不願意——」

「屁話！你祖母患上喉癌，動過手術，臨終前還能說什麼！這，這根本是他們搗的鬼，明明是在為難我！我一定要和他們說個清楚。」說著，伯父咬了咬牙齦，頓了一下腿，才轉過頭來，對我說：「你念過書，識得字，該在這兒幫著看，沒有其他的事兒，就別離開，知道嗎？還有，沙仔，你也過來，在這兒幫幫治喪理事會的人。我打電話去，去和那些他媽的狗養的辦交涉！」

說完話，伯父便氣沖沖地走了。……

我和沙仔兩個，看了看牆上貼著的黃色紙列著的「治喪委員會」名表，又看了看桌上那本奠儀登記冊子，始終弄不明白，那有什麼好看的？倒是很想到外頭去，和那些像在參觀馬戲班一樣兒的人群談談，不然，就是聽聽他們說些什麼也行，總之，這兒悶得叫人難再待下去！

伯父去了一會兒，便又回來了。這回，他的臉色可難看極了——青得沒絲絲的血色！他彷彿是中了邪。

＊　＊　＊

「你怎麼啦？」伯母似乎有些吃驚：「不要緊吧？」

他的嘴唇抖了好一陣，才吐出幾個字來：

「他們欺人太甚！」

「他們怎麼啦？」伯母關心地扶著他的手：「他們是誰呢？」

「就是不把我當作是她的兒子，以我這個地方領袖的身分，他們也得尊重我的意見呀！」他握緊拳頭，不停地在桌上鼓打著，震得桌上那個安置鈔票的奠儀箱跳個不停。

「他們怎麼說？」伯母不知所措，又不敢正視他：「我們又該怎麼辦？……」

「真是豈有此理！我只要求他們運來這兒安放半個小時，甚至只五分鐘，讓大家哀悼哀悼，他們都不肯！他們根本不想跟我說話，聽不上兩句，就把電話給掛上了！你們說，這不是欺人太甚嗎？」

「我們要不要解除掉身上的麻衣？」伯母迷惑地瞪著他，嗓子按得很低。

「屁話！即使是沒有棺木上這兒來，我們還是照樣要開追悼會！」他坐定了，咬著牙齦，說：「沙仔，替我拿筆墨紙張來，我要為你祖母寫靈位，好讓大家前來致祭！」

沙仔像打從夢中猛醒過來一般，「唔」了兩聲，不敢怠慢，即刻把筆墨紙張拿了過來……。

＊　　＊　　＊

到了晚上九點左右，全家大大小小幾乎都上了床，忙了一整天，大家的確也累了。所以，倒下便睡著了。只有我，躺在床上，輾轉反側，總不能入睡，耳邊老響著廳上伯父敲打著算盤的聲音。

我知道，他正忙著在計算奠儀冊子上的數目，也忙著在核對奠儀箱中的鈔票。……他是忙碌了一整天，但是，看來，他卻沒有一絲一毫的倦意。我想：或許，這是他沒有哭泣的緣故吧！但是，倘若說他親媽媽死了，他一點兒也不傷心，那他又為什麼辛辛苦苦要為她開這麼一個哀悼會呢？……

賣棺者

我拿著那張剛從校長手中接過來的畢業文憑，滿懷高興地回到家裏，滿以為會被爸爸讚賞幾聲，卻沒料到，他會給我澆了一頭冷水！

「高三畢了業，你又能幹什麼呢？」他一邊吸著水煙，一邊毫無表情地說：「我等待了十二年，整整的十二年，就想聽你說說，今後，你能做些什麼！」

「我想上學。」我理直氣壯地說。

「喝！又是上學？怎麼會沒個了呢？」他瞪住我，把水煙筒擱在椅邊，噴出了一口濃濃的煙霧：「這不是在和我這個老頭子開玩笑嗎？」

「爸爸——」

「阿成，你聽好，六年前，當你小學畢業的時候，我不是曾經勸你停了學，上大頭伯那兒去學劈棺的嗎？那時候，你說什麼，做棺材沒出頭的日子，硬要進中學去念書，要不是你那死去的媽媽偏向你這一邊，哼，我才不會依你哪！好啦，現在，你總算了了心願，念完了中學，文憑也拿到了手，你還想再敲詐你爸爸的這幾根老骨頭嗎？」

「我只希望念完大學……」

「住嘴！」他驀地光起火來，喝了一聲：「我就不愛聽你這些個屁話！又要說什麼，『前途』啦，

『學識』啦，『出息』啦……哼！沒個了，說穿了，還不是一些吹牛皮的話！我可不愛聽！不愛聽！」

我被他這一責備，心頭麻了一陣，手中的文憑，差一點兒就被我給捏皺了。我很想頂他幾句，喊叫幾句，但是，老開不了口。

他拾起水煙筒，燃了火，「咕隆咕隆」地吸著，聽得我心頭更煩，更亂！

「這回，你可不能怪爸爸了，什麼都該依爸爸的！第一、停學！第二、跟爸爸上大頭伯那兒去學做點兒生意！年紀也不小了，近二十歲的人，還能當學徒嗎？要是早聽我的話，六年前去學那手藝，現在不已經是個棺材頭手嗎？一個月，賺他幾百塊錢，一點也沒問題！難道不比你手中那張黑字白紙要來得有用嗎？哼！都是你媽媽沒眼光，嘴硬！才叫你落得這個地步——一事無成！」

「我不幹這一行！」他的話，我一個字也聽不進耳，只氣極地迸出了一句話。

「不幹？哈，坐著喝西北風？這就是你老師在課室裏教你的？這些就是你們『讀書人』的學問不成？」他跳了起來，鼻孔裏冒出兩道煙，像隻火龍：「好，讓我這沒用的老頭子聽聽你的，你能幹什麼？說！」

「我，」我望了他的眼睛一下，被那閃著怒火的眼光迫得低下了頭，只按低嗓子說了一句：「我想念大學。」

「屁話！簡直是屁話！」他嚷叫著：「在我們這一圈子裏，從大學出來的，不是也有好幾個嗎？你說，他們當中，有幾個進了洋行，當了經理，有幾個賺了大錢，駕了大汽車，在我們這一帶威風過？你說啊！」

「……」我只得忍氣吞聲了，因為，的確，並不是每一個念大學的，都有工作做，都有出頭的日子。至少，我住的這一區，就有那麼些個倒楣的「學士」。

「你聽著，阿成，念大學，那是一個賭注，而這種大賭注，只有那些經濟比較過得去的人才賭得起，不是你這個賣棺材的年老爸爸所能下的賭注呀！你該看清楚點兒，你爸爸，連鬍子都白了，什麼時候要離開這種錢臭的世界，那是誰都不能預料到的事兒！所以，為你這個沒有一技之長的孩子，找個幹活的門路，那是我的責任。你沒有機會念大學，那不能怪我，也不要怨我！如果有良心，只要想想，就不難瞭解我的一片苦心。要怪，要怨。你就怪你投錯了胎，你就怨這個社會好了！」

我偶爾一抬頭，卻沒想到，所看見的，竟是兩行淚水，打從他那乾癟的眼眶裏落了下來。……

* * *

繼續升學，那確確實實是無望的了。求職嘛，確也不是件容易的事兒。自個兒去闖了些日子，看看那些老闆的嘴臉，著實一點兒也不好受，即使說乾了嘴，還是沒找著半份自己所想幹的工作。這怎麼不叫我失望呢？

自從領取了文憑那天以後，父親倒是沒再說什麼。只是，他老人家的確是比以前更顯得鬱悒了。聽見他不停地吸著那筒水煙，我的心，也就會跟著「咕隆咕隆」地不安起來……

想了幾個晚上，我終於決定去壽板店找大頭伯談談。

大頭伯是個胖老人，年紀該快六十了，不過還是精神奕奕。他一看見我，劈頭就問：

「是哪一家要辦喪事嗎？」

「不，不是的！」我聽他這句話，心裏頭怪不舒服地應他一聲，心想：真是見了烏鴉，沒個好兆頭！

「那，你上這兒來幹什麼？」他呶尖嘴巴，無意識地抓了抓那個光頭。
「我叫湯亞成，三弟伯的兒子……」
「哦！是你！唔，剛剛從中學出來的阿成仔。」他拍一下自己的光頭笑了，一口金牙，閃閃發光。
「爸爸要我來向你討一份工作！」
「不難。」他只說了兩個字，就忽然頓住了，笑臉也即刻收斂了。沉默了一會兒，他問我：「你自己說，你這個樣子，能做甚麼呢？」
「我——」我被問倒了。「是爸爸叫我來的，我也不知道——」
「你雖然會念書，讀了十二年，沒留過級，也總算考了一張文憑，但是，做苦工，你行嗎？」
「什麼苦工？」我吃了一驚。
「拿大斧頭，砍棺木，你幹得了嗎？」
「我不知道。」其實，我自知沒那份力氣。
「扛壽板，你行嗎？」
「我，我不知道……」
「唉，三弟伯也不知怎麼搞的，要你這麼一個書生來這兒討職業，真是打錯了板眼！」他自言自語地說了一陣，半晌，才對我說：「阿成仔，當學徒，你是上了年紀啦，當書記，我們這兒從來就不缺這種人，所以，我看你還是追隨你的父親，幹那賣棺的活兒吧！」
「賣棺？」
「唔，這工作，既輕鬆，又賺錢，只要運氣好，一個月賣他媽的三五個，就有兩三百塊錢好賺了。何況你父親又是這一行的好手，只要他傳你一兩手，什麼問題都沒有了！回家去吧，去向你爸爸學習。」

我什麼話也沒說，只覺得自己好像是失落了一樣。……

＊　＊　＊

父親沉思了好一會，才放下水煙筒，噴出嘴裏的最後一口煙來，然後重重地歎了一口氣，說：

「也好，你就在這方面學學看吧。」

「爸爸，難道說，幹這一行，不好嗎？」我看出他有隱憂。「俗語說：做一行，怨一行，你明白了沒有？」

「我本來不想做這類工作，只是——」

「算了。要是早六年聽我的話，就不致於落到這地步了！」

「這麼說，學做棺木，比起賣壽板，要來得好？」

「事實上是這樣，我還能瞞你嗎？」

「為什麼？」

「你也別問我，將來，你就會明白的！唉……」他搖了搖頭，一對發紅的眼睛癡望著我。半晌，他才又接下去說：「在這個社會上，如果你想活下去，那麼你就必須面對現實，千萬不要再像是個學子，講什麼道義、仁慈……否則，到頭來，吃虧的，還是你自己！」

我像是在課堂裏聽了一節課，但是，對於爸爸的話，總是覺得似懂非懂。他使我迷惘，也使我對工作失去信心。起碼，他心中的矛盾，已經深深地影響了我的心理。很明顯地，這份賣棺的職業，並不適於我。但是，他和我，都沒得選擇！

這點，使我開始體會到，一二十年來，為了生活，他老人家不得不幹這一份他自己所不願意幹的活兒。……

但是，這工作有什麼不好呢？這不也是一份正當的買賣嗎？

＊　＊　＊

「阿成！阿成！」

我一翻身，睜開眼，看見爸爸站在我的床邊。

「起身，跟我上醫院去！」

「你不舒服嗎？爸爸。」我揉揉眼，伸了伸腰，坐起身來。

「別胡說！還不趕快換上衣服。」

我望了望牆上的鐘，才四點三十五分出一點。

「像你這個懶樣，做什麼也搶不到頭臉。」他隨著我的視線，也朝掛鐘望了一眼，明白了我的心思，所以有點不高興地說：「這等買賣，可不如在你們的學校裏上課呀。還看什麼點鐘？哼！」

「我可沒閒時間跟你多話兒！聽著，我先上醫院三等病房『手術室』去，千萬儘快趕來，知道嗎？」

「哦，是去做買賣？」

「知道了。」

這還是頭一遭哪，獨自一個，在這麼一個沒有半點光的黑夜裏，踏著單車，在馬路上趕路。風，是冷得很，吹得我哆嗦起來。我打了個呵欠，又一個呵欠，總覺得，這一段路可真寂寞，漫長。……

來到中央醫院，看見了爸爸，我的心才稍微安定了些

「唔，這才像話兒！」爸爸點點頭，然後指著病房裏的一張病床，問我：「瞧見了沒有？」

那張床邊，圍滿了人，大大小小，總共該有一兩打吧。

「這是一宗車禍。」爸爸說：「那個受傷的，是個駕樹桐車的，淩晨一點多，在趕往星洲的途中出了事，車子四輪朝天，人被夾在車裏，斷了一隻手，一隻腳，流了很多血，雖然動了緊急手術，可是流了太多的血，恐怕沒得救了！」

「這些，你怎麼知道得這麼快？」我驚奇地問。

「傻孩子，幹我們這一行的，就該像蟑螂一樣，要長觸鬚呀！否則，還賺得了飯吃嗎？」他有點沾沾自喜地回答我的問話：「告訴你，這醫院裏，有我們的線人。」

「哦，線人？」

「沒錯。」他說：「雖說，他們都是一些底下人，專幹那些倒屎倒尿的工作，但是，他們幹上了十來年，也就成了半個醫生了，只要看看人家的臉色，注意一下醫生的頭臉，哪個病人能活，哪個病人活不了，他統統知道！」

「真的？」我真是開了耳界。

「聽他們說，這個司機準是難活了！因為失血太多，又沒錢買血；他全家人當中，又多是貧血的，哪兒能輸血呢？我幹了這麼多年，眼看在這情形下死去的人，真是多得很哪！」他態度自然，平心靜氣地說著：「要找生意，就得找這一類的，明白嗎？……」

我沒有把爸爸的話全給聽進耳裏，因為看見這麼一個場面，我的心就莫名其妙地在忐忑亂跳，像

是恐懼，又像是煩亂，總之，一點兒也不好受。

「阿成，你不是很想有一輛二手貨的腳踏車嗎？」驀地，父親把話題一轉。

「唔。」我點了一下頭，視線還是留在病房裏。

「要是像這一類的意外多幾宗，而我們又能順利地接上手，賣他三五個棺木，那腳踏車的錢，就沒問題啦……」他說著，也沒理會我聽或不聽。「既然下定決心要出外幹活兒，沒一輛車子也不成呀，成天向人家借用，不是個辦法嘛！」

起先，當我聽見要買一輛腳踏車給我的時候，我確實是興奮了一陣子。但是，病房裏頭那起起伏伏的咽泣聲和焦慮的低語聲，卻如一曲不和諧的小提琴曲，即刻把我的心給困住了。我不自禁地朝窗子裏探頭望了一下，卻沒料到幾對好奇的眼睛，正瞪住我。

「那人是誰？」一個問。

「是賣血的？」另一個也問。

我慌忙閃在牆邊，心跳得更急了。

「賣血的都是一些粗漢子，那人不！會不會是來探病的親友？」先開口的那個說。

「不是！」

我覺得臉上熱了一陣。

「他是跟那牆角站著的老頭兒一塊來的吧？」

「呸！是兩隻烏鴉！」說話的嗓子有些顫動。

「這是醫院，別亂吐痰！」

「看見烏鴉，就得吐，不然，倒楣透了。」

「那兒有烏鴉？」

「就是那兩個！一點兒也沒錯，那個老頭兒是我見過的，他是個討厭，簡直是可恨的賣棺者！」

「賣棺者？」這一個說話的，像吃了一驚！

聽見有人突然放聲哭了起來。

「沒那麼壞，別哭，呸！他媽的，見鬼！」

「我，我怎麼忍得了呢？就讓我痛痛快快哭一場吧！」那是個婦人的聲音。

「別傻了，哭有什麼用呢？」

「人家說：看見了賣棺者，就是沒望了……」那婦人哀痛地說。

「你要是迷信，就跟我學，吐他媽的一口痰！」

「福叔，你說，以後我怎麼辦呢？」

「狗仔嫂，你在胡想什麼呢？」

「就是他留得住這口氣，以後的日子該怎麼過呢？……他已經成了個殘廢……」那婦人終於哭出聲來。

「以後的事，以後再作打算！你沒聽說：一枝草，一點露！這個世界，天無絕人之路呀！唉！你哭什麼，光是哭也不是辦法呀！他媽的，都是那兩個不祥的傢伙……」

我的臉，熱過一陣，又熱一陣。我看了父親一眼，他還是冷靜地在踱著步，臉上浮現著一種得意而充滿自信的神色。……

醫生匆匆地進去，又匆匆地出來。有個十七八歲的年輕伙子，緊跟著出來。他哭喪著臉，拉著醫生的手，懇求著他，說：

「請你想想辦法吧，醫生。」

「我們做醫生的，當然要盡力而為，怕的是——」

「我們不能失去他！」

「我知道。」醫生搖搖頭，歎一口氣：「最好，你還是去陪陪你母親，她很弱，需要人照顧。」

「我爸爸呢？」他似乎要哭出來。

「希望上帝能保佑他！」

「醫生！」

「你讓我去打個電話，好嗎？我必須為你們找到O型血。要知道，醫院的血液銀行，已經借出了兩瓶，沒辦法了。」

「醫生，難道我的血，不行嗎？」

「我不是說過了？你貧血，根本不能抽血，還是去照顧你母親吧，切切要相信我們做醫生的話，凡事，我們都必定會盡心盡力的！只是，你父親的運氣，的確是壞了些！唉，他體質差，又傷得重。……」

那青年臉無血色，發愣地望著醫生，眼眶裏含滿了淚水，在燈光下，閃閃爍爍地發著光。……

醫生深深吸了一口氣，歎了一聲，回身走向我身前。

這情景，即刻使我回想起母親臨終的那一瞬間——我面對著求生意念強烈的母親時，那沉痛的心情。——那種痛苦，現在又一次在蠶食著我重創的心！我感到有點兒暈眩。……眼前彷彿看見垂危的人，在呻吟，在掙扎，在流淚！

「喂，你怎麼啦？」醫生拍了我肩膀一下，問：「你不舒服嗎？」他正用關懷的眼光，望著我。

我無意識地搖搖頭。自覺全身在發冷。

「我看，你很需要休息，要是沒緊要的事，最好還是回家去吧。」

「不，我想——」我忽然想起了輸血這回事兒。但是，我還沒把話說出口，父親已經走了上來，插嘴說：

「醫生，別理他，他沒事兒，他沒事兒！」

「我希望是這樣。」

「醫生，請問，那司機有救嗎？」父親死瞪著醫生的嘴，問：「我的意思是，他有活下去的希望嗎？」

醫生沉默了半晌，才說：「他傷得實在太重了！最壞的是，他內臟有出血的跡象。他或許會因為失血太多……唉，總之，這得靠運氣！」

「醫生，你是說，他需要血，是嗎？」我說著話，心裏頭卻是一片煩亂。我不知道，自己到底是情緒激動呢？還是感到恐懼。……

醫生並沒有回話，只是默默地望著我，似乎覺得我的舉止，有些兒失常。父親也不禁向我瞧了一眼。

「我，我願意捐血！」我的聲音在顫抖，心臟也跳動得厲害。我不知道為什麼會這樣。

「阿成，你瘋了？」父親的臉色，即刻變得鐵青。

「我再也忍不下去了！我看不了這場悲慘的戲！」

「阿成！這是什麼話兒？你，你簡直是瘋了！」

「爸爸，我沒有。」說著，我回過頭，對醫生說：「能替我驗血嗎？」

「當然可以，只要——」他望著父親，把話頓住了。

「醫生，他是我的兒子，我不贊成這件事！」

「爸爸——」我用懇求的眼光望著他：「我——」

「別囉嗦！」他很激動，嘴唇不停地在顫動著，嗓子也有些嘶啞了：「你忘了，我們是來幹什麼的？你居然忘了？這回，我是不會聽你的！你，你這叛逆的東西……」

我被他的口氣，他的神情所嚇呆了，老半晌，還說不出話。這當兒，醫生輕輕地在我的肩膀上按了一下，苦笑著對我說：

「你的年紀，的確太輕了些兒，所以容易衝動。現在，我看明白了，你們不是病人的家人，也不是他的親友，因此，我也用不著對你們說隱瞞的話。那司機確確實實是傷得太重了。輸血給他嘛，相信也只是對他家人心理上的一種安慰。你，身體不算很健壯，捐血，並不大適宜。何況，你的血型，也不一定能適用於他呀。所且，你還是聽你爸爸的話，別傻想了。」

說完話，他頭也不回，就朝那長長的走廊走去。我望著他那白白的影子，漸漸地遠去，心兒，就如刀在割一樣。因為，我的腦海中，正浮沉著母親臨終時，那對求生的眸子，和那兩行滾不斷的淚珠。……

突然，我聽見了病房裏，傳出來的號哭聲。而那種令人難以忍受的悲痛欲絕的號哭聲，使我宛如失落在一個嚴寒的深淵裏，全身的血液，近乎凝固了。……

* * *

我從沒有看過父親的臉孔，像近幾個禮拜來，那麼的沉悒，頹喪。他那對原是炯炯的眼睛，已經開始在那深陷的眼眶中，失去了光彩。

他沉默。而在沉默中，使人感覺到，他是被憂悒而哀傷的氣息所籠罩著！

我不敢正視他，而他也不願正視我，只在百無聊奈的當兒，發呆地望著母親的遺像。

我想：他一定是在對我感到失望；從而感到自己的孤獨和無助。

為了那天的事情，我曾感到懊悔，我在母親靈前許下願，不再傷我父親的心，一定要在賣棺這份職業上，叫他滿意，而使他有一點點的慰藉。但是，就只是那麼一次，父親再也不要我跟他去找活兒幹了。……我求過他，他總是一句話也不回答我，出門去，也不喊我一聲。我實在忍不下去。

「爸爸，你還不能原諒我嗎？」我說。

「原諒你什麼？」他用低沉的嗓子，說。這時我才發現，他已好多天不抽水筒煙了。

「我以後一定聽你的話，在找生意的時候，不再衝動……」

「不，我已想通了，」他望著母親的遺像，沒神情地說：「你不適合幹這一行。」

「我願好好地向你學，這是大頭伯說的。他說，你是個出色的賣棺者……」

「別說下去了！」他驀地轉過頭來，瞪住我：「以後別再向我提這事兒，免得我光火。」

「我只是想幫——」

「幾十年來，我從不要人家幫我，何況是活到今天這個年紀。」他打斷我的話，說：「今後，你得聽我的，在家裏好好讀書。別的，不用你管！」

「讀書？」我覺得莫名其妙。

「唔。」他隨著把眼光移開了，「二三十年來，我怎麼會連自己變成個什麼樣兒的人都不知道呢？為什麼？」

我簡直不知道他是在對誰說話，更不明白：他到底在說些什麼。

「自從來到這個地方，和你媽媽結婚之後，我就立志要做個平凡的人，做個心地善良的人，一輩子也不為自己的生活，去傷害他人。沒想到，我竟是，生活在一個這麼黑暗的世界裏，連自己那麼醜惡的影子都沒看見……」

「爸爸，你沒做錯事呀。」

「不！我錯了，我錯得太厲害了！誰會想到，我竟然會變成這麼一個冷血的人呢？為什麼？」

我看他激動得全身在抖著，不知該對他說什麼是好。

「人家要活，我卻無時無刻要人死！你說，這算是人嗎？」他用雙手抱住他的臉，像在哽咽著。

「爸爸，這並不是你的錯呀，你說過，要怪，就怪這個社會！」我安慰他說：「其實，在這個社會裏頭，大家不是都在為自己的生存和利益，無時不在損害他人嗎？」

「不，這著實太可怕了，太可怕了。孩子，我已經醒悟了，我已決定不再幹這一行了。我寧願去當個碼頭工人，或是找個雜工的職位做，我也不再幹這一行了！直到近幾天，我才想起來，為什麼你母親會不喜歡我的工作，為什麼她會那麼悶悶不樂……她為什麼會把一切希望都寄託在你讀書上面……唉！她是對的！孩子，你該遠離這種職業，繼續念你的書！……」

*　*　*

我在不得已的情況下，離開了家，進了大學。我心裏明白，父親已下了最大的決心，準備作一切的犧牲，讓我考個理學士，仗著一技之長，找一份安定的職業，安份守己地過一輩子。若非如此，他是無法心安理得地過他的殘年的。……

我捨不得離開他，更不忍心眼看他為了我的高昂的學費而操心和苦幹！但是我不能忍受他那苦苦的哀求，看見他那張蒼老而痛苦的臉孔，和那兩行的老淚，我不得不依了他。

在大學裏，我在閱讀他的來信時，我可以體會到他心中的那份欣慰。不過，在老鄰居的來信中，當我聽說他仍舊在幹那賣棺的工作時，我不難想像出，埋藏在他內心的痛苦，是多麼的深重。……

恥

米南開啟鐵門上的大鎖，把門拉開，接著扭亮了手電筒，射在門外那個影子的臉部，呆了半晌，才用粗暴而沙啞的嗓子嚷叫起來。對方的眉頭皺成一行，似乎盡量在忍著要發作的氣憤。

米南扭熄了電筒，忿然地罵著：「你這沒出息的傢伙！死不要臉的小偷！你自己說，你還有勇氣來見我嗎？難道前幾回你帶給我的麻煩還不使你滿足嗎？」

「你別這麼嚷，好不好？姐夫。」對方一把握住他的手，按低嗓子說：「三更半夜，吵醒人家並不太好呀！」

「不吵也罷，你說，你來找我幹什麼？」

「今晚，我想在——」

「聽著，我的親人。」米南冷哼了一聲，打斷了對方的話頭，冷嘲地說：「這是學校，並不是專供過宿用的！假如你沒處睡就請上旅店去吧！地方闊，床被都好，去吧！要是沒錢，可以上警察局去，那兒有『拘留房』，可以借人暫宿一宵！」

「姐夫，你——你……」

米南沒待他說完，便將鐵門一把推上，可是對方只一用力，門又被推開了。他手快腳快地即刻閃了進來。

在暗淡的星光下，站立在米南身前的，是個魁梧的身子，和這矮小的中年漢作一對比，簡直就像是一隻猩猩和一隻長尾猴一樣。

米南似乎感到非常氣憤，連瞧都不瞧對方一眼，只歪著頭，不停地在咕嚕著。

「姐夫，你這麼待我實在太不近人情了。你得知道，現在，我的心情是多麼的惡劣呀！我真想殺人哪！」

「你自己說，把你的姐夫搞得差些兒連飯碗都給摔破，這就很近人情嗎？」米南是光火了。

「雖然，我曾使你為難，但是這次，我可以向你……」

「無論你怎麼說，我都不會允許你在這兒過夜的。」米南的嗓子越喚就越是啞吵得難聽，「前一回，你偷走了一些並不值錢的教具；上回，你又偷去了食攤裏的許多罐頭。這難道還不是在和我開大玩笑嗎？」他頓了一陣子，又說：「我是個警衛，校方交給我的任務是防止盜賊，而你……」

「那當兒，我就要餓死了呀！」對方用哀懇的口氣說：「請相信我吧，姐夫，我是出自不得已的。」

「你挨餓是你的事，你總不能叫我、叫你姐姐和她的兒女也和你一起挨餓呀！」米南聲色俱厲地繼續說下去：「我若再讓你在這兒幹一件壞事，就是校方開恩不辭我，我自個兒也沒臉皮再幹下去。你能做恩將仇報的事；我卻不幹問心有愧的勾當！……我有妻兒，我怕失業，所以我不能留你。」

「我只求你這回，從明天起，我再也不會來麻煩你了。請你相信我，我絕不做使你為難的事。」

「唉，誰叫你只想幹壞事，幹過一件壞事就如打勝了一場仗，你引以為自豪，但是別人……」

對方歎了一口氣，終於回身走了。

米南跟上幾步，扭亮電筒，才發現他是駕摩托車來的。因此心裏不免要引起一種新的感觸。

「達黑！車是你的嗎？」米南忍不住地嚷著問：「這可不是偷來的吧？……你發財了，是嗎？」

對方並不回話，只管用勁地踏著引擎。

「下車吧，我讓你住一晚就是了。」

＊　＊　＊

來到教室門前，米南把鎖頭開了。然後引著達黑走進去，順手亮了電燈。

站在他眼前的親人，雖然不如他想像中的那個小偷那麼使人作嘔，卻也不十分令他感到喜歡。他的一頭黑髮既粗又長，兩道濃眉緊接在一起，兩隻鼠眼卻含著一股陰冷的煞氣，圓而大的鼻樑下的闊嘴邊長滿了粗黑的髫鬚。他的衣著雖還清潔，然而並不整齊。

「你有不少錢，怎不上旅店呢？」米南問。

「一點多了，不好意思去喚門。」

「明早，你將上那兒去？」

「新加坡啦，」他一邊說，一邊脫去外衣，露出一身褐黑的結實肌肉。「我想在那兒找一份工作，永遠不回來了！」

「永遠不回來？」顯然地，米南是感到十分意外：「是怎麼一回事呀？」

「沒什麼。」他把幾張椅子連接在一起，然後躺了上去。「總之，我討厭這地方，我不能再在這兒待下去！」

「哦。」驀地，米南發現他的褲管上有一堆血跡。他感到有些驚奇，就問：「達黑，你沒幹虧心事嗎？」

他愣了一陣，然後打了個呵欠：「沒有！」

「你褲管上的血跡是那裏來的？」

「想是路上輾扁的四腳蛇的血吧。」他伸一伸臂膀。

「睡吧。」米南回身走了。走到門口，忽又立定了。他回過頭來，似乎很關懷地問：「達黑！羅絲娜可好？」

「她——」達黑似乎有所感觸地頓住了。半晌，才用激動的嗓子說：「羅絲娜——很——好……」

「唉，她雖不是個百分之百賢淑的女人，卻也不是個好吃懶做的人。你應當多多向她學習才是！」米南說：「最近，我常聽甘榜到來的友人說，你三個月沒有回家了，是嗎？」

「我有事。」他納悶地回答。

「還有，他們都說，村長的兒子和她很有來往！你應當提防呀。」

「別說了，我不想聽！」他忽地翻過身去，用掌心掩住了雙耳：「走吧，讓我好好地睡一覺吧！」

米南回到自己的麻繩床邊，伸一伸腰，便躺了上去。他感到十分疲倦，可是，輾轉反側，總是睡不著。他並不是在想著自己的事；而是在回憶著達黑的所作所為。……

「他身上的紅鈔票是那裏來的呢？中彩票？賭贏的，還是搶來的？」他發悶地想著，腦海裏又浮現出達黑褲管上的那堆血跡。……於是，他有點不安了。

他想：像他住的那個窮困的甘榜裏，誰會有剩餘的錢讓他搶劫呢？他們都是過著如雞一樣的生活，朝尋朝吃，暮尋暮吃。除了甘榜的村長。

想到這兒，他若有所悟地坐了起來。心想：難道他找上了村長的家？

他一把握住手電筒，匆匆地下了床，走到大門邊。開了門，來到那輛摩托車旁，扭亮燈光，小心地察看著。

「啊！」他失聲地喊了出來：「是村長的兒子的。」

他想著：「記得在『哈芝節』那天，我到村長的家時，還看見他的兒子神氣十足地駕駛著。……一點沒錯……」

他沉吟了好一陣子，嗓子忽地變了：「他褲管上的血！……」他的心臟越跳越急了。「他謀財害命？……永遠不回來？……他的紅鈔票……他這壞胚子！」

他心情緊張地奔回到達黑睡著的教室門前，偷偷地探進頭去，見那魁悟的身軀筆直地臥在椅上，像是熟睡著。於是，他鬆了一口氣，慌忙將門關緊，並且把鎖頭加上。

他回到麻繩床上的時候，心情越顯得煩亂和不安了！

他想：他該怎麼辦呢？打個電話報警嗎？不成。要是將來達黑被判死刑，他將會終身感到內疚的。放走他嗎？也不成！他對不起自己的良心；何況，將來警方查上門來，他該怎麼說呢？收藏兇犯是有罪的呀，他還得照顧妻子，養育兒女……。

他覺得胸口在發悶。於是，他索性下床去踱著方步。……

時間一秒緊接著一秒，一分緊接著一分地過去。……

驀地，門板響了。

米南更是慌亂了！

「開門呀，姐夫！」

米南全身發麻地木立著。一對眼睛卻死瞪著教室的門板。他的血液像是停止循環了；又彷彿是瘋狂地在奔騰著。

忽然，窗子被推開了。那個魁悟的影子一躍而出。

米南嚇得魂飛魄散，動也不能動一下。

「要不是看在姐姐的面上，我一定把你宰了！」達黑發狂似地嚷叫起來。

米南再也支撐不住了。他整個人像棵樹幹一樣地倒了下去。耳鼓裏似乎還隱約地聽見引擎的響聲。……

*　　*　　*

米南醒過來的時候，天已亮了。當他坐起身子時，才發覺自己是睡在蔴繩床上。

他想：自己做了一場惡夢嗎？

他忽地發現有兩張紅色的鈔票被壓在手電筒下。他的心一冷！腦子裏即刻呈現出達黑的影子和他褲管上的血跡。……

「我被收買了？我被連累了！壞胚子！兇手！」他激動地敲擊著自己的頭顱：「我要報警！我要報警！」

下了床，他把赤色的校工服裝穿好，不知所措地走到鐵門邊。

「爸爸，爸爸！」

五六個小孩子奔了進來，有的抱住他的腿，有的拉著他的手。

「你們的媽媽呢？」他抱起最小的一個男孩，笑開了。

最大的女孩指一指後頭，埋怨地說：「媽抱惹沙來了，她走路真慢！」

米南一看，妻子已到了。她喘著氣，喃喃地說聲「真討厭，又有了！」

「唉！」米南歎了一口氣，便引著孩子們走進學校。「你弟弟又幹了好事啦！」

「我知道。」他的妻子憤憤地說：「我勸了幾天，還是沒用。本性難移！他這回所作的，可說是我一生中最感失望的事。」

「他把——」

「是的，為了一輛摩托車和兩百元現款？他竟把……」她忽地哭了起來。

「一輛摩托車和兩百元現款？」米南的臉孔已無絲毫血色了：「真是卑賤的東西！……」

「真是卑賤而下流！」她抹抹眼角，繼續說：「你想，羅絲娜那一點不好？他竟忍心把她——」

米南立定了。他覺得呼吸有些急促。……

「為了摩托車和鈔票，達黑竟然忍心把她讓給了村長的兒子！……」

「真是可恥的事！」

米南的眼球這才又滾動起來。他看見孩子們正欣歡、活潑地在校園裏追逐著。……

兄弟情

樹桐車駛進了木板廠，在積木堆邊停住了。瘋狗仔靈活地打從卡車上躍下，熟練而又迅速地解開了鐵鍊，並且敲開了塞在樹桐邊的三角木塊。然後，小心翼翼地把大木塊擋進了右邊的輪子。

「行啦！」他一頭是汗，邊跑邊喊。

大豬開動引擎，從車座探出頭來，看見瘋狗仔已經避遠了，於是踏上油門，車輪滾上了大木塊，卡車上的六根大樹桐便「乒乓碰碰」地滾向了左邊的積木場去。

瘋狗仔把用具塞回車上，然後抹抹頭上的汗，問大豬一聲：

「喝水嗎？」

「也好，再趕，也不能多趕一趟。」

「就怕下大雨，那段路，真要命！」

「下不下雨，我都要趕這一趟。」大豬下了車，和瘋狗仔並肩走著：「你怕嗎？」

「我老婆怕，我可不怕！」瘋狗仔嗤著鼻子，用右手拍了一下胸膛：「也難怪，她又要生了！」

「還是你好，不結婚，不必養孩子。」瘋狗仔頓了一頓，說：「不過，你要養那個弟弟，實在也夠苦的。」

他們進了食堂，對坐在凳子上，互望了一眼，都不禁地歎了一口氣。

「為了弟弟，你不結婚，太委屈了。」瘋狗仔要了一支白啤酒。「你呢，烏狗蜜，怎麼樣？」

「不，叫瓶可口可樂好了，我暫時戒酒。」

瘋狗仔搖了搖頭，說：

「你弟弟出國念書，一個月要好幾百塊錢費用吧？」

「過去，每個月寄四百多，現在，什麼東西都貴，連大學也漲價啦，六百五十元，有時，還不夠。」

瘋狗仔把白啤酒倒進盛冰的杯裏，大口地喝了一口，深深地吐了一口氣，叫了一聲「爽」！大豬只呆呆地望著他，樣子有些頹喪。

「你沒有烏狗蜜，是不行的。」瘋狗仔瞪了一瞪他那瘦黑的臉，忽然問了一聲：「你今年四十幾了？」

「三十出頭。」大豬吮了一口汽水，低聲地回答。

瘋狗仔一臉懷疑，不自禁地對著他那上額的皺紋打量了一陣，又朝他那凹陷的面頰望了一眼。

「不信？」大豬苦笑了一下，說：「人家都說，熬夜的人，快老。我熬了整十年的夜，怎麼不老呢？」

「過去，你不是駕載膠卡車的嗎？」瘋狗仔問。

「那份工作，簡直要命！一天駕十八個鐘頭的車，沒死，已是萬幸的了！」

「誰叫你貪那超時薪水？」

「不！是公司規定的，一天兩趟車，從天沒亮三點，就一直在路上跑，直到晚上九點。」大豬冷冷地說：「進公司的頭一天，經理就警告說，公司裏是不准參加職工會的；工做得多，除夕可以領分紅。要做的才留下來，不然，讓排著隊等工做的進來！」

「簡直是隻芭蛭！」瘋狗仔罵了一聲。

「整十年功夫，我親眼看他小車換大車，小屋子翻大洋樓，大老婆接小老婆……」大豬越說越氣，嗓子也越提越高：「×母，我的分紅，只夠買兩條香煙，幾包火柴！算來，還不夠他買一條輪胎呢。」

「你何苦替他做那麼久？」瘋狗仔說：「是我，我鳥他老母一陣，就辭工不幹，看他能奈我何？」

「那時，我弟弟在中學讀書，又是寄宿，我不能沒有工作。」大豬回答，還是一臉苦笑：「母親生下弟弟不久就去世了，父親死前曾再三交代，一定要讓弟弟念完書。當時，我二十歲，弟弟剛剛小學畢業。我想，再讀，也只不過是三五年的事，我還能頂，便一口答應了。沒想到，念完了初中，念高中，讀完了華校，又轉英校，考得九號文憑，又要念十一號，十一號考得了兩個A。這裏的大學沒考進去，卻考進了英國的什麼大學……」

「哦，我明白了，你辭掉那膠廠的司機工作，並不是你要給經理顏色看。」瘋狗仔指著他說：「你轉行駕樹桐車，是因為你想賺更多的錢！」

「我一定要讓弟弟念完書！」他堅決地說。接著又有些頹喪地問：「瘋狗仔，你知不知道，念完了英國，還有什麼地方可以去念的嗎？」

瘋狗仔抓了抓頭，眨了眨眼，想了老半天，才傻笑著說：

「好像，好像還有個倫敦。」

「看你也是不懂。」他說：「聽人家說，地球很大，國家很多，我真擔心哪！」

「說得那麼遠去了。告訴你，我們擔心的事情可多囉！天下雨，擔心！車輪爆胎，擔心；路邊的黑腳仔（交警），也擔心！唉，就連老婆那個老是漲大的肚子，我也擔心哪！來！喝完它，趕路要緊，走！」

他們兩個，喝完了最後一口，付了錢，便匆匆地跳上了車。

那空車，就像一頭火龍，「叭叭」地怒吼著，飛一般地在崎嶇的紅泥路上消失了。……

＊　＊　＊

大豬下了巴士，在水果攤買了兩粒橙、兩個蘋果，便闊步地向醫院的「三號」病房走去。

他討厭看見棺材，也討厭看見醫院。看見了棺材，他總是失去了最親近的人；而看見了醫院，就要使他失去了最親近的人！

他身邊的人，都和他一樣看法。小病時，再窮，也得看私人醫生；病重了，才進醫院，進了醫院，總是開刀切割，最後，還是好不了！像他母親、像他父親，還有，那些親戚朋友……

他在「三號」病房找了一陣，終於找著了瘋狗仔的病床。要不是看見坐在病床邊哭泣的阿狗嫂——那個大腹便便的少婦，他是無法認出瘋狗仔的。因為他的整個頭都紮著繃帶，一隻左手和兩條腿都包著石膏。

「你——怎麼啦？」他吃了一驚，心頭一陣麻痛：「腳斷了沒有？」

沒有人回答他。瘋狗仔看來還沒有醒，而阿狗嫂呢，她已泣不成聲。

大豬強忍住眼眶裏的淚水，把四個果子放在病床邊的小桌上。呆坐了一會，他打從褲袋裏拿出了幾張鈔票，壓在水果底下。

「要血嗎？」他一臉憂傷地問：「我是O型的。」

阿狗嫂不停地搖著頭，還在哭泣。

「出院後，叫他改行。」他說：「當巴士司機比較安全，不然，就開霸王車……節儉一點，就不必賣命了！」

她沒反應，仍然在哭泣。

「他運氣不好，又不聽我的話。我去匯錢給弟弟，停一天工，勸他也休息休息，可是，他不聽；駕樹桐車是要有經驗的，要細心的，他，唉，總是不聽人勸告……。唉，限二十，跑三十五就夠危險了，要錢，也要命呀！他，他——唉！」大豬像是和那個包頭包臉的病人說話，也像是在對那大腹便便的少婦說話，更像是在對自己說話：「這一次，車翻了，身體要受苦，家人要受折磨，跟車的還去了一條命……出院後，叫他改行吧！他的性子，不適合吃這行飯的……」

說到這裏，淚水忍不住掉了下來，大豬心裏想：有誰適合吃這行飯的？有誰不要命？

* * *

「有誰不要命？」大豬想起了這句話，臉上就不禁地露出苦笑。

飆車的年輕伙子就像瘋狗仔，什麼都要快！他說過，越快，賺錢越多。所以，當他看到樹桐車上的時速表指到「三十五」時，他也無動於衷，他還說：

「我剛考到駕照時，我借了一輛日本車，載我的女朋友去新加坡，你知道嗎，我跑八十。連計程車都超過去。我本打算跑他一百，只是，路上車多，女朋友又怕死！」

「有誰不要命？」大豬苦笑著。

「我是要錢不要命的！」他拍拍胸膛，歪著頭，尖著嘴，說：「我就喜歡和你搭檔，你也不怕死！」

「誰說的？」

「我看你趕車，就知道了！你行！用三十轉彎，用四十跑直路。等我考到了駕樹桐卡車的手牌，我一定要超一次你的車！」

「為錢？」大豬哼著說。

「不，那一次是要表現表現，我和你一樣，是個好司機。」

「×屎話，好司機就只能走二十，卡車後頭清清楚楚寫著『只限二十』，你沒看見嗎？」

「你不是好司機？」

「從前是，現在不是！」

「為什麼？」

「過去，我只有一個弟弟，現在，我有兩個弟弟！」他說：「所以，我只好開快車。」

「你媽媽又生了！」

「說×屎話！我媽媽死了二十多年，還生什麼？」

「那——我不明白……」

「你不必明白。總說一句，現在賺錢不夠花，只得賣命！」大豬冷冷地說。

「所以，你和我一樣，要錢，不要命？哈哈哈……」

大豬忍不住又是一個苦笑。

「有誰不要命？」他心裏想。

＊　＊　＊

瘋狗仔一家人搬進了大豬住的那座亞答屋。雖然，瘋狗仔不想這麼做，但是，到底還是搬進去了。他被鋸掉了一條左腿，當然不能再幹那駕樹桐車的工作。

保險公司只賠他八千塊錢。他領錢時，還要在社會名流見證下，拍照登報紙，替人打保險廣告呢。

大豬替他把錢放進銀行，成為他太太的定期存款。

「你們就安住在我這間亞答屋裏吧，反正，我成天在卡車上，屋子空久了也會爛掉的。」大豬說：「就是將來，弟弟從外國回來，他也不住這爛屋子的。」

「你不需要日趕夜趕的。」瘋狗仔臉色蒼白，一身是骨，他說：「現在又是接近雨季，常有山雨，芭路並不好走，你是要特別小心的。」

「芭門就要關了，這時候不多賺一些，將來——」

聽到「將來」兩字，瘋狗仔的臉色就更蒼白了。他看看紅著眼、漓著淚的妻子，再望一望那群幼童，心裏就塞滿了悲傷和憂愁。……

「我弟弟寫信來說：過一個月，就要去加拿大了。」大豬忽地把話頭一轉：「你聽說過『加拿大』這個地方嗎？聽說，那裏有半年以上的時間，太陽是冷的。要是，我們這裏的太陽也是那麼樣，白天就不怕多趕一趟車了。」

瘋狗仔苦笑一下，顫著嗓子說了一聲：

「那倒好。」

「這裏衣服很貴，要真個太陽冷了下來，窮人就糟了。」大豬忍不住睨視了那群在地上玩泥沙的幼童一眼：「太陽還是熱的好！頂多，多喝幾瓶可口可樂。」

「你弟弟在加拿大，還要讀幾年？」瘋狗仔低聲地問。

「鬼知道。讀完了，又不知要去那裏讀。」大豬歎了一口氣，繼續說：「以前，人家說：地球真大。我說：管它大不大，反正，我又不環遊世界……現在，想想，真有點怕哩。」

「讀書，一定要跑到外國去嗎？……」

「我也不知道。過去，我弟弟老是說，要在我國讀，可是，最後，卻又出國了。」大豬有些懊惱地說：「誰叫他考不進去.」

「好在外國水準比較低，不然，他沒書讀，說不定也會如我們一樣，成天在賣命哪！」

「現在，我什麼也不問了，只知道匯錢、匯錢，不停地匯錢……」

「你這哥哥，也太苦了。」

「不要緊，只要他能成功，將來——」說到「將來」，他又不自禁地頓了下來，接著，他又把話題一轉：「明天，我又要出車了，這一次，最少也半個月，家裏的柴米、鹽油……你，只管拿去用吧，反正，放久了，也會壞的。哦，對了，櫥頭有一罐奶粉，是人家送的，我又不喝奶，你們拿去沖給孩子喝吧……」說完，他站起身，搖搖頭，歎了一聲氣，頭也不回地，便走了。

瘋狗仔和阿狗嫂都情不自禁地流下了淚，發愣地送走了他。……

* * *

墾荒者和芭人被倒樹擊傷，並不是新聞；樹桐車司機發生意外，也算不上是什麼新奇的事。其實，他們進了這一行，就已經是把生命當了賭注，能過一關，算是勝了一關；能過兩關，算是勝了兩關……但是，他們能永遠長勝下去嗎？他們能保一輩子不出事情嗎？

瘋狗仔是敗下陣的一個；他那跟車的，也是一個。大豬幹了那麼多年，看得更多，心頭就自然越冷。

他原本想向那些幹上三五年，賺到一筆錢之後，買下十來依吉膠園，立即改行為小園主的夥伴看齊。但是，他沒有機會！他挑的兩個擔子，使他無法喘氣！而這兩個擔子，一個是他應挑的；另一個卻是他自願挑的。

平時，當他在崎嶇的道路上，駕著卡車在奔馳的時候，他是很煩悶、很懊惱的。他覺得自己好像車頭裏的機器，拼命地拖著沉重的車身，向前跑動；一日復一日，直到成為廢鐵為止。……然而，當他看到了瘋狗仔開始有了求生的欲念，看到了阿狗嫂勤快地幹活，孩子們慢慢地長大；當他收到弟弟從老遠的地方寄回來的信告訴他在學業上有了成就，那時候，他又會不辭勞苦，不計危險，心甘情願地拼著命多趕幾趟車。

就這樣，他終於出事了！

那一趟車，他的左前輪爆了胎。整輛卡車撞進了路旁的大溝裏去。跟車的那個年輕伙子眼明手快，及時跳出了車外，只跌斷了一隻手，撞傷了頭；大豬卻被夾在車內。……

向來，大豬討厭醫院，可是，他還是被送了進去；他討厭棺材，最後，他還是被安置在裏頭。……

在他身上，除了幾張一塊錢的鈔票，加上幾個銀角之外，就只有那封請人代寫，還未寄出的染血的信了：

二豬：

儘管你改了名，我還是要叫你「二豬」，因為那是父母給你的名字。

聽說，你得了加拿大政府的獎學金，以後不必我寄錢給你，我實在高興。說不定，我就可以改行了。或許，我可以成為一個好的巴士司機。

你說念完了博士，要留在外國服務。我不反對；你又說，賺了錢，一定要按月寄一些來給我，我也不反對。只是，你要我結婚這件事，我必須考慮。

在這個世界上，我有兩個弟弟，一個是你；另一個是瘋狗仔。你是我同父母的親弟弟，瘋狗仔卻是我生活線上的窮兄弟。你的樂，將是我的樂，而他的苦，也是我的苦！

所以，我求你，不管你願意不願意，都要把他當個兄弟看待呀！（他們一家，就住在我們的老屋子裏！）

祝你

學業進步

大豬

×年×月×日

陋屋

我和往常一樣兒，經常駕著摩托車，從那條還未建造的路上行過。這是通往市區的交通捷徑。相信再過三五個月，隨著周圍洋房的建竣，新的柏油路的鋪成，這道紅泥的小徑，也將和那間陋屋一樣兒，在這片洋房林立的土地上消失。

每當我經過這裏，我總會想起那間陋屋，還有屋裏那個瘦骨如柴的老頭兒。

那間陋屋，地面是泥，破牆是板圍成的，而屋頂，是朽了的亞答葉蓋成的。走進去，前後左右，都有無數的洞孔。抬起頭來，還像是看見了夜晚的星天……。

在陋屋裏，沒有櫥，沒有桌子，也沒有椅子，只有幾個大小不同的破箱子——有的是裝煉乳的木箱，也有的是裝香煙的紙箱。唯一能稱得上是傢俱的，我想，就是那張帆布床了。

屋裏住的，是一個六七十歲的老頭兒。或許，他只有五十歲吧，但是，從他滿布在那張乾癟的皮臉上的皺紋看來，他並不只六十歲，還有，他那一頭前禿的灰白頭髮，更為他增添了一些歲數。

他常坐在帆布床上。身子總是弓著。在他全身的器官上，就只有那對像會發光的雙眼，叫人看了，覺得他的生意盎然！

對這間陋屋，對這個老頭兒，我有一份奇異的感情；想起來，像是一份兒惋惜，又像是一般同情之心；但是，無論是惋惜，或是同情，卻多少帶著幾分的尊敬！

* * *

兩三年前，我在一家建屋發展公司裏頭工作。因為公司的辦事處設在市區，我必須趕四五里的路，才能到達辦事處。通往市區的路不但經常塞車，交通燈又常出毛病，有好幾回，差些就在急躁的心情下，鬧出交通意外來。後來，我發現了一條捷徑——從一片大概有四十英畝的荒廢果園上的小泥路切過，不但可以避過交通上的擁擠，而且可以省下一些時間。因此，這條小泥路，便成為我的要道。差不多，每天我都從這兒經過。

小泥路的兩旁，盡是些老樹，有些是紅毛丹樹，有些是芒果樹，還有一些，是不知名的樹。如今，這些樹旁都長滿了茅草和藤蔓。整條路上，就只有一間屋子。由於屋子的樣子破陋不堪，最初我還以為是園主棄置的空屋，直到我工作的那間公司的一名高級職員對我提起一件事時，我才知道，原來，那陋屋裏頭，還有一名住戶呢。

「公司要你去見一個人。」那高級職員說著，交給我一張地圖並指著一塊加紅線的地面，對我說：「公司已經買下了這塊土地，並且獲准在這塊土地上進行建屋計劃。不過，公司人員發現，這塊土地上，有一間破屋，屋裏住了一個老人，你拿一些錢，算是搬遷費，要那老人儘快搬走！」

我小心看過地圖之後，才發現到，那塊土地，就是我每天經過的果園。

「董事經理說給他兩千塊，我覺得太多了。我看，你就拿五百塊錢給他，如果他嫌少，那麼，你再加給他五百！」

我的公司可能認為這是一件芝麻小事，所以才派我這個小職員去辦理。當我走出辦公室的門時，那位高級職員追了出來，加了一句：
「喂，必要時，威脅他一下！」
我沒有回答，只莫名其妙地向他瞪了一眼。
「這是小事，你一定要辦好呀。」他說：「要是辦妥了，我會替你向董事經理讚你一聲！」
我冷冷地笑了一下，便走了。

＊　＊　＊

就這麼樣兒，我踏進了陋屋的土地，也看見了那個弓著身，木然地坐在帆布床上的老頭兒。
我們的眼光交觸時，我的心不禁打了一個顫，原本要說出口的話，卻吞了回去。
他閃閃發光的眼，盯著我，又像驚奇，又似忿怒。
好一會兒，我才說：
「老伯，你住這裏？」
他哼了一聲，說了：
「不住這裏，住哪裏？」
我又悶了一陣，不知該怎麼說下去。於是漫無目的地朝四下望了一望，心裏不禁驚奇：這老頭兒怎麼住得下？
「老伯，你打算搬家嗎？」
「我在這裏住了三十多年，為什麼要搬？」

我的話頭又被打斷了，好不容易，才提起勇氣，對他說：

「你住的這塊地，我的公司已經買下了——」

「買了又怎樣？」他說著，雙眼的神色變得兇惡：「你們以為有錢，什麼都可以做？」

「我的公司打算給你——一千元，請你搬出去……」

「誰要你們的一千塊錢？誰要搬出去？告訴你，這塊地是我的園主送給我的，屋子是我自己蓋的，我搬不搬，幹你屁事！」

我的喉頭，像是被哽住了，半句話也說不出。心想，這件事，並不是小事，既然不是小事，當然不是我這個小職員所能解決的。於是，我決定把這個問題。交回給那位高級職員。

那位高級職員鐵青了臉，很不高興。他在辦公室裏踱來踱去，好一會才說：

「董事經理問起，我要怎麼交代？」

「你可以去見那老頭子，可以用你大學裏頭所學的東西，去說服他呀！」我說。

「我已經見過了他！」驀地，他叫了起來：「以我的身分，難道可以揍那快死的老傢伙嗎？我派你去，就是要你用拳頭對付他！像他這種固執的老傢伙，不拆他的骨頭，他是不怕的！」

「我向來有個原則，不打弱者。」我冷冷地說。

「放屁！他比我還兇，還算是個弱者？」

「我眼中的弱者，包括老年人！」

「去你的包括。」他還在叫嚷著：「要不是我走得快，我的頭，可能已經開了花！豈有此理，那老傢伙竟敢用箱子丟我！」

「你懂得法律，為什麼不用法律對付他？」

「法律是用來對付那些懂法律的人，對付這種老傢伙，就只能用拳頭！哼，我還以為你會用箱子丟死他！沒想到，你也沒用！還說什麼鳥話，不對付弱者。你以為你很強嗎？連這麼一點小事都辦不了，請你來吃太平飯的？哼！」

「請你說話放尊重點，不然，不要怪我不客氣！」我有點兒光火了。

「喝，對我，你就兇起來了，對付那老傢伙，你就成了縮頭烏龜！」

我衝上前去，摑了他一掌！

「哎呀，你大膽，你敢打上司，我要報案！我要報案！」

＊　＊　＊

董事經理把我叫去訓了一頓，並沒有開除我，也不准那位高級職員去報案。他警告我以後要自行檢點，自行約束，並且要我再去見那陋屋裏的老頭兒。

「你知道囉，他不吃硬，你就向他說好話，搬遷費嘛，我可以給到四千。」他說。

「董事經理，我辦不了這事。」

「什麼事情，沒盡了力，怎麼知道行不行？我對你有信心。你是個講義氣的人，說不定那老人就服你這一套。」

「我始終覺得，沒能力——」

董事經理打斷我的話，說：

「去試試，去去去，事成了，我一定升你的薪金。」

不管董事經理怎麼說，對於這件事，我實在一點信心都沒有。

一經過那道捷徑，就想起那個老頭兒，而一想起了他，我就自覺得，這一回非改行不可了！

* * *

好不容易，我才鼓足了勇氣，再一次地踏進了那間陋屋。

那個老頭兒還是那個老樣子，弓著身，坐在帆布床上。

這一回，我不敢正視他的眼睛，只是四處張望著。

「你又來了？」

出乎我意料之外，他竟先開了口。

「因為公司要我來。」

「你很盡職呀！不過，你別說什麼，我告訴你，我死也不搬出去的。你費口舌只會惹我發火。」

他聲調平淡地說：「我這把老骨頭還能活多久呢？為什麼要這麼樣逼人？」

只這麼幾句話，就把我所有的話頭都給封住了，使我整個人變成了一塊木頭似地，呆立在他的面前。

「你長得那麼結實，什麼事都可以做呀，何必為了幾分錢，幫著人家來對付像我這樣的老人？」

「我是要幹別的了。」好不容易，我才說出這幾個字。

「不是嗎？你對付不了我，公司就要對付你了！我樣子看來冷酷，但是我心中是有感情的。我不會離開這裏，因為我對這裏的一樹一木，一花一草，都有了感情。即使是這麼一間陋屋，我也深深地喜愛著它。這就是有人喜愛城市，有人喜愛鄉下的緣故。唔，瞧我的樣子是冷酷的，但是，我也有真率的感情，不像你公司的人，裝成和藹可親，心中沒有半點的真感情。」

我驚異眼前這個野人似的老頭兒，竟會向我說出道理來。

「公司開除我是另一件事，我不適合幹這一行倒是真的。現在想想，公司請我，的確是利用我簡單的頭腦，和粗大的拳頭。……我為什麼要被人這麼利用？」我自言自語地說。

「這裏要推行建屋計劃，我已經知道了。要建洋房，就興建吧，要現代化什麼的，就去現代化吧，這麼廣大的土地，為什麼就急著要我的這幾百方尺的土地呢？再過幾年，這破屋是會倒的；再過幾年，我也要離開這人間的。為什麼不等到那個時候，才在這塊土地上建立洋房？為什麼不等到那個時候，才自自然然地把我驅出這塊土地？你想想，所有的親人都遠去了，難道不能讓我再在這裏，和我的破屋多活幾年嗎？為什麼一定要在我的眼前，用拖拉機剷平這裏的一切，剷平我用一雙手建起來的屋子……」

我默默地望著他。他說話的聲調依然很平淡，但我卻聽出話中充滿了情感。他的閃閃發光的眼睛，突然失去了逼人的神色，而開始籠罩著一層哀愁。

「你沒有兒子嗎？」我想把話題拉開。

「有，他走了，他怎麼能住在這陋屋裏？」他說：「他是一個教師，他教我不可以死抱著過去。他贊成用剷泥機剷平我的屋子，他還說，我——」

我終於看見他忍不住哀傷，掉下了兩行淚。

「我要休息，你走吧！」他低下了頭，揮著手，說：「你走吧！」

*　*　*

董事經理聽了我的報告，臉色都變了。他不停地搖著頭，半晌，才歎一口氣說：

「真沒想到，你這麼使我失望！其實，對付這個老傢伙，我們公司有的是辦法，而且還可以省下四千塊錢。不過，我一向看重你，想借這個事件，給你一個提升的機會，讓你利用手段，去制服那個沒用的老傢伙。唉！真沒想到，你卻那麼沒用！」

我覺得對方的話，像一枝枝的刺，正刺痛著我的心，我強忍住氣，只說了一句：

「我不幹了！」

他愣了一陣子，驀地笑了起來：

「有志氣！有志氣！不過，這可是你說的唷，你自個兒辭工，公司可不貼你兩個月薪水。你就做到這個月底，我們也不向你要回一個月工資。明白了沒有？」

「明天我就不幹了。」

「我就准你吧，現在，你要回去都行。我要開董事緊急會議去了。過些時候，你就可以知道，沒有你，公司一樣可以輕易地清除掉那個老廢物；還有，那間破屋子！」

看著他的背影離去，不禁使我想起了陋屋裏的那個老頭兒的話來。……

由於沒工作做，好幾天都沒有出門。也因為這樣兒，好幾天都沒有經過那道捷徑，也沒見到那間陋屋。

* * *

想到董事經理的那番話，我便會為那老頭兒擔心起來。心想，公司裏的那夥人，樣子慈祥，滿口為大眾服務，內心可是狠得很哪！

「就不知他們會用什麼辦法去清除掉他？」我覺得有些不安。

於是，我決定到那陋屋去一趟，看看那老頭兒怎麼樣了，順便要他小心點兒。

萬料不到，到了那兒，那陋屋已經不見了！哦，是一場火災，把屋子給燒平了，同時燒去了一大片的果樹和茅草。

我愣住了，默默地望著陋屋的灰燼，不必問任何人，我想，那個老頭兒肯定是和陋屋一塊兒消逝了！

我正默默地在為那老頭兒哀悼的當兒，不遠處傳來了陣陣卡車和拖拉機的馬達聲。……

這時候，我眼前似乎已經林立著一排排、一幢幢美麗的洋房；似乎也清楚地看見，那弓著身子的老頭兒，雙眼閃閃發光在那間陋屋裏，四面是熊熊的大火。……

橙黃的太陽

他覺得冷。左腰的刀傷在發痛，血還在流著。他坐靠在牆角邊，眼光無神地望著東方的天邊。他渴望著朝陽的升起，因為他需要光和熱。他的眼角，滾下兩行淚水！

「我要小鳳，就是要小鳳！」

「她在陪客人，你能忍耐一點嗎？我替你介紹個新貨，蠻好玩的。」

「去你媽的！我就只喜歡和小鳳一個人玩。」

「但是——」

「我發火了，打你，連和小鳳一起的客人也打！」

「打我無所謂，不過，小鳳陪的客人是黑皮三劃。」

「小鳳和那暗探很好嗎？」

「聽說是他保護的。」

「去他媽的！你以為我怕他三劃？」

他在「夢鄉健身院」認識了小鳳，也暗戀上她，卻沒想到，頭一遭談情說愛的事，就撞上一鼻子的灰！他常誇口說：「我連死都不怕，你媽的還怕誰？」

他就是怕黑皮三劃！他在好幾個地方吃過他的虧；有一回，還吃了不少傷藥！

「小鳳，我們去看電影。」

「你要買下所有的鐘點！」

「哼！只要我有錢，連你的人都買下！」

「看什麼戲？」

「少林和武當。」

「打鬥片？不如去看林青霞的戲。」

「你怎麼會喜歡那種婆婆媽媽的片子？我只有看打打殺殺的電影才不會打瞌睡。這樣吧，我們去看錄影帶，有料的！」

他自己也不知道為什麼會暗戀上小鳳。她和他的興趣完全不同，看電影就是一個例子。他說話時，老是拉開了嗓子，而小鳳就討厭大呼小叫的人。在健身院裏，小鳳是什麼都肯做的，不過，一走出街，她就像是變了另外一個人，連摟在身邊走都不行！而他卻最喜歡在街上和她拉拉扯扯。

他的內褲像是濕透了。他分不清那到底是血還是冷汗。他的頭已經昏眩了一段時間，但是他強忍著，不讓自己躺下去。他心裏擔心，他一倒下，可能就永遠爬不起來了。

墨黑的天空，還是一片墨黑。他望著天邊，路燈淡淡的光芒，正映著他無神的雙眼，還有兩行淚光……

「這地方怎不弄亮一點？」

「亮了就沒有情調啦。」

「什麼你媽的情調！這樣的燈光，老太婆都要看成小女孩！」

「這是什麼意思？」

「我知道你小鳳只有十七歲，好了吧？女人！」

「你這人粗口粗舌的，到底是做什麼工的？」

「總之，不是幹暗探這種臭工作。」

「你怎麼罵都好，我還得靠他黑皮三劃的幫忙，才能在這裏混下去。」

「讓我來保護你！」

「別扮菩薩啦，看你的樣子，和我是差不了多少的。有錢，歡迎你來。玩過了，什麼也別提。千萬不要談愛情，愛情要是能當飯吃，我十七歲也不必幹這一行了！」

「好。我不是菩薩，你快脫衣吧。」

他看過很多有洋女脫衣鏡頭的錄影帶，但是總覺得比不上看小鳳脫衣來得刺激。在那暗淡的燈光下，小鳳好像一朵大紅花。為了要和小鳳一塊兒，他必須把心一橫鋌而走險，他在膠林裏開賭局，代理黑市萬字票，有時還代人上門收爛帳，送勒索信。

「你能做點正經的事嗎？」

「一天賺八九塊錢，做人有什麼意思？」

「我從小就對你說，只要三餐不挨餓，少賺幾個錢也無所謂。一家八口我不也都養大了？」

「我聽你的話，什麼事都別做了！現在是什麼時代啦？人家出門駕冷氣車，進出冷氣餐廳，洗一個頭就三十幾塊，上一次健身院就要一分一秒的算錢，正經工作，連給『小錢』都不夠。」

「我不懂你講什麼，你父親死了以後，我辛辛苦苦把你養大，就是希望你好好做人。但是，你三五個月就被抓去一次，我這條老命，不被嚇壞才怪哪……」

他成天都在罵人，就只在母親面前，他能忍住。因為他瞭解母親給了自己什麼，犧牲了多少。他不是個孝子，有錢總是花在小鳳身上，但是，他不會不尊敬她老人家。他想：在做人這方面，母親的看法是過時了！

一陣風吹過，他抖了起來。他覺得手冷得很，連搓搓雙手的力氣都沒有了。他左腰間的傷口，越來越痛。他咬著牙根，還是忍不住那陣陣的痛苦。他無神的雙眼，還在流淚……

「我以為你是條硬漢，怎麼也哭了？」

「你這樣打人，是會把我打死的！」

「你以為自己很值錢？打不得嗎？」

「我和你沒什麼仇恨，你不能放過我嗎？」

「公事公辦！只要你說出，你所收的黑市萬字票交給誰，我就饒了你！其他的，別多費口舌。」

「你要我出賣『老大』嗎？」

「我不管他是老幾！快說出他的姓名、外號，還有，住的地方。」

「我不能說！」

「那我會有更多的把戲和你玩！」

他從現實生活中學到一個秘訣，對付善良的人要兇要狠！他靠著這個秘訣，揚眉吐氣；偶爾還可以撈他幾個錢來用。可是沒想到，黑皮三劃也是來這一套，他越是求饒，黑皮三劃就越讓他吃盡苦頭！在黑皮三劃的面前，他自覺是個很委屈的善良人。

「老大」被警方帶到警察局去問話。從那天起，就有風聲說，「老大」要找一個人算帳，這個人是誰呢？

「你應該避一避！」

「怕什麼？」

「好漢不吃眼前虧。昨天中午，他們的人還來這裏找過哪。」

「一個人連死都不怕，他們能奈我何？」

「你別嘴硬！你要是真的那麼硬漢一條，『老大』還找你做什麼？」

「你——」

「我不想你這麼年紀輕輕的，就送了命！」

「我二十歲了，比你大三歲。別把我當成什麼小孩看！」

「你不想活，我又有什麼辦法？」

「我不是縮頭烏龜！」

「我倒想看看你有什麼本事？」

連他自己都很清楚，他只是硬一張嘴而已。實際上他也很害怕。他心裏有數，出賣「老大」會有什麼後果。但是，都怪黑皮三劃，他真叫人吃不消。照理，「老大」應該去對付黑皮三劃才對！

他聽說過有一種刀，刀背上有一道凹溝，被刺中的人只有見閻王的份。他想買一把，打鐵店老闆卻說沒有這種武器。他很失望，心想，要是能找到一把手槍，豈不就安全了？

晚上，他不敢回老地方睡。他躲進一個未竣工的住宅區裏。他打爛幾片玻璃窗，爬進一間半獨立式的屋子裏。他曾夢想要買一間這樣的洋房，然後和小鳳一起過幸福的日子。現在，他當然明瞭自己不但沒本事買洋房，就連見小鳳的勇氣都消失了！

他躺在硬而凍的洋灰地上，輾轉反側，怎麼樣也睡不著。眼前，出現了「老大」的影子，那個經常在錢財上幫助他的中年人，如今，似乎成了長舌無常。他的心，忐忑地跳著，卻又幾分內疚。還是想想小鳳吧，記得她在暗淡的紅色燈光下，把衣脫掉的那個時刻……驀地，他覺得這個像是沒有感情的少女，似乎對自己有了感情。接著，他想起了年老的母親，拿著膠刀，在校園裏割膠的情形，心頭不禁一酸……

他想抹去臉上的淚痕，但是，他全身的血液似乎正在凝固，四肢都發麻了。耳邊，隱隱約約地聽到遠方的雞啼聲，他硬睜著雙眼，瞪著東方的天邊，那層層的雲中，只透出淡淡的曙光。那道光，就像是凹背長刀的光芒，刺得他的眼有點發眩……

「我們知道你一定會來找小鳳！」

「你們不會殺我吧？過去，我們到底是兄弟。」

「你這種人，連個『義』字都不懂，還配和我們稱兄弟？」

「我是不得已的。如果你們碰上黑皮三劃，也會這麼做的。」

「放屁！」

他覺得左腰部一陣痛，一看，已被凹背長刀插了進去……

他眼前的景物已經開始模糊了。他想，血就快流乾了吧，全身只有左腰的感覺依然存在，那陣陣的痛使他覺得死神已近了。

他還是硬睜著雙眼，望著東方，太陽終於升起了。在煙霧中，那橙黃的太陽放射出來的光芒，彷彿形成了一個人影，像是小鳳，又像是母親……

他終於倒了下去。

鱷王

烏占朱基雙眼發紅，是因為他已兩夜無眠，也因為他從內心燃起的仇恨的火焰不滅。雙溪龍濁黃的河水，緩慢地流著，偶爾漂來一些樹幹，拖曳著雜亂的藤蔓。

烏占朱基緊握著雙拳。但是，他越握得緊，就越感到心痛！他最叫人喝彩的左勾拳，已變成他一生中最大的遺憾。他不敢正視那隻左手，他一看到只剩拇指和小指的掌面，他不但會覺得心兒發冷，而且還得忍住眼角要奪眶而出的淚水。

「左勾拳拳王！左勾拳拳王！」那歡呼喝彩聲，使烏占朱基自得地高舉雙拳，嘴角邊流露出勝利的微笑。他用輕藐的眼光，睨視一下倒在臺上的對手，心想：「我是永遠打不倒的！」

在鍛煉體格和力氣上，雙溪龍正是個好地方。他在河邊跑跳，把鐵拳狠狠地擊在纏藤的樹身。偶爾，他會飛起一腿，踢在長著野果的樹枝上，震得葉子抖落。

「我是永遠打不倒的！」他常常用這句話來鼓舞自己，激勵自己。實際上，他肯定自己是打不倒的！

他在雙溪龍的叢林和沼澤間盡情地折磨自己，直到覺得精疲力盡時，便會走下河裏，浸在清涼的流水中。

「左勾拳拳王！左勾拳拳王！」耳裏的歡呼喝彩聲逼得他忍住那要滴下的淚水。他發過誓，寧願淌血而死，也絕不流淚！擊倒對方是自己的生命光輝；被擊倒了，便是生命的終結。期間根本不能有婆婆媽媽的事兒，當然更不能有流淚的事兒！

清涼的河水從他赤裸的身體流過，有時，土蝦也會從他結實的肌肉擦過。他投身河流之中，總覺得自己是河中之王；在雙溪龍裏的生物中，他是最健壯的，是無敵的！

他從河裏走上岸來，發現老勿巴加正注視著他赤裸的身軀。

「太可怕了。」那矮小而瘦弱的老頭兒，用平淡的腔調，說：「你該知道你在做什麼吧？」

烏占朱基冷笑著，他有意無意地抖抖結實的肌肉。

「我希望你避一避。」老勿巴加的皺紋密密麻麻地布滿了他乾癟的額上，說話時，露出殘缺不齊的黃牙。「擂臺上，你顯威，這雙溪龍可是一條鱷魚河呀！」

「鱷魚河又怎樣？」

「最近，村裏有人被侵襲了。第一個被咬去一條腿，第二個連人都沒了蹤影。」

「肯定是鱷魚幹的？」

「我打算捕捉那壞傢伙！到時，我只要看看它的牙齒缺了幾顆，就知道它曾咬過幾個人！」

「要是你捕不著它呢？」

「我是捕鱷師，我會用咒語和生餌去誘捕它。它真的不上鉤，那證明它是清白的。」

烏占朱基穿上了運動衣，一邊冷笑，一邊用不屑的口氣說：

「到底誰是無敵的？」

那鱷魚從河裏翻上來，尾巴「叭啦」地把河水濺起十幾尺，張開了大口，把烏占朱基給震得幾乎連氣都喘不過來。他使勁全力，衝上岸上。那鱷魚在河裏再打了個滾，濺起一陣水花，便消失了。

烏占朱基面青唇白，全身顫抖，驀地，他覺得左掌發痛，一看，嚇得狂叫起來：

「我的——手——指……」

老勿巴加矮小而瘦弱的身影又出現在他腦海中。對於這個老頭兒，他不得不肅然起敬。他說得對：這是一條河，不是擂臺。在擂臺上，他是王；在河中，它是王！

在他一生中，他從無所懼，最大的嗜好，就是挑戰！然而，在那水花濺起的時刻，他第一次感受到驚恐的滋味。

他把視線從緩慢流水的河面，慢慢地移到自個兒的左掌上。

「左勾拳拳王！左勾拳拳王！」

耳鼓裏的歡呼和喝彩聲，彷彿化為一片嘲笑聲。他發紅的雙眼，泛起了淚光……

「到底誰是無敵的？」

他似乎得到了答案，但是，他自言自語地說：「沒到結局，還不能分曉！」

「我年紀雖然太老了，但是，那壞傢伙還是沒能奈我何的。沙禮和他的兒子已經決定當我的助手，待我捕到猴子時，我會用它來做活餌。那猴子的叫聲，正可以把那壞傢伙給引誘出來。到時，我只需要在家裏守候，等待它上鉤。」

雖然只是一剎那間，烏占朱基一輩子也不會忘記那鱷魚的模樣兒。單看那張開的大嘴，就可以想像它至少也有十幾尺長；那尾巴的撥力，起碼也有三百幾磅！

「你真的能捕捉到它？」他一臉疑惑的望著老勿巴加。

「活餌要吊在離水面五六尺的空間，讓它用尾巴擊下。」老勿巴加點燃了草煙，盡情地吸著。

「在我們捕鱷師眼中，鱷魚就是鱷魚，就像馬戲班中的訓虎師眼中的老虎，性格是差不遠的，而大小只是年齡的差別。」

「你真的能捕捉到它？」他打斷對方的話頭，又問。

「除非他不曾侵襲過人！」

烏占朱基起身，走到樹下，舉起靠在樹幹邊的獵搶，向河面指住，「碰！」開了一槍，然後，垂頭喪氣地踏上歸途。

當他走過村長的門口時，見幾十個人圍在那兒，便走上去觀看，竟是一條十七八尺長的大鱷魚，被五花大綁地綁在一根大木柱上，動彈不得。幾個小孩兒安然地坐在它的背上，嬉笑著。

「就是這隻！」說話的，正是矮小而瘦弱的老頭兒老勿巴加，他口裏還銜著草煙。「它缺了三顆牙，除了你，它還傷過另外兩個人。所以，看來呀，那失了蹤影的，是被它吞了！」

烏占朱基覺得左掌發麻，額角流下了冷汗。那河中逃生的一剎那又浮現在他的腦海中……

「它是雙溪龍的鱷王，本來，它可長壽百歲，只可惜它變壞了！」老勿巴加一臉平和冷靜的神色，輕聲地說：「昨晚，我夢見到訪的客人是個女的；果然，這是一條母鱷！」

「左勾拳拳王！左勾拳拳王！」

烏占朱基被人抬了起來，他冷冷地瞪著倒在臺上的拳師，歡愉自滿地接受從四面八方傳來的歡呼和喝彩聲！當他從回憶中醒過來時，他望著矮小而瘦弱的捕鱷師，頭昏目眩地倒了下去。嘴角還喃喃地在問：

「到底誰是無敵的？」

牛角蕉

「我討厭禮拜天！」

木度的一雙熟練的黑手正在翻拉著圓形的麵片。麵片在平鍋上的棕油層面上冒出一股白煙，木度把麵片掀起，然後在平底鍋上把它摺起來，往掌心中一拍，變成了他的招牌貨——印度煎餅。

「不是因為我是個印度教徒，就討厭禮拜天。說實在的，像這樣冷清的日子，時間怎麼打發呀？」

馬末弓著身子，坐在長凳上，他無意識地弄了弄頭上的宋谷帽，歎了一口氣：

「時代變了！」

「時代是變了。過去，在膠園裏，來來往往，盡是生氣活潑的年輕人，現在，他們上哪兒去了？」

「城市的吸引力著實太大、太可怕了。」馬末接過印度煎餅，又接過一碗咖哩湯，便津津有味兒地吃起來。「在寄宿學校念初一的孫兒回來度假，沒半個星期，便又吵著要回城市去。問他不想吃木度伯伯的煎餅了？他反問我，吃過家鄉雞嗎？那些外國東西真的有魔力？」

「我的大兒子，自從買了錄影機，就不讓出電視機了。老伴想看看印度片都難，時代是變了！」

「辛辛苦苦把五個兒子撫養成人，雖然說，他們自己行，考得了獎學金，飛到外國去讀大學，可是學成了，連甘榜都不要了。」

「外頭一個星期工作五天，膠園裏，七天都得拿膠刀，不然就是要噴射殺蟲劑。這個年頭，哪一個不撿輕鬆的？」

馬末吃著清脆的煎餅，搖了搖頭，說：

「吃了三十四年了，多有味道。炸雞有什麼好，可是——」

木度望了望攤上的麵粉團，苦笑了一下。他拉來一張凳子，坐上了。

「發薪水的日子，大兒子總要搭巴士到城市去，不是逛超級市場，便是上迪斯可。英語也說不上幾句，卻跟人家學跳洋舞，唱洋歌！」

「時代變了！」馬末自倒了一杯白開水，喝了一口，呵了一口氣，然後說道：「他們都是在這膠園裏長大的，可是，對這綠色的世界，似乎沒什麼感情。前天，孩子們還和我討論要賣地的事，真氣人！幸好那片地，是馬來人的保留地，不然的話，可能連住的地方都出了問題。」

「談到賣地，叫我想起了張伯啦。」木度不由自主地把視線轉向膠林的遠處。「聽說他病了好幾天了。」

「唉，自從幾個兒子開會決定把他辛辛苦苦開墾出來的膠園，賣給一家種植公司，他便一直很不快樂呀！」馬末深深地透了一口氣：「從前，我們那段又苦又樂的日子，似乎一去不回頭了。」

「年輕人好像都是一個模打出來的！張伯的兒子，個個都有了汽車，可是，一往城市裏跑，就忘了這個成長的土地。」

「好像是有一個模！」

「從前，我的兒子在朗誦班，還說土地是母親，現在，又怎麼樣啦？」

「我們詩歌裏頭也讚過土地。不過，詩歌又有什麼用？簡直比不上一架彩色電視機。朗詩的日子，好像也遠了？」

「唉，我實在受不了這樣冷清的禮拜天……」木度又發牢騷了。「看來，可要改行了。」

「好主意！」馬末點點頭，對木度擠出了個笑容，又無意識地弄了弄宋谷帽。「依我看，就算不是禮拜天，你的生意也不好，索性改行，賣香蕉糕。」

「賣香蕉糕？笑話！」

「我這主意不錯的，你想想，現在不是流行直銷行業嗎？幹脆丟了這個攤子，炸了香蕉糕，讓甘榜裏的兒童帶上門去賣，那不是更有生意做嗎？」

木度一臉苦笑，不停地搖著頭，說：

「你聽說過嗎？日本向我國訂購了大批香蕉，每條一元。一塊香蕉糕能賣多少錢？」

「我的馬來人保留地可以用來種牛角蕉。」

「你種過香蕉？」

「可以找張伯來參加，榴槤、西瓜、山竹、紅毛丹，他都種過。只要他答應，沒問題的。他現在悶出病來，也只有勞作，才能叫他忘了痛苦！」

「新一代吃香蕉糕嗎？」

「你瞧住在膠園裏的孩子，他們有什麼本事天天吃家鄉雞呢？」

「是啊，有本事的，一個個走了……」

「再說，要像過去，我們為工作而生活，為人群而服務。即使薄利多銷，也比悶出病來得好。」

馬末說得很認真，眼神裏也流露出新希望：「我們的孩子都成長了，他們追求他們的理想去了。但是，我們能沒有自己的理想嗎？只有張伯答應，我的保留地就種牛角蕉！」

「有牛角蕉時我才改行吧。」

馬末連忙握住木度的手，說：「你說話可要算數呀！我現在就去找張伯。」

他從衣袋裏拿出幾個銀角，付了帳，回頭便走，步伐是那麼的輕快。

木度把錢收下，禁不住地往攤上的那些麵粉團睨視了一眼，心頭不免有些刺痛，忍不住地又歎了一句：

「討厭的禮拜天！」

獵手

我從戲院裏出來，遇上了老邱，他像個綁匪，一把將我拉上車。

「別猶豫，參加我們的『特別節目』吧。」他說。

「不，我……」

「機會難逢。」他發動引擎，踏上油門，車子開動了。「包你大開胃口。」

「到底是怎麼一回事呀？老邱。」

「聽著，我們特請了老鄭做廚師——其實，真正忙的可是他太太，她確有她的一手，我們這一伙子裏誰不讚她呢？總之，你等一會就會相信。」

車子在老鄭的門口停下。老邱興高采烈地跳下車，笑著向站在門口的青年揮著手。

「他是第一流的獵手。」他回過頭，對我說。

走進老鄭的廳裏，我便一直默默地坐在一角。我的心情很沉重。剛才放映的《慈母淚》就像一把利劍，重創了我的心；坐在旁邊的兩個少女偷偷地用手巾抹著眼角，我沒有流淚，卻很受感動。劇情的發展使我追憶起兩天前所發生過的一件事……

那天中午，我背著剛剛申請到手的長管槍，在老邱的引導下，跟著另外三個夥伴，在老邱的膠園前進著。

＊　＊　＊

大家邊走邊談，有說有笑。只有我，始終落在後頭，有點懼怕地跟著。我行過獵，曾經用散彈槍射擊樹上的寒號蟲和松鼠。因此，對於打獵，我不能說是完全外行，可是過去幾次行獵，都是在離開公路不到一點五公里的果園裏進行。而這一回，我們的目標卻是離開公路大約七八公里遠的大山芭。老邱在還沒出發之前，曾經再三要我提防草叢中、樹枝上的赤腹蛇和眼鏡蛇。我知道這些毒蛇是能置人於死地的，所以不免感到心寒。

我們還沒有進入大山芭，仍然在膠園裏行走。四周盡是新法種植的接種橡膠樹，那茂密的綠葉，幾乎遮沒了整個蒼穹，在林子裏走，就如撐著傘一樣。

當我還在想著可怕的毒蛇和吸血的水蛭時，忽地聽見走在前頭的老邱輕聲地對大家說：

「喂，有了，停下來，都停下來。」

大家停住腳，默瞪著他。

「瞧！」他指著不遠的一棵橡膠樹：「在椏杈上。」

「紅臉猴？」一個夥伴有點失望地說。

我小心地觀察了一陣，好不容易才看見綠葉叢中的毛髮。我禁不住暗地欽佩起老邱來。

「沒錯，是紅臉猴。」另一個夥伴似乎有點不耐煩，他搖搖頭，說：「還是走吧，打猴子？那多沒味道呵！」

「是啊，我們的目的是進芭打狐狸和山豬，何必和這傢伙過不去？」站在我前面的那個夥伴走前幾步，勸老邱說：「還是趕路吧。」

「來，這傢伙讓給你祭槍好了。」老邱把我拉上前去，「你買了新槍，就讓你試試。現在，你應該先建立信心，免得遇上了山豬或是老虎時，手忙腳亂。」

我感到躊躇。

「快！像一個女孩子怎成？」

於是，我把槍拿下，把柄頂在右肩上，向著目標瞄準了一會，手指卻抖起來了。然而，我吸住氣，壓住心跳，「碰」地把第一顆子彈射了出去。

「啊，中了！中了！」老邱跳起來，使勁地拍著我的肩膀，「你真行！天才射擊家！」

不錯，那傢伙的確是被我擊中了，它翻下身，可是沒有落下地，它的後肢緊緊地握住樹枝，像榴槤掛在樹上一樣。這下子我可看清了，真的是隻紅臉猴。我猜想，子彈可能穿進它的胸背，或許是沒有打中要害，所以沒有立刻斷氣，只聽得它苦痛地慘叫著。

我問老邱：「現在該怎麼辦呢？」

「它死也不會讓屍體落下的。」他回答：「再來一槍！不過，你可要射中它的腳才行，最好是射中它的足踝。」

我便又開了一槍。只見那隻肥胖的傢伙整個兒掉了下來。大家都看得很清楚，我並沒有射中，只是樹枝斷了。

就在它落地的當兒，有一隻幼小的猴子從樹下滑了下來，它緊緊地抱住受傷的猴子。

「原來是隻母猴！」一個夥伴興奮地喊起來：「好極了，我正想要一隻小猴，這回可好啦！千萬別放走這小東西！我要！」

母猴似乎知道人們會再傷害它的兒子。牠掙扎著推開那無知的小動物，並且作勢趕它、打它。可是，小猴卻仍然跳進它的懷裏，使勁地抱住它。

我看見母猴胸前的血染紅了草地，也染紅了小猴的臂膊。它似乎感到很痛苦，然而，它還是毅然地坐著，張大嘴巴，發出「吱吱」的叫聲。

「當心！」老邱提醒我，「它要作最後的搏鬥了，這種傢伙在死前是最兇暴的了！」

我身邊的夥伴取下「點二二」長槍：「讓我再開一槍吧！」

「不，你的槍法不行！」另一個阻止他，說：「我要那小的，若被你打壞了，豈不可惜？」

顯然地，母猴想站起身，然後抱走懷中的兒子。可是，它失敗了。它只一動彈，便又慘叫一聲，口裏流出暗紅的血……

我感到很難受。心想：這是多麼殘酷的玩意兒呀！如果子彈是穿進自己的胸腔，自己將作何感想？它不是我的敵人，也不是我的仇人，我憑什麼去射殺一隻無辜的動物？我憑什麼去射殺一條生命？憑什麼，我把它們母子倆分開？憑什麼？

我呆望著那兩隻抱在一起的猴子，心如刀割！良心開始譴責我；時間開始折磨我。

母猴的傷勢並不輕，經過短時間的掙扎和忍受，它終於癱瘓了。雖然，它的眼裏還閃著憤怒和仇恨的目光，但是，淚水卻禁不住涔涔淌下來。再過一會，只見它整個兒倒了下去，而小猴仍然被抱在懷中，緊緊地……

＊　＊　＊

我默默地坐在客廳的一角。老邱和那幾個獵手聊得正投機，談著、笑著，看來好不快活。

「喂，來吧！就好了。」

老鄭從廚房裏跑出來，滿面笑容地向我們招招手。

「弄成幾道？」老邱咽下一口口水。

「兩道。一是加中藥的補湯；一是『沙爹』式的烤肉。真香哪，我太太真行！」他笑得很得意。

我們圍在圓桌邊，默默地望著老鄭送上來的補湯和烤肉。老邱禱告過後，大家便毫不客氣地動起手來。

「真香。」一個說。

「真甜。」一個應。

正吃得津津有味的當兒，老邱開口了：「老鄭，這傢伙是雄的還是雌的？」

「哈，簡直算是老太婆了！」他邊吃邊說：「我開槍打碎了一隻小猴的頭顱，它卻不知死活，跳下樹來，抱住那小東西，我即刻瞄準，又射一槍，沒錯！不偏不倚，剛好打在它的腦袋上！」

「死得冤枉！」

「人說，猴子是『靈長類』，沒想到卻都是笨蛋！」老邱一連喝下幾口湯。

聽到這兒，我覺得剛吃下的肉開始在胃裏頭作起怪來啦，我真的要嘔了！

理髮伯和咖啡佬

牆上古老的掛鐘，響了十二下。

咖啡店裏，只剩下兩個老人。一個是瘦個子的理髮伯，另一個便是店主咖啡佬了。

理髮伯坐在店的一角，弓著背，一口又一口地吸著煙。他瘦長的臉上，盡是深深的皺紋。他的年紀，少說也有六十歲。皮膚乾癟，短鬍一片灰白。他雙眼深陷，眼珠卻閃閃發光，偶爾，他打個呵欠，隱隱可見，口中只留下殘缺的幾顆黃牙。

他是這咖啡店的常客。差不多每一個晚上，都可以看到他獨個兒坐在牆的一角。很少人和他交談，有嘛，便是店主咖啡佬了。

在這個世界上，咖啡佬似乎是他唯一的友人。他們常在收攤前，相對長談。不過，在忙碌的時刻，理髮伯從不加以打擾，他坐了位子，隨意翻了翻兩頁報紙，便用他那沙啞而低沉的嗓子，喊一聲：

「咖啡烏厚！」

咖啡佬站在沖咖啡的桌旁，頭也沒動，眼也沒轉，便起勁地沖出一杯熱騰騰的濃咖啡來。他一點兒也不含糊，一定要加咖啡粉，一定要用滾熱的開水，然後使勁地把銅壺裏的咖啡，沖進銅勺中，再從銅勺中倒入銅壺……接著才倒進燙過且加了白糖的的杯子裏。平時，他很少出去欣賞那咖啡冒出的香味兒。不過，理髮伯一到，他便把那陣香味，當做自個兒的成就，自得地嗅著。嗅著，然後自得地一笑。

他把咖啡送到理髮伯的面前。理髮伯照例點點頭，並且深深吸了一口氣。他對這杯咖啡，一向十分認真。他一定要品嚐過這杯咖啡之後，才會吸煙。他一生中，每天最大的享受，似乎就是這杯咖啡了。

「很好！」

聽他這麼一說。咖啡佬笑了一笑，走回沖咖啡的桌旁，繼續忙他的工作。

過去一二十年，就有許許多多像理髮伯那樣的人，專到他店裏來喝濃咖啡的。他們想要喝咖啡時，一定會說：

「去肥佬那裏，他的咖啡，沒得比！」

咖啡佬聽到這樣的話，就像他一頭烏黑的頭髮，一去不回這樣。

「上哪兒去喝咖啡呀？」

「上沙哈拉咖啡屋吧，那兒有冷氣！」

「不，還是去金屋吧，那裏有情調。」

像這樣兒的話，咖啡佬聽得多了。他有些茫然，也有些惆悵！

「情調怎麼扯進咖啡裏頭去呢？」

「我也不懂。」理髮伯常常用疑惑的眼神望著他：「從小到大，一手由我理髮的大牛，最近就沒有來理過髮。有一回，他在戲院門口見了我，很關心地對我說，理髮棚是過時了，因為那棚子，又悶又熱，又沒有情調……」

「情調是什麼？」

「在唐山，我學理髮，是由頂呱呱的福州師傅教導的。他教我理髮的功夫，還要我學好挖耳、剃臉、洗眼……就沒提起過什麼情調。」

咖啡佬想了一想，說：

「你不問問大牛？」

「問他，有什麼用。他說，只要上少女理髮室一趟，就會懂了！」理髮伯說：「唉，時代是變了。過去，誰的頭會喜歡讓女人家去摸的？」

＊　＊　＊

過去，只要牆上的鐘敲打了十二響，理髮伯一定會離去。他要休息，進來身體似乎越來越不行了，手常發抖。他自個兒知道，休息不夠，手就會抖得更厲害。

他也知道，過了十二點，咖啡佬也該憩息了。他明早六點就得開店。雖然，看他的樣子，蠻胖的，但是，健康卻每下愈況！

「糖尿病治不了，血壓越來越高了……」

其實，咖啡佬的血壓，就和理髮伯的乾咳一樣煩人，老治不了！

誰都這麼說，這兩個老人應該多多休息了。可是，休息了，誰來養他們？往後的日子，又怎麼過？喝咖啡的人和理髮的人一樣，好像都轉了方向走。可是，咖啡佬和理髮伯兩人雖也歎息，卻不很在乎。他們只求能賺點錢過活而已；更重要的，是他們深深熱愛著那份工作，沒有那份工作，他們活著，又有什麼意義？牆上的鐘，已過了十二點半。那兩個老人，仍相對地坐著。

「你打算怎樣？」咖啡佬的視線在店裏掃了一趟，有點憂鬱地問了一聲。

「剩下的一點積蓄，大概還可以挨過一年半載……」

「發展商說會賠我一萬塊錢，我想，吃一兩年是沒問題的。」

「你有想過進老人院嗎？」理髮伯吸著煙，乾咳兩聲，問。

「不！」咖啡佬堅決地回答：「我還要做下去。」

「租金那麼高，又要喝茶錢，你頂得了嗎？」

「你想進老人院？」驀地，咖啡佬反問一聲。

「想是想過了，不過，要到沒路走時，才進去。」

「想要多喝一杯嗎？」

「當然要！」理髮伯精神一振，他說：「你也來一杯，怎樣？」

「我向來最愛喝咖啡，但是，不加糖的咖啡，還是別喝了。」他苦笑著。

他為理髮伯沖來另一杯熱騰騰的濃咖啡。心想：以後要喝，也沒有了……

明天一早，鋼臂鐵身的拖拉機會把這間戰前就存在的咖啡店鏟平。當然，店後那間木棚理髮攤也會在拖拉機的鋼臂下，化為烏有。

一兩年後，高樓大廈聳立，誰也不再記得那咖啡佬的濃咖啡和理髮伯的手藝了。

他們相對著，想著往事，想著未來，眼都發了紅……

「時代的轉變，不太冷酷了嗎？」理髮伯那沙啞而又低沉的聲音，幾乎聽不見。咖啡佬低下頭去，看到自個兒圓凸凸的肚腩，耳朵彷彿隱約地聽見：

「去肥佬那裏，他的咖啡，沒得比！」

*　*　*

河邊的小鄉鎮，有個兩百公尺見方的球場，場邊有棵大雨樹。樹下，搭起了兩個小木棚，一個是理髮攤，一個是咖啡攤。

在為小孩理髮的，是個子瘦瘦的理髮伯，他的手雖有點發抖，手藝卻很精巧，看得孩子的媽目定口呆。過去，孩子讓人理髮，一定會哭，喊痛。這回，卻靜靜地坐著，兩眼四處滾動。

幾個膠工坐在咖啡攤的小凳上，一口一口地喝著冒煙的熱咖啡，不時會向那胖凸凸的咖啡佬望一眼，瞧他左執勺，右提壺，一來一往地倒著冒出香味的咖啡，心裏自是讚賞不已。

「咖啡烏厚！」

驀地，他聽見了那沙啞而又低沉的嗓子，沖咖啡的雙手，更起勁兒了！臉上，流露出一種自得的微笑……

阿威

阿威像隻落湯雞，白色T恤和赤色短褲全濕透了。他對著整整齊齊列隊的七十多個營員露出一個無奈的笑容，說：

「深谷淹水，我游得慢，遲到了。」

這一堂課叫「救生術」，營員們還以為來的講師是一位醫生；而眼前出現的，竟是一個模樣兒傻頭傻腦的青年。

「走！」他突然大喊一聲。轉身就往處女林奔跑進去。

「是的，長官！」營員們機械似的應道，接著便跟著往處女林裏跑。

幾天的軍訓課程，早已把這群生活在冷氣室裏的營員折磨得臉黑眉頭皺。如今，在沒路的山坡上爬行，大家都喘得上氣接不上下氣。擁有博士頭銜的營長緊抓著指南針，向阿威說：

「能歇一歇嗎？」

「停！」阿威在遠處作了個手勢，轉身走回來。「也好，就在這裏上第一課吧！」

「上什麼課？」擁有教育碩士學位的副營長喃喃自語地問。

「救生術第一課，尋找水源。」阿威指著不遠處的一池清水，說：「這水很清，但不流動，是死水，不能喝。有人喝了中蠱，老醫不好，說什麼是『中降頭』，簡直是胡說！」

阿威拔出腰間的長刀，往身邊的小樹一砍，砍出一截竹筒形的樹幹，竟倒出一流清水。他喝完了清水，對營員們說：「這是第二課。林裏，處處有生機。如果餓了，可採些果子來吃！」

阿威隨手摘下一顆果實，對學員們說：「果子和蛇一樣，分成『有毒』和『無毒』兩類。這是分辨的方法：首先在肘間擦一擦，不癢；就在唇間擦一擦，不癢；再用舌頭舔一舔，還是不癢，那就是沒毒的果實，可以吃了。萬一在深山迷路，知道什麼水可以喝，什麼果子可吃，就死不了啦！」

阿威看起來實在不像是個講師，可是，他的課卻叫學員們給聽呆了。

接著，阿威健步如飛地往林子的深處跑去，他邊跑邊說，一段段的課，讓學員們深受感動，牢記於心……

當阿威失去蹤影時，博士營長便和碩士副營長配合行動，一個拿著指南針，一個捧著地圖，花了足足兩個多小時，才走出處女林，回到營地。

這當兒，他們看見阿威正在吃著林中捕獲的山雞，燒烤的香味兒四溢，叫人垂涎。

博士營長和營員們不禁對他肅然起敬，齊聲喊道：

「報到，長官！全體營員安然回營，敬禮！」

貴人

「督學老爺，我可以進來嗎？」

「什麼時代了，還稱『老爺』？你是來幹什麼的？」

「督學大官，我想——」

「叫『督學先生』就行了，你知道我很忙，有話直說！」

「我想請督學先生幫個忙……」

「如果你想當教員，就用申請表格好了！」

「不，督學先生，我受了三年師資教育，已是個合格老師了。」

「那你還想要什麼？當校長是嗎？」

「請督學先生不要生氣，我只是想盡孝道而已。」

「什麼孝道？你扯到哪兒去啦？」

「我母親已經五十五歲了，而我又是獨生子。我在又遠又偏僻的地方服務；又坐車，又坐船，又走路……我怎麼奉養老母呢？」

「胡鬧！誰沒有老母？告訴我，你叫什麼名？」

「謝恩。謝謝的謝，恩惠的恩……」

「謝恩先生。你服務多久了？」
「督學先生，已經三百三十四天了。」
「聽著，調職是上頭的事，我無能為力。不過，你身為公務員，事事應以國家為重，古人說：盡忠不能近孝。你快回去，免得影響我的公務！」
「謝謝，謝謝……督學老爺……」

＊　＊　＊

「督學老爺，哦，是督學先生，您好。」
「什麼事？你為什麼發抖？」
「大概是新裝的冷氣太冷了。」
「你來幹什麼？」
「我想請督學先生給個機會，好讓我老母少受點折磨。她今年已經五十九歲了。全身是病，又哮喘，又關節炎，還患胃病，那潮濕的地方，根本不適合她這種身體。還有，她坐車暈車，坐船暈船，附近又沒有診療所……」
「你說太多話了，對，你叫——」
「謝謝的謝，恩惠的恩。」
「你以前來過。」
「四年前來過。那時，你說『盡忠不能近孝』，我把話轉達老母，她老人家也同意，便搬到那又遠又偏僻的地方去。我們盡量要適應那地方，就是病痛不讓我們安居樂業。我忍了五十九個月……請督學大人開恩，讓我換個環境吧。」

「你囉嗦夠了吧？從你的話中，政府好像委屈你了。告訴你，誰沒有老母？可惜，調職條件中，並不考慮父母或是祖父母的事！」

「督學先生，老母問過神，說這一回會遇『貴人』，我這才硬著頭皮，再來求您的！」

「像調職這種事，你以後最後別來辦公廳。你填寫申請表格寄來就行了。」

「督學先生，我每年都填寫呀，就是沒有下文。」

「那是上頭的事，我無權過問。快回去吧，別影響我的公務。」

「謝謝，謝謝督學先生。」

* * *

「督學先生，您老人家好！」

「你說什麼？你是誰？來幹什麼？」

「你忘了，我叫謝恩，謝謝的謝，恩惠的恩，這是我一生中，第三次回來求您！」

「求我什麼？想當校長？」

「不是，不是！我老母已經六十四歲了，她老人家半身不遂，已經半年多了。那又遠又偏僻的地方，附近沒有醫院，也沒有診療所，你說，對她老人家有多不方便呀。我聽了你一句『盡忠不能近孝』已經把她老人家折磨得不成人形了，現在，她老人家已經去了一半，督學先生，你能讓她剩下的生命不再受苦嗎？」

「我現在記起來了。你以前來過，而且老是囉哩囉嗦的。唔，謝恩先生，你在那間學校服務多久了？」

「十年又十一個月，多了三天。」

「你為什麼不填寫申請調職表格？」

「填寫了十次啦，督學先生。」

「可能你的年資不夠，哦，可能那學校很需要你這樣的人才！」

「校長很同情我，他還為我把老母載去看醫生。他說，教育局應該同情我，讓我在『鄉市對調』的原則下，回到市區去。」

「你校長說得太多了！你必須知道，很多人在鄉區服務了一二十年，都沒機會調到市區去，何況，你只服務了——」

「十年又十一個月，還多三天。」

「沒錯，十年又十一個月，並不算太長的時間，你得明白，如果你有機會在教育界服務三十年，現在，你還沒服務到一半的年限，所以——」

「督學先生，為什麼因仄哈山服務了三年，他就回市區了？」

「他不同，他選擇回到國民學校去服務！」

「李小姐只服務了一年，就——」

「哪一個李小姐？」

「上回您請她來見您的那一位囉。」

「哦，李議員的千金，她有特殊的原因。」

「鄭老師也有特殊的原因嗎？」

「謝恩先生，你放肆！」

「督學大人，對不起，我說錯什麼了？」

「我是你的上司，你如再胡說什麼，當心我把你調出州去！」

「督學先生，什麼地方，我無所謂，就只求您把我調去有醫院的地方，那就行了！我不忍心看我的老母，守寡二十年，把我栽培成為一個教師之後，還要受更多的苦！我求您，督學先生，給我一個機會，讓老母親安度最後的殘年吧！」

「謝恩先生，你放明白點，你老母受苦，和我無關，誰叫她生病？你口口聲聲要盡孝道，卻似乎指我在阻擾你的孝心。你太可惡了！」

「督學先生，我聽您的勸告，忍了十年，現在，花了幾十塊錢車費，來這兒求您，卻被您罵了！您說，我來這裏，是不是一件錯事？」

「你是一名公務員，事事都得為民為國著想。這裏是辦公廳，不是慈善機構，你來的目的，應是為公，而不應為私；這些你應該先想清楚，才來見我。這樣，你既不必浪費車資，也不必挨罵。明白了嗎？」

「謝謝督學先生指點。」

「那你還不回去？」

「但是——」

「還但是什麼？」

「調職的事，督學先去請——」
「那是上頭的事！」
「那，我年年填寫調職表格就是了！」
「那你還不回去？」
「哦，我是在想，老母親口裏總說，我會遇上『貴人』，卻不知是哪一個，或許，是您所說的『上頭』吧。」

＊　＊　＊

「啊，督學先生，您怎麼住在二號病房？剛才，我走遍了一號病房，總找不到您。」
「哦，你是——」
「您真是『貴人多忘』，我叫謝恩，謝謝的謝，恩惠的恩。」
「是有點印象。唔，你是哪一件學校服務？」
「托你的福，在一間靠近診療所的學校執教。那兒環境雖不理想，卻方便多了。老母親已經六十六歲了，看來是不久人世了。她老人家看見了診療所，就開朗得多了。她說我們會遇上『貴人』，看來一點不假。」
「你坐，你坐！」
「只有這一張椅子，留著大官們來探望您時坐吧。我站站無妨，反正坐了半天車，也該站站。」
「你還帶那麼多水果餅乾來做什麼？」

「小意思。老母親說，知恩圖報，您千萬要笑納，督學先生。」

「別再叫我督學先生。」

「哦，對不起，是督學老爺。」

「嘿，你扯到哪兒去啦？」

「我本來打算去教國中了，真不願意眼見老母親在那又遠又偏僻的地方受折磨。可是老母親卻口口聲聲以國為重，並且一口咬定為遇上『貴人』，苦盡甘來！」

「哦，哦——」

「督學老爺，今天，我是特地來向您謝罪的！過去，我總以為您對我有偏見，甚至認為您處事不公。如今，一切都是我的錯。老母親說，您是『貴人』，是您把我調回小鎮的。我叫謝恩，有恩怎能不謝？只要我有時間，我一定會再來看您的。」

「坐下，坐下談吧。」

「多談一下子吧！」

「不了，待一會兒，一定會有好多人來看您。我先走了。」

「不，我不影響您休養，您養好病，一定還有好多公務要辦。」

「公務？」

「是呀！過去三次見您，您都說公務忙，沒時間和我談。還要我無事不要上辦公廳！您真是『貴人多忘』呀！」

「我記起來了，你就是那個——」

「我該走了，督學老爺。」

「我已經兩年沒當督學了。有空常來醫院看我。我患了風濕病，現在，半身都快麻痺了……」

「哦，您——」

「我退休了。無論如何，我謝謝你來看我，也謝謝你的老母親，把我當作『貴人』。」

巷裏・巷外

這條後巷，越來越暗，越來越臭了，要不是關節炎又發作，街邊又沒個地方停車，才不會縮進這個令人作嘔的角落。

蒼蠅、蚊子都在耳邊旋轉，吐幾口煙，鬆了幾口氣，但一想起煙價一直漲，胸口驀地有點疼，咳了一聲，卻吐出一口黃痰。

「你以為這是賓士計程車？坑人哇，一上車就一塊錢？才過五條馬路，收費兩塊錢，你以為我是印鈔票的？呸！」

賓士計程車才不賺這兩塊錢。聽改行駕計程車的阿里說，走一趟機場，就有一二十塊錢了，一天跑上五、六趟，生活就寫意得多了！可惜，小時候不好好讀書，考駕駛執照，談何容易？

「三輪車這交通工具，落伍了，要不是我們同情你們，特別照顧你們，早就不發執照了！現在還讓你們賺外快，你們能不支持我們，不投我們一票嗎？」

在車前車後掛上木板海報，踏將起來，實在擋風得好吃力。不爭氣的關節，又發疼啦。

「建設、建設，連路都塞得寸步難移，問問誰有個好處？」

怪車子動彈不得，也沒法子。市區裏的幾條馬路，幾十年後，還不是那幾條？當年，在路上踏車，輕鬆寫意，收費兩毛錢，生活也不錯，只是今天——車子實在太多啦！

「三輪車是過時了，要不是這幾十公斤的米，我寧願走路。這麼大熱天！」天氣熱，少喝水，關節的毛病很快就來了。這一行還能幹多久？

「這是旅遊年，應該把車子美化美化，載外國遊客，上車收一美元，也得讓人有一種物有所值的感覺。明白嗎？」

送了個半導體收音機，開也不是，不開也不是。要讓搭客舒服，送沙發坐墊不是更好？開收音機，聽歌星唱歌是不錯的，但是，六粒乾電池要多少錢，知道嗎？

蒼蠅停在眉邊，揮揮手，趕開了又飛回來；蚊子倒好，吸了血就飛走了。那堆積如山的垃圾，令人作嘔！垃圾車上哪兒去了？清道夫倒好，有病，可以請假；老了，可以領養老金。怎麼沒想到這些？早該當個清道夫哩。

「一上車收一塊錢，一天只要上了二三十人，就有二三十塊錢收入，一個月，一千塊呀！我們替市政局打工，還拿不到一半。當清道夫，開玩笑！」

真想一天有一百個人上車哩！

路是加寬了，但車子更多。兇巴巴的巴士、卡車、汽車，還有那橫衝直撞的摩托車……路邊綠油油的樹木哪兒去了？頭頂上的太陽，似乎越來越大，越來越橙！颳來的風，熱烘烘的，還帶油垢味，胸口總是悶。咳一咳，又是一口黃痰。

「我已訂了一輛國產車，三個月後取車，兩個孩子不必你載去上課了！唉，一年生產十五萬輛，還要等三個月！」

最喜歡聽孩子在車上唱歌了。學校老師教的歌兒聽了最順耳。載孩子上學、回家，是一天中最輕鬆的時刻了。

「這樣的交通情況，我實在不放心讓孩子坐三輪車。」

學生巴士搶走了大部分的學生，現在，又因為種種情況，坐車的孩童已經沒幾個了。

「旅遊年，所有三輪車都要先檢查，才發給執照。記住，車子要美化美化，車燈、鈴子、鎖頭不可缺，車身不得生鏽，輪胎花紋要深，煞車器要靈。不然就算觸犯交通條例！」

車老了，便算犯法，人老了，也犯法嗎？

「發給執照前，踏車的必須上醫院檢查，沒有醫生的健康證書，只好吊牌！」

食堂有蒼蠅是犯法的，家裏有蚊子也犯法。怎麼這裏那麼多蒼蠅和蚊子就不犯法呢？垃圾車上哪兒去了？噴殺蟲劑的衛生人員上哪兒去了？發亂丟垃圾「三萬」的官老爺上哪兒去了？

「走開，快走開！這裏不能停車，沒看見雙黃線嗎？」

到處是雙黃線，而不畫雙黃線的路邊，又都是停車格。上哪兒去？總不能不停地踏著踏著，是個人呀，何況關節又發疼了……

「為更美好的將來，投神聖的一票！」

票是每一回都投了。可是，生活並不見得更美好，實在是挨不下去了！然而，最渴望的，還是大選的到來。掛上海報板，每天領十五塊錢的「廣告費」，海報板上的人物，笑容可掬，又是拍肩膀，又是送帽子，關心備至。心中實在有陣溫暖……

「為更美好的將來，投神聖的一票！」

抽完最後一根香煙，該踏出後巷了。從陰暗、發臭的角落裏出來，眼前又是擠滿了車輛的路，吸了幾口油垢味的空氣，望了望頭頂上那又大又橙的太陽，又感覺到關節在發疼了。

實在想回頭去，在巷裏好好睡個大覺。

大衣

榴槤頭穿著白色衣褲，斜掛著一條咨迪布製成的紅色領帶，滿頭大汗，大搖大擺地走進「紳士洋服店」。他用長袖角在額上抹抹淌著的汗水，有些氣喘地苦笑著說：

「唉，真不想這麼打扮，可是，要開會，要見官，不這麼穿是不行的！啊！這種鬼天氣，真要熱死人哪……」

裁縫佬早已從櫃臺邊站了起來，用笑臉迎著他，說：

「哎呀！差一點就認不出了。其實，你這個福相，早就該這般打扮，可惜我不會看相，不然一定說你有官運哩。」

「是嗎？」榴槤頭聽得樂了，他說：「可是，黨領袖都穿部長裝，只有我一個打領帶，是有些土氣的！」

「那還不容易，就縫幾件穿穿吧，反正你又不是付不起。」

榴槤頭望了望玻璃大櫥內的布料，問裁縫佬：

「有黑色的布料嗎？」

「哪有人有黑布縫部長裝的？」裁縫佬說：「時下最流行的顏色，不是淺棕色，就是淺藍色，再不然就是全白。」

「我——」

「就縫三套吧，每種顏色一套，日後穿起來也不會叫人說，穿了不換，對嗎？」

「不！我是想縫一件大衣，一定要黑色的。」

裁縫佬楞了一下，望著榴槤頭，問了一聲：

「黑色大衣？」

「我急著要穿的。」

「可是有喜事上門了？」

「嘿——榴槤好價，多賺了一點錢，想做一件大衣，準備開大會時穿的。」

「藍色不錯嘛。」

「不行，一定要黑色的，黨領袖說，到皇宮去，一定要穿黑色的。」

「哦，那我就為你縫一件黑色大衣吧。」

說罷，裁縫佬便取來量身帶，小心翼翼地為榴槤頭量身。他邊量邊說：

「你身材高大，這件大衣要三百塊錢，訂金一半，怎樣？」

「沒問題！」

* * *

鎮上的人聽說榴槤頭訂製了大衣，都十分好奇。在鎮上，除了當新郎的，從來都沒見過穿大衣的。

於是，咖啡店裏流傳起榴槤頭要結婚的事來了。

榴槤頭為這些傳言感到生氣。他上「紳士洋服店」，有點不高興地對裁縫佬說：

「你造謠？」

裁縫佬摸不著頭腦：

「你說哪件事？」

「我太太和我鬧了幾天啦，還嚷著要自殺！」

「你說明白點，行嗎？」

「去『皇宮』的事。」

「那是你自己說出來的呀？你還說，去『皇宮』一定要穿黑色大衣。不是嗎？」

「他們現在把事情給歪曲了。說什麼『皇宮女子理髮店』，真氣死人啦……」

「哎呀，這個鎮上，哪一個不知道你和『皇宮女子理髮店』的三號要好？榴槤季節，單看你送一籮籮的榴槤，就知道她在你心上有什麼重量了！」

「去你的！」

「那寡婦才二十九歲，倒是長的不錯，膚色白，身材又一流。上個月，我替她縫一件旗袍，唉！真要歎息早出生了二十年……」裁縫佬越說越起勁，一口金牙在閃著光：「你今年也不過五十歲，配得上的。」

「你胡說什麼？」榴槤頭有些火了，卻又不便發作：「我今年才四十八！」

「那間理髮店，聽說還是你出面才取得執照，是吧？」

「這是為了民族經濟，你懂得什麼叫『經濟』嗎？」榴槤頭忽然把話題一轉：「我現在要為民族經濟做些事，所以我參加政治活動。不妨說得更清楚點，訂製大衣，就是為了搞政治！你以後最好不要受反對黨的人誤導，說什麼我要和三號結婚，說這種話來破壞我的名譽，當心我請律師來告你們！」

＊　＊　＊

說了奇怪，從此，榴槤頭便很少上「皇宮女子理髮店」了。

平時，他打從榴槤園工作回來之後，總少不了要去洗頭、刮臉……近來，他卻整天忙著看溝渠，看垃圾箱，看道路的損壞情形；有時還和小販談執照的問題……

「你真的投身政治界了？」裁縫佬看他走進店來，便問：「聽黨領袖說，不久你就有官好做了。真的嗎？」

「我才讀幾年書，不會說紅毛話，也不懂說標準國語，你想，做官那麼容易嗎？」

「你可以選個不必說話的官來做嘛，聽說，有一種官只要舉手就行了！」

「去你的！啞巴官怎麼能為人民說話？」榴槤頭一臉嚴肅地說：「不過，單會說話也不一定是好事。」

「本來就是嘛。」裁縫佬拍拍他的肩膀說：「如果你注意觀察，不說話的官，反而做得久！」

「別扯這些啦，我問你，我的黑色大衣什麼時候可以交貨？我等不及了！」

「本來早就做好了。要不是你聽人家說什麼『日本第一』，堅持要用日本尼龍的料子，我可早就看你穿大衣去當官了！」

「老實告訴你，」榴槤頭用力拉了拉褲子，把掉在肚腩下的褲頭位置拉正；又用長袖角抹抹汗：「黨領袖說，下個星期舉行的就職典禮，一定要穿黑色大衣，你可不能誤事呀！唉！想不到，要為民服務，還有穿大衣的麻煩。」

「你真的要專心搞政治了？」

「你有興趣的話，可以進入我的支會，你縫衣服功夫上乘，而衣服又是文化的一環，我可以委任你當文化主任。」

「那我不是也做官了？」裁縫佬說著，笑開了大口。一口金牙不斷地在閃著光。

「你又胡扯了。」

「你說要先付一半的訂金。」裁縫佬笑定之後，說：「一百五十元，這是你答應的呀！」

「哼，一百五十元只是個小數目，難道你不信任我？」

「小本生意，不是信任不信任的問題。」

榴槤頭似乎很不高興。他從錢袋中抽出三張五十元大鈔，「啪」地按在櫃臺上，對裁縫佬說：

「一個星期後拿不到大衣，當心我告你！」

他回身就走，到了門口，他驀地站住了，回頭對裁縫佬說：

「你不適合搞政治，因為你太看重金錢，容易掉進『金錢政治』的圈子裏！」

＊　＊　＊

裁縫佬日夜趕工，只花三天時間便把黑色大衣製好了。可是，他等了整個星期，卻還是不見榴槤頭的蹤影。

好幾回，他上榴槤頭的家，都沒見到榴槤頭的影子。家裏的人不是說他去會大官，就是說他去開什麼大會……可就沒聽說什麼就職典禮的。

裁縫佬越等就越急。沒辦法，他只好上咖啡店去打聽打聽。

「怎麼，他又上『皇宮女子理髮店』去找三號了？」裁縫佬簡直不敢相信自己的耳朵：「難道他不搞政治了？」

裁縫佬跑上『皇宮女子理髮店』，三號正在替榴槤頭刮鬍子。他從鏡中看見裁縫佬，便叫三號暫停工作。

他坐正了身子，從錢袋裏抽出一張五十元的鈔票，揮了揮，對裁縫佬說：

「就這麼樣，多給你五十元，大衣我不要了，你隨便賣給別人吧！」

「你不出席就職典禮了？」

「政治都是騙人的！一下子說要我去當議員，一下子又說要我做村長……害我差點連三號都丟了！」

「那——」

「哈，要我進修語文，都快五十歲了，還想送我去學校念一年級不成？算了，算了，大衣我不要了！我吃大虧，你吃小虧，就這麼樣，以後，千萬別來這裏找我，破壞氣氛，明白嗎？」榴槤頭一口氣把話說完，然後把五十元鈔票一扔，便躺下了。

「三號，挖耳吧！盡量把那些反對派、反對黨的胡說八道挖個乾淨！」他說完話，便把眼睛閉上了。

裁縫佬拾起那張五十元鈔票，自言自語地說：

「莫名其妙，難道——政治就只是一件黑色大衣？」

計程車阿佬

我在候車亭足足坐了半個鐘頭，但是，巴士還沒有來。我看看手錶，快六點了，心裏是有些著急。在這個鄉鎮，過了六點，就沒有巴士通行，那麼，我要怎麼回到三十六公里外的家去呢？

候車亭裏，只有我一個。我不禁搖搖手上的錶。會不會是這枚二十幾年的老錶，停了又走？要真是這回事，那我就被它害慘了，可是，看那錶上的紅色秒針走得那麼順暢，再看看天色，似乎就沒有理由已經過了六點。

從書袋中抽出一本課本，無聊地翻了翻，又放了回去，然後再抽出一本學生作文簿，沒看上半頁，便聽得「叭」的一聲汽笛，把我嚇了一跳！抬頭一看，是一輛計程車。

「先生，別等了！巴士在八公里的地方掉進溝裏去了。要去坡底，就上車吧。」

那說話的聲音，又粗又沙啞。我低一低頭，看見駕車的，是張瘦瘦的長臉。他向我打個招呼，要我上車。

「我少收你四毛，你坐計程車，還巴士費，怎樣？」

聽他說巴士出了事，叫我做他的車，我心裏的著急已經鬆了些；聽他說只收巴士費，我似乎沒有選擇的餘地。於是我把沒有看完的作文簿收進書袋，連忙起身，坐上他車子去前座。

「快六點了，我可要回去和孩子一起吃飯，車上已有三個人，我是一定要開車下坡底的。先生，你在小學教書吧？」

我點點頭。回頭一看，後面坐了三個印度人。他們沒睬我，我也沒理會他們。

車子開動了，走了好一陣，還是時速七十公里。

「怎樣，慢點是嗎？其實這才三十六公里路，快也快不到哪裏。我一向認為，還是注意安全得好。這條路呀，一個月就有三幾個人要去見閻羅王，不小心是不行的。」

我聽他說著，偶爾也轉過頭來看他一眼。他一臉皺紋，嘴巴裏的牙齒已掉了好幾顆。

「哦，先生，你第一次搭我的車，大概不認識我吧。其實，這地方的人，全都和我很熟；不信，下一次遇到人，問一問認不認識『阿佬』這個人，你就知道了。」

他短短的頭髮，有點像是陸軍頭，只是有三分之一已經灰白了。

「人家叫你『阿佬』？」我問。

「也有叫我『計程車阿佬』的。我在這一帶賺吃，已經二十年了。」

「你並不很老吧，頂多也不過五十歲。」我說。

「你錯了！先生，你知道嗎，我才三十九歲。」他笑出聲來：「大家都笑我未老先衰。我認了！十九歲就出來混，先是駕霸王車，後來，好不容易才得到一張計程車執照。天天在趕時間，趕太陽，冒風雨，人不快老才怪！」

他瘦長的臉上，雖是布滿皺紋，可是，看他說話的神情，卻很自在，全無憂悒感。

平時，我上了巴士，便閉目養神，這一回，別說養神，就連閉目的機會都沒有。

「先生，人家說你們教書的會比較愛說話，可是，我是駕計程車的，也有這毛病。哈哈，還有人說我越老越囉嗦呢！」

「整天跑同一條路，確實單調一點，說說笑笑，是比較容易打發時間的！」我說。

「你說得有道理，先生。可惜，很多人都嫌我這張破嘴，老說個沒完。」他說：「有一次，我喉嚨痛，去看醫生。你知道，那醫生多怪，他勸我少說話。哎呀，說了十幾年話，忽然間不說了，慣嗎？我沒聽他的，結果，得了這把豆沙喉。」

他又笑了。我看他熟悉而穩重地擺動著駕駛盤，讓車子平穩地行駛在崎嶇的山路上，心中有一種安全感。

「你家住在坡底？」我找了個話題。

「是的，十年前，我內人得了癌症，年紀輕輕就去了……唉，那是命。我二十二歲那年結婚，是早了一點。不過，也好。我的兩個孩子都十多歲了，女的在『姑娘堂女校』念七號班，今年參加會考；男的讀六號班，只是成績不太好。」

相信他已經談過千百次家庭的事了。不然，談到妻子去世時，也只歎了「那是命」三個字，情緒一點也不激動。不過，對他的兩個孩子，從眼神中可以看出，他有一份很深的愛！

「你沒續弦？」我隨便問了一聲。

「沒人要我這個未老先衰的，哈哈！」他風趣去笑著說：「先生，說實在的，人家是人老心不老；而我呢，是人未老心已老！現在，我只寄望兩個孩子。」

我望著他那凹陷的雙眼和那兩道稀疏的眉毛，形成了他蒼老的輪廓；加上他一臉的皺紋，在我身邊的這個中年司機，幾乎成了我的長輩。雖然我們才剛認識，但是我對他的生活和家庭情況已有初步的瞭解。

「先生，你瞧，那輛就是你在等的巴士了。」突然，他用沙啞的嗓子喊了起來。

巴士確實掉進了溝，車頭部分有些凹損。路面留下四道輪胎的痕跡。

「有人死傷嗎？」我問。

「聽說，有幾個人進來醫院，明天看報紙就知道了。」他回答：「依我看，那年輕司機一定受了重傷。那傢伙駕車像駛飛機一樣，我早就預料他會出事的！」

「年輕人比較衝動，做什麼事都難免帶點危險性。」

「現在的巴士，馬力大，衝勁又強，控制不好，就會鬧人命的！」他說：「今天，他掉進溝，已經很幸運了；要是撞上樹桐車，那才可怕哪！」

「其實，公司應該讓年紀大一些的司機來駕才對。」我說：「乘客的安全重要呀。」

「這時代，駕慢車還能賺吃嗎？」他搖搖頭，望了我一眼，說：「我不知道先生的感想，不過大部分的乘客都嫌我駕車不好，慢吞吞的，沒意思……我十幾二十年來，哪一次傷了人命？但是，大多數人不在乎這個，他們個個都說要趕時間才坐計程車，真沒道理。交通部官員常常都提醒我們要注意時速，照顧乘客……」

我看車子已經開進了市區，便打斷他的話，說：

「能放我在花園路口下車嗎？」

「當然可以。先生，我載你到家，豈不更好？」

「那就麻煩你了。」他把我載到門口。在收錢時，堅持收巴士的車費，然後說聲謝謝，就把車開走了。

*　*　*

從那天起，我不搭巴士了。我改坐計程車，並常在車上和阿佬閒聊。談話中，我覺得他很坦誠，心中想什麼，就說什麼。

日子越久，他和我提及兩個孩子的事情就越多。無疑地，他深愛著兩個孩子。但是，他們似乎經常為他帶來一些煩惱。最嚴重的一次是停學問題。

「先生，你說，十六七歲的孩子，能做什麼？」他的臉上，籠罩著無限的憂悒：「成績不好，我不在乎，留級的話，我也絕不怪他們。這年頭，讀書實在不容易，要念文科、理科，又要學三種語文……我瞭解他們的心理負擔，何況我又不要他們當狀元，做大官。只是，讀書的年紀，就應該要好好讀書，對嗎？要做工，哼，做牛做馬的日子還多著呢。」

「你應該好好勸他們。」我說：「最好不要用責罵的方法。」

「先生，我們做粗工的什麼時候不罵人？生氣了，就亂罵。但是，父母心都是一樣的。罵了之後，還不是自己痛苦？做兒女的，掉頭就走，為了發洩，他們反而能從中得到快樂……罵兒女，沒好處的，這點我很清楚。可是，現在的年輕人，就是不愛聽道理。他們有他們的想法，和我的思想是完全不同的。」

「這就是人家說的『代溝』。其實，我也有這種煩惱，不過，並不嚴重。」

「你是當老師的，當然比我駕車的會管教孩子。」他茫然地說：「孩子是我生存的唯一希望，萬一孩子使我失望，那我活著又為了什麼？」

「別老往壞處想，人就會比較樂觀。」

「我已夠樂觀了！可是，看見女兒成天往外跑，交了些不上進的失學少年；看見兒子書包裏藏著色情書刊，還偷偷躲在朋友家裏觀看春宮錄影帶，你還會樂觀嗎？」

我心頭的確一震，驚奇地望著阿佬。他三分一灰白的頭髮在夕陽映照下，更顯得暮氣沉沉；凹陷的眼裏，已無精神。

「他們真的變了？」

「我一天到晚，除了吃飯時間，都在忙著賺錢的事。兒女在校求學，照理比我更有思想，懂得好歹。我還有什麼不放心的？平時，觀察他們，總覺得他們沒什麼不對。直到最近被校長叫了去，才知道兩個都不學好！」

我見他眨動眼皮，緊抿著乾癟的嘴唇，便體會出他內心的創痛。他發現我在凝視著他，勉強裝了個苦笑，說：

「唉！有時想起來也十分有趣。兒子開口要一把YY的羽球拍，就拿五十元叫他去買；女兒要求一件什麼蘋果牌的牛仔褲，就一口答應給她五十塊。哼，自己好像是在印鈔票一樣，對錢總不在乎似的。其實，有時候，為了換一兩個二手的輪胎，都會想了又想，算了又算……」

聽他說出這樣的話，就可以看出他有多麼失望。

「我不知道，你們學校還教不教道德課？」驀地，他轉過頭來，望了我一眼，「為什麼現在的孩子，大都令父母傷心和失望？」

我歎了一口氣，半晌，才對他說：

「教育制度早就改變了，整個社會也趨向物質享受。書本會有多大的作用？老師的話，一般上也只在課堂上有效而已！」

「你這是在告訴我，教育出了問題？」

「不！我只是指出，學生所受的道德教育，經不起惡劣環境的衝擊！」

「那讀書沒用了嗎？」

「絕不！」我嚴肅而認真地對他說：「在求取知識和技能方面，還是要靠學校；只是在課餘方面，家長必須多用點心，去糾正子女的不正當行為。」

「為了生活，我好像做不到。」他說。

「你拼命賺錢，子女盡量地花，賺錢對你又有什麼意義？」我說。驀地發現車速不停地減低。

「哦，我們到坡底了。」他隨口說了一句，又把車子的時速加回到七十公里：「先生，我回家後，會好好想一下你的話。」

我點了點頭。

＊　＊　＊

一連幾天，都沒見到計程車阿佬。

我只好重搭巴士。在巴士上，沒人和我閒聊，所以，我一上車，坐了座位，便閉目養神。

不過，我再也無法像過去一樣，在巴士上安心地休息一會兒。每當我閉上眼睛時，腦海中總會浮現出計程車阿佬的影子……

我曾經從一些人口中探聽他的消息，但是人們所說的，都使我很失望！

「人，哪有千日好的？」一個搭客冷冷地說。

「那輛老爺車，早就該進廠去徹底修理了！」另一個說。

「你看他那瘦兮兮的樣子，能頂多久？」又一個說。

「我看，他是退休了。」有一個計程車司機開玩笑似的對我說：「上我的車吧！」

「哦，計程車阿佬，」我的一個同事拍拍我的肩膀，說：「他中萬字票，改行了！」

很明顯地，對於計程車阿佬，沒有一個人真正關心他。他的存在與否，似乎和這個鄉鎮毫不相干。

我自己也不知怎地，卻對他有了一份情誼，從這情誼當中，我對他起了關懷……

我有一種預感，他家裏可能出了事啦！可是，我自個兒又希望不是這麼一回事！

* * *

那天，學校舉行運動會，節目到了下午一點就完了。

我曬了半天太陽，趕到巴士候車亭，見有個馬來村民坐在那兒，便問他，車子什麼時候會來。他看了錶，說：

「大概要多等一個鐘頭吧，這是午飯時間哪。」

聽他這麼一說，我回家的興致消失了一半。心想，在這烈日當空的時候，悶在亭裏，倒不如到路邊攤去吃頓午飯再說。

我才站起身，卻見前面停了一輛計程車。

「回坡底嗎？」

我定睛一看，差一點兒叫了起來。原來是計程車阿佬。

我上了車，朝他臉上打量，覺得幾天前和幾天後的阿佬，已經判若兩人。

他凹陷的眼眶，泛起了黑眼圈，兩眼布滿紅絲，額上的皺紋全都綳緊了。他那頭三分一灰白的頭髮，似乎蔓延開了。

最特別的一點是，車子開出了鄉鎮好幾公里，他始終緊閉雙唇，沒說半句話。

我忍不住氣，打開了話匣子：

「你瘦多了，身體可要小心照顧呀。靠體力幹活的人，健康就是一切。」

他望了我一眼，苦笑了一下，點了點頭，又把視線移向前方。

「你的孩子沒事吧？」我試探地問了一句。

他一怔，車子也跟著慢了一下。

「你當我是朋友嗎？」我緊接著問。

他又點一點頭。

「我想，你碰上了難題。」

他噓了一口氣，茫然地說：

「讓它去吧！」

「能夠看得開，也是好事。」

車子一直開到市區，他都沒再說一句話，直到我要下車時，他才沉重地對我說：

「我有心事，想和你談談……」

＊　＊　＊

我們在路邊的飯攤找了兩個比較陰涼的桌位坐下。我叫了一壺「鐵觀音」，他點了兩三樣便菜。只三幾分鐘時間，我們便解決了這頓午餐。吃飯的時候，我發覺他的胃口很不好。他不但邊吃邊歎息，一大碗白飯，也只吃了一點兒。

「你一定要看開點！」我安慰他。

「先生，過去，你不也叫我要樂觀一點嗎？」他一臉憂悒，用沙啞而低沉的嗓子對我說：「我的確想樂觀一點。但是現在，我唯一的希望都破滅了，我還能樂觀嗎？」

「你的孩子到底發生了什麼事？」

「我女兒，那個真正年齡只有十五歲兩個月的女兒，失蹤了！」

聽他這一說，我為之一愕。

「我的兒子，被警方扣留了！」

我望著他那雙發紅的臉，一直想不出半句安慰他的話。

「先生，我這一代，已經沒什麼希望了。命再長，也只能做牛做馬。我苦，無所謂，但是，我的下一代，一定要出人頭地。就是平時，我省吃省用也要讓他們能和別人一樣，不使他們受人輕視。我準備做出犧牲，可是這些犧牲又有什麼價值呢？」

我一連喝了幾口「鐵觀音」，只覺得一口苦味。

「女兒是被人拐走的，平時，我連他的男朋友都沒見過一個，只是聽人說她交了些迪斯可舞廳的壞青年，現在，我要向警方怎麼說？我是報了案，但有用嗎？我花了幾天的時間駕著計程車，到處去找，你想，我真能找到她嗎？就在前天，兒子也被警員帶走了……」

「警員發現他犯了罪？」

「他吸白粉！」

我心裏叫了一聲：「我的天！」

「不只這樣，其實，他也被人利用了許多時候。」他強忍著。但是眼眶還是溢滿了淚水：「警方說，他是少年，不會被判死刑的，不過要他說出頭子的名字……我知道，這次他吃盡了苦頭，將來，或許會變好。但是，他還會有將來嗎？」

我又一口一口呷著茶，心中也感到痛苦。

「我自以為，滿足他們的物質生活，他們就能安心求學，事實上，他們還是那麼空虛和無知。」他茫然地說：「難道學校方面，一點也影響不了他們嗎？先生。我是很尊敬老師的，可是，今日的老師是不是和以前的不同了？」

我歎了一口氣，始終答不出話來，心中卻在思量，希望能找出一個答案。

＊　＊　＊

又有好幾天，沒見到計程車阿佬。我想：他一定是在為子女而奔波。像他那樣一個人，的確很難應付得了這種突變。

每一次，當我讀到車禍的新聞時，我都會詳讀內文。我有一種預感，計程車阿佬會在這件事件的衝擊下被淹沒！

在我，內心的痛苦也是很深重的。我想：勤苦的一代即將過去，而貪圖享受的新一代頂替了上來，將會是怎麼樣呢？

看看校園內蹦跳的學生，再朝校外那群長髮異服的青少年望一眼，只覺得肩膀上壓著一個沉重的擔子……

提升

整個膠廠裏的工人都感到驚奇，他們簡直無法相信他們所得到的消息的正確性。就連項山叔本人也像在夢境裏，有點莫名其妙地在沉思和推測著剛從經理室傳出來的消息。他的心中一陣煩亂，自己也不知應該欣喜還是害怕？而那群工友卻像地球的衛星一樣，老在他的身邊環繞著；你一句，我一句地問個不休。這使得他項山叔更加感到心煩。

「這是件值得大家慶幸的事哪！項山叔既能當點貨員，我們說不定可以提升為財副呢？」

「但是──點貨員？喂，山叔，你能幹嗎？」

「對呀，你能幹嗎？過去你念過幾本書呀？」

「爬不上可要摔下來的！」

山叔連連搖著頭，心裏本有些話要說，卻老說不出口。他褐黑的臉上閃著一層油光，嘴角掛著一種無可奈何的微笑。他望了望身邊的工友，又低下頭去。看去，他像是愉快的，卻又有點悒鬱。

終於，他歎了一口氣，說：「──我該走了。」

大家目送他走了之後，心裏都有一種酸溜溜的感覺。

「論氣力，項山叔的一雙粗臂倒還能拿七八十斤的膠片；可是，論學問，他沒進過學校、沒讀過書、沒提過筆，點貨員他哪裏能……唉！這年頭的奇事可真多哪！」

「莫非經理是個瞎子？」

＊　＊　＊

經理躺在沙發椅上，狠狠地抽著烏得發光的煙斗，臉上始終露出一種令人難以捉摸的微笑。

項山叔十個指頭很不自在地搓捏著：「陳經理，你是真的有話要和我說嗎？」

「唔。」他噴出一口濃煙，「當點貨員，月薪三百一十五元，你想幹麼？」

山叔這才相信剛才聽到的消息並非謠傳。心想：比起扛膠片那種苦差事多了百多元，怎地不幹呢？然而，當他往後一想，自己是否能夠勝任時，便又慌了起來。

經理看他似乎很為難，便說：「做什麼事都應該有自信心。首先，你別把這工作看得太難——其實說穿了也就不成一回事啦——秤秤膠片，然後點點包數，對了，不就行了嗎？」

「只是——」他抖著嗓子說了兩個字便自個兒頓住了。原因是，他的確不願輕易地放過這等往上爬的大好機會。

＊　＊　＊

廠裏的人都說：項山叔真的走運啦！

他上任點貨員的那個晚上，他的獨生女兒青容竟然在遊藝場舉行的「商業展覽會」中壓倒群芳，榮膺了「商姐」的寶座。據主辦人說：單就獎品中的一條項鍊，就值得五百元呢。

青容興高采烈地回到家裏，山嬸便一把將她擁入懷中，興奮得連淚水都滾了出來。

「容兒，你現在不應該在怨恨我，責怪我吧？當時，我實在是不得已呀，家裏急著用錢，而你那沒出息的父親只唉聲歎氣！『乳罩小姐』，雖然聽起來不大順耳，但是，站在攤前一個晚上，就有十五元的酬金，你說，還有什麼工作能比得上這種差事來得輕鬆愉快呢？沒想到，你竟為我們出了一口氣，我真高興哪！好女兒，把項鍊交給我，讓我檢查一下，是不是假貨？」

在旁對著一本本帳簿發愁的山叔似乎有點不耐煩，他回過頭來，大聲地對他的妻子說：

「辛苦了一個晚上，還不讓她去休息？女人！」

那婦人白了丈夫一眼，咕嚕兩句之後，又回過頭對女兒說：

「看你爸爸，當了點貨員就擺出那副臭臉來了！」

「爸爸升職了？」

「還會假嗎？每個月工資三百多哪！老天爺真的開眼了！我的香燭總算沒白燒，明天，我一定買半隻豬腳謝謝天公！」

* * *

正當山嬸在拜天公的時候，經理來了！這位不速之客到訪，確使山叔家裏忙亂了好幾分鐘。山叔拉了一條長凳，請他上座，可是這位中年小胖子卻沒睬他，只顧四處張望，口裏不停吸著煙斗，噴著煙圈。山叔眉頭皺成一行，暗想：這回糟啦！準是來查看帳簿的。想著，越發心煩起來！

「經理，帳——帳簿……」

「哦，哦，不要緊，不要緊。」他笑紅了閃著光的圓臉，露出兩排整齊的假牙，很不自在地坐在長凳上，凳子立刻微微作響；山叔感到十分尷尬，木立著。經理卻裝著若無其事地吸著煙，說：「今早我特地來向你道賀的。」

山叔有些摸不著腦袋，說：「不敢，都是你的錯愛！」

「不，是你女兒長得俏。」他從袋裏抽出份報紙拋在桌上，說：「她長得的確可愛，你看這報上的照片，我就喜歡她這張小嘴，這身健美的肌肉……你們應該感到榮幸呀！」

山嬸插妥香燭，趕忙跑過來：「真有點像我年輕時的模樣哩！」

山叔仍然木立著，出奇地瞪著嬉皮笑臉的經理。心想，這就是膠廠裏死繃著臉孔，一言不發，對什麼事都表示不滿意的傢伙嗎？他簡直懷疑起自己的眼睛來。

「山叔！」

「經理，請你千萬別這麼稱呼我！」

「我還是要這麼稱呼你，山叔。」他收斂了笑容，一本正經地望著山叔，一邊在桌上輕輕地敲著煙斗，一邊說：「你或許不太相信，我一向都把你看作自家人……除了升你的職務之外，我還幫了你女兒一件事——這是個秘密，我卻很樂意告訴你。」

「我女兒？」夫婦兩人不約而同地問。

「唔。或許你會感到驚奇，為了使你女兒票數名列前茅，我特地花了兩百元，購下兩千張選票，悉數投給你女兒呢。如今，她中選了，怎不來謝謝我呵？」

這下可叫山叔聽呆了。他不明白這中年胖子到底為了什麼去花那麼一筆錢？他更不明白這個酷似冷血動物的傢伙為何突然關照起他們一家人？他頓時感到心臟跳得很不正常，喉嚨裏像有濃痰塞著。

* * *

「原來項山叔是靠女兒發達的……」

「可不是？當年楊家還不是托貴妃的福？」

「想不到當了『商姐』就那麼值錢？還不是同樣……」

項山叔不是聾子，對於廠裏的工友所說的話不會充耳不聞；不過他不想多生事端，只得悶在心裏。

他想，經理既是有妻室兒女的人，就不該再打青容的主意！何況女兒已恨透他那張嘴臉。他是個聰明人，當能善觀氣色，女兒既然坦白地向他表示別在白費心機，他總該死了這條心。可是，他卻裝癡作傻，還是硬撞，的確太過不智了。

他本可出面向他說明，只是一想到三百多元的職位，話便吞進了肚裏！

如今，在膠廠裏，他無法好好地工作；在家裏，他又不能安安靜靜地休息一下，還得他項山叔越來越心煩和不安起來。

「爸爸，你怎不替我想個辦法把那胖子打發掉呢？」青容愁眉苦臉地說：「我實在受不了了，那鬼總是纏著我，怪討厭的；而外頭的話，使得我連出門的勇氣都沒有了。難道你就只想聽人家的冷言冷語嗎？」

「唉！」

她呶起嘴，忿然地瞪著父親：「你只會歎息！」

「其實——」山嬸插嘴了：「能攀上他那麼有錢的富翁倒也不算是壞事！」

「媽！你又來了。你什麼都不關心，單單關心別人家的錢！」她白了母親一眼，轉入房裏去了。

山嬸有點頹喪地自言自語說：「誰叫我們活在這個金錢世界？」

＊　＊　＊

項山叔和妻子因為外頭的幾句謠言而吵了起來。山嬸爭不過丈夫，氣得哭回房去了。山叔滿肚子氣，正沒地方發洩，經理卻不知趣地闖了進來。

「山叔，還好吧？」他咬著煙斗，拍拍對方的肩膀，「怎地悶悶不樂呵？別悶出毛病來呀！」

山叔石像似的，沒動一下。

他冷了半截：「青容呢？」

「不在！」

「上哪兒去了？」經理覺得對方的口氣有點兒不對勁，「山叔，我渴望能和她談談！」

「但是，沒用。她不喜歡你，也不想見你！」

經理全身一震；然而，他仍然強裝著心平氣和的樣子，從衣袋裏拿出了一個小盒子，說：「這是我特地為她選購的金質手鍊，價值一百九十三元五角。」

「她什麼都不稀罕！」

房內，山嬸的哭聲顯得更高了！

而這邊經理的臉色已由紅潤轉而變成鐵青！他呆了半晌，才用那急促而激動的嗓子對山叔說：

「別忘了，我無故升你為點貨員的事；更別忘了，你女兒中選『商姐』是我和一些友人出錢為她買回來的！你不是傻子，應當瞭解我這番苦心。本來，我大可起用高中生、九號生當點貨員，你知道這些人路邊多著！而我，為什麼要起用你？還有，你女兒又不真是個絕代佳人，我家財十萬，還配不上她嗎？她……」

「告訴你，有錢也買不了她！」

經理氣得跳將起來，煙斗掉在地上。他的臉孔發青，全身肌肉不停地在抖著……

＊　＊　＊

山叔被辭了！

工友們並沒像上回那麼有興致去談論他被開除的事。不過，在休息的時候，大家覺得無聊，就隨便說幾句來打發沉默的光景。

有的說：「山叔本來就沒資格當那麼高職嘛！」

有的說：「他連6和9都分不清，怎能點貨？」

有的卻說：「女人是禍水，是他的女兒害了他……」

有的忙搶著說：「不！是青容沒有吸引人，迷不住我們的——」

有的說：「總之，咎由自取。」

只有一個不服氣地說：「項山叔是條好漢，誰也比不上他；他敢和經理頂嘴、爭吵，你們當中哪一個有這種勇氣？」

於是，大家都沉默下來……

二胡

他呻吟著，兩眼直瞪著掛在牆上的那把二胡。雕著銜珠的龍頭，那琴頭仍在閃著光，琴筒油亮，蟒皮的圖案依然引人注目，細雕的琴桿和絃軸把整把二胡顯得高貴。

他這一生，除了死去的太太，和他感情最為親密的，便是這把二胡了。

當他閒著時，或是他悶著的當兒，他便會拿下二胡，拉拉〈南進宮〉、〈福德祠〉、〈王大娘補甕〉、〈盼親人〉……偶爾，他也拉奏〈昭君怨〉、〈潯陽夜月〉、〈光明行〉。每當月圓的夜晚，他會沖一壺「鐵觀音」，然後讓自個兒浴在月色裏，醉在自個兒的樂曲中。

他只有一個兒子，書念得很好，考試成績都得A等。多兩年，他就可以出國深造；他的志願是想當個電腦專家。他從不反對兒子的意願，也很少向他強求什麼。只是，整十年來，他一直期望看到兒子去觸摸那把二胡；他更渴望兒子能奏一曲〈光明行〉。

「我要讀書，趕習題，你能讓我靜一靜嗎？」

兒子不但沒動過那把二胡，有時，當他正沉醉在樂曲的旋律中時，兒子竟說了使他聽起來很痛心的話。為了孩子的前途，他能不停下來嗎？他想：如果兒子也愛拉二胡，那麼他們父子倆便能常常來個齊奏，或是二重奏。那麼，他的生活也就不會這麼孤單了。

「難道學校不鼓勵你們學樂器嗎？」

「有，最多人學的是軍鼓樂！」
「還有嗎？」
「有，彈吉他，唱新謠。」
「還有嗎？」他瞧了瞧牆上的二胡。
「有，只是——」兒子會意了：「不過他們都不懂得玩那玩意兒。」
「沒人教嗎？」
「誰要學呀！」兒子苦笑著：「時代不同啦！現代音樂，講求強勁節奏，追求內心的發洩，你懂嗎？那哦依哦依的聲音，不能刺激年輕人的感情，也不能表現年輕人的奔放！」
「你，在這二胡聲中長大，你受到它發出的樂音的薰陶，你一定喜愛它那柔和細緻的音色吧？」他用期望的眼神望著兒子，說：「像阿炳的〈二泉映月〉，它對天光水色抒寫得多麼瀟灑，多麼悠揚；像古曲〈漁舟唱晚〉，它表現得有多麼含蓄、靜穆……」
兒子聽得回不出半句話。
「我知道你會愛上二胡的，像我一樣兒。是的，〈南進宮〉是過時些；但是只要你有興趣，我可以教你奏比較活潑、愉快的〈鬧元宵〉。」
兒子像是觸了電，整個人震了一下。樣子十分吃驚地說：
「你千萬別讓同學笑話我！」
「拉二胡有什麼可笑的？」
「爸，那是你的時代呀，可別把我也拉了回去。」
「有什麼不對？」

「現在是用電腦計數了，你還要我學打算盤？」

「你胡說什麼？難道你忘了，那是民族的——」

他呻吟著，兩眼直瞪著掛在牆上的那把二胡；那銜珠的龍頭，仍在閃著光。他眨了眨那倦而無神的眼，兩行淚滾了下來。他躺在床上，掙不起身。他的兒子打從門外走了進來，雙眼發紅。他指了指那二胡，他兒子小心翼翼地將它取下，放在他的身旁。他終於露出了個苦笑。

鄰居那強勁的音響系統正播唱著迪斯可樂曲，幾個少男少女還和著音樂，一邊拍手一邊高唱著〈單程車票〉。……

十三號

她從大鏡望向大門邊的裸女日曆。沒錯兒，正是她每個月所期待的「十三」。儘管別人不喜歡這個數目，她卻對「十三」有著偏愛！從小，她那叛逆的個性，就不信邪。管他什麼不祥，她偏為自己選了個「十三號」。

「洗頭、理髮、刮鬍、修臉、剪指甲，加上半個小時按摩。十三號，來，給我一個全套！」

她的單眼皮小眼兒在這一天顯得格外閃亮。整個女子理髮店裏的人都叫她「醜小鴨」。她自個兒對著鏡子瞧了瞧，「醜小鴨」又怎樣兒？不是很純樸的模樣？有朝一日，紅將起來，學人家「三號」去割雙眼皮，拉下巴，突出鼻樑，隆胸束腰，不也能成天鵝嗎？

她睨視了「三號」一眼，她低著頭，無聊地在磨指甲，每到「十三」，她就顯得心神不定，甚至有些無精打采！

「來，給我一個全套！」這話似乎只是對「三號」說的。在別的理髮女郎來說，要聽這樣兒的話，簡直是妄想。

她望著大鏡裏頭的「三號」。怎麼，她今早像是縮了水，個子小得多了。她冷笑著，想：

「每個月，你也有今天！」

她把視線轉向裸女日曆，再移向開著的大門。

差不多一年了，每個月十三號，那門閃進的第一個顧客，一定是那個土裏土氣的青年。他的身上，沒一樣是名牌的。可是，他手頭很闊，一坐上「十三號」的理髮椅，便用粗而沙啞的嗓子說：

「洗頭、理髮、刮鬍、修臉、剪指甲，加上半個小時的按摩。十三號，來，給我一個全套！」簡直像在背課文，總是一字不漏。「三號」聽他這一說，中邪似地，老在一旁咬牙根。

她「十三號」的面龐驀地紅潤起來，就連那對單眼皮的小眼也明亮得多了。她愉快地工作著，口裏還哼著「我的年輕郎……」的老歌兒。

「三號」更吃不消了，她會拼命地磨指甲，不時打從大鏡白了對方一眼！沒錯兒，賺錢是一回事兒，面子是另一回事。「三號」咽不下這口氣，因為在這女子理髮店裏，她不曾受過這種奇恥大辱！

「不必找了！」是一張百元大鈔。

那土裏土氣的青年對著鏡子瞧了瞧，滿意地點點頭，又從袋子裏拉出一張十元鈔票，塞進「十三號」的裙袋裏去。

「下個月，我再來！」

這句話，和穿心的針沒兩樣。「三號」又在咬牙根了。……

她移了移身子，但眼睛的焦點仍留在大門口。該得有個期望。而她，期望的，便是「十三」！

啊！他來了，他匆匆地跑了進來。

她高興極了，從椅子上站了起來，用甜甜的微笑迎接他。

意外的是，他並不像以往，背課文似地說要來個全套。相反地，他一把拉著「十三號」的左手，蒼白的嘴唇抖著，老說不出話。

「怎麼啦？」她收斂了笑容。

「走！」他忍不住，兩眼掉下了淚：「媽進了醫院急診室啦！」

她愣了一會兒，終於哭叫一聲：

「媽！」

舞會

露絲笑彎了腰，一邊拍著手，一邊尖叫著對她的朋友說：「真是美妙極了！金花，明晚的舞會上，彼得必定會意外驚喜的！」

金花並不答腔，只裝著沒有聽見，這當兒，她的心情是愉快而自豪的。她對著牆上掛著的大鏡子，隨著揚聲器傳播出來的快節拍音樂，使勁地扭動著那束得緊緊的細腰；她覺得：自己的身材好，舞得也很自然。她是初次學跳「twist」的，但是，成績卻是這麼的使自己感到滿意。

「我想，彼得看了你的舞姿，必然要沉迷的。」露絲也扭了幾下：「你的腰的確細得好看。」

站在一旁的銀花看得呆了。聽得露絲這麼一說，烏溜溜的眸子即刻滾動起來：「露絲姐，你說姐姐的腰細，你看我的腰更細呢！」

露絲放聲笑了起來，她走上前去，拉一拉銀花的兩條小辮子，說：「你真會說話，今年幾歲了？」

「十歲。不，媽媽說，我已經十一歲了。」

音樂停了。金花挑出一條紅手帕，抹抹額上和臉上的汗珠，然後瞪了妹妹一眼，微喘著氣地說：「你這東西真多嘴！跟你說，回去不得告訴媽，明晚我去參加舞會，知道嗎？」

「如果媽問起我呢？」她捏著自己的小嘴。

「媽不會問的。」金花變了臉色：「如果你告訴媽，我就打死你！」

「我不說好了，但是，你要帶我去，去跳舞。」

「你才十歲，怎能參加派對？」

銀花不服氣了，她呶尖了嘴，說：「為什麼不可？我會跳舞，我搖給你看。」說著，她真的搖了幾下。「不給我去，我就跟媽說！」

金花氣得直抖，舉起手，卻沒有摑過去。她望了望露絲，對方卻老是抿著嘴巴在笑。

金花心裏明白，倘若媽媽知道她要去跳舞，不但會嚴詞責罵，而且還會把她關起來，剝奪她的行動自由，這是多麼可恨可怕的事呀。

她一向就恨她的母親，那老太婆經常喜歡在她的耳邊，嘮叨個不停，說什麼女孩子家應當在家裏看書學針織，在外胡來，成何體統？她討厭聽聖經，但是，她母親就如一本「新舊約全書」！

的確，她不能讓媽知道參加舞會的事。因此，她急得眼眶都發紅了。

「算了，」露絲覺得自己不能再沉默了，便對她說：「就讓她去吧，我有我的辦法。」

「姐姐，我們回去吧。」銀花高興極了，她向露絲揮揮手，拉著金花的手，回身便走了。

* * *

彼得的家裏，顯得有點混亂了，廳堂上、走廊上、房子裏，都擠滿了十七八歲的年輕人，他們有的在跳著瘋狂的舞，有的在暗淡的角落擁吻著……場內場外不時都有嬉笑聲、叫嚷聲，偶爾爆出了幾個肉麻的字眼，使得全場的人都狂笑起來。

只有金花默默地坐在一旁，皺著眉頭地望著咬牙根的青年。他不時轉過頭來白她幾眼，然後使勁地抽著煙。

「彼得，真對不起……」

「你明明是有意為難我嘛，」他把香煙擲在地上，一腳踏將上去：「派對怎能帶孩子來呢？」

「露絲說她有辦法的。」她低下頭說：「誰知她是在和我開玩笑。」

她曾經幾次偷偷地站起來，想和彼得跳幾支舞，但是，銀花老跟著她，有時還拉著她的裙角不放。因此，她只得回到座位上去，不安地望著彼得。

彼得的眼連眨也沒眨地瞧著一對對正在狂舞的朋友，心裏越來越煩悶了：「我是在浪費時間！你看，露絲和謝利跳得多開心哪！……」

「她是個自私鬼。」金花有點羨慕，又有點妒忌。

「啊，有了，」驀地，彼得高興得跳起身，笑裂了嘴說：「達令，你別走，就坐在這兒，我有個好節目。」

她出奇地望著他竄進了臥室，不一會兒，全場的小燈泡的光芒都消失了。

場上響起一陣驚叫，然而只是很短暫的一剎那，過後，場上顯得更恬靜，更富「羅曼蒂克」了。

就在這當兒，金花的手被人握住了。

「走。」是彼得的嗓子。

於是，她毫不遲疑地站起身，一步步地跟著她的情人走去，就如一個迷途的盲女一樣。

驀地，她聽見門被關上的聲音。然而她並不感到驚慌，她知道，自己是在彼得的臥室裏。她想：在情人的懷抱裏總是比較安全的！

對方摟住了她，她感到振奮和愉快。……

然而，這美好的時刻並沒有持續下去。她發覺有人在她的身後。那人是誰呢？

「啊！彼得，有人在摸我的腿！」

彼得慌了，放開手，慌慌張張地摸到牆邊，扭亮了燈。「是你？」他們倆不約而同地嚷了起來。

站在他們面前的，正是銀花。她向姐姐扮了個鬼臉，然後抿著小嘴，笑瞇瞇地點著頭，指著姐姐說：

「哈，回去我和媽媽說，你不害羞……」

彼得和金花的臉色都變了。……

*　*　*

漫長的時日，寂寞的光景，都在折磨著金花。她消瘦了；往日的微笑，以前的天真、浪漫的氣息都在她的眉毛封鎖下消逝了。她的眼裏不再閃著熱情的光芒，不再流露出青春的活力；只籠罩著一種無法表露出來的鬱悒和惆悵！

她恨她的母親。她把女兒囚在房裏，像隻動物一樣，剝奪了她應有的行動自由——讓她在這種寂寞而單調的生活中渡過了三個漫長的月份！她快要悶死了！

她也恨她的妹妹，她使自己的姐姐挨罵和失去自由，她不該把那晚的事傳給母親知道。母親說她才十七歲，不該和男孩子在一起鬼混，說那是十分危險的！她當然不信。

如今，金花就如一台機器，老是按照母親為她編訂的「課程表」工作。除了週末和星期天之外，她絕對不能出外探訪朋友；而在規定的探訪時間內，還得讓那「小偵探」銀花跟在身旁。

在這種情形之下，她終於失去了彼得。那沒有耐性的傢伙拋棄了她，便又搭上了別人。她感到悲傷和失望，也感到妒忌和氣憤！

學期結束了，她的成績很令她母親驚喜！她得了第二名。母親賞了她一條項鍊，還答應她去探訪教她跳扭腰舞的露絲。

露絲見了金花，並不如金花所想像的那麼愉快和興奮。她比起金花還要來得消瘦，還要來得憂鬱！

「我被學校開除了。」淚水湧上了她的眼角。

金花驚愣得說不出話。

「我……真後悔……」她用掌心掩住了臉孔，搖著頭，哽咽起來。

「你做錯了什麼事呢？露絲！」

「我做錯了一件事。」她把頭伏在金花的胸前，仍然在哽咽著：「就是那晚，你妹妹跟你去的那晚……」

「在彼得的家裏。」

「是的，」她突然放聲哭了起來，「謝利……他……他……」

「他怎麼啦？」她忍不住地問。

「我懷孕了！」

金花聽到旱天雷似的，呆了老半晌，才深長地歎了一口氣。……

送月餅的老人

那月餅的皮層油蠟而有光澤，切開後，淺黃的蓮蓉嵌著橙黃的蛋黃，蛋黃邊點綴著瓜子的白點，真像中秋圓月的光暈閃著點點的星星。

「一個人吃月餅，有什麼意思？雖然，這日子是我期待的，而且一定要隆重地渡過。」月餅被切成了小片，端上的茶是朋友遊福建時特地選購來送我的，說是武夷山上品；那茶壺是一位茶道迷的老朋友送我的，要不是遇上知己我是不會拿出來用的。

「一年三百六十五天，公司要放假，那是公司的事，但是，我總是覺得公共假期對我沒有什麼意義，我只要三天的特別假期，讓我好好地過個中秋。」

那月餅從口甜到胃，在甜中，蛋黃的異味增添了吃餅的情趣，要不是有蛋黃，加上那瓜子，吃多兩片，便要膩了。

「山番芭設木板廠是個靈巧的想法。用電鋸能沒電嗎？有本事管理那麼一個發電廠的，也就不必躲在那原始森林了。何況合同上說明有木可鋸的日子，就不得離開廠地。發電機出了毛病，幾十里路，用卡車載著趕到市鎮去找部件；人病了，卻沒人理。」

喝一口茶，苦而後甘，茶葉的香味撲鼻，直透肺腑。那些茶葉，確實是上品，少見葉梗，而且包裝典雅。

「自從幾個兒子大學畢業後，都留在外國工作，守在家裏和看著發電廠還不是一樣。何況聽了發電機四五十年，靜下來，沒有機器聲時，人就不自在，就要生病！兒子只會寄錢來，卻不知道錢沒什麼屁用。」

月餅的皮層爽口，在整個月餅的結構中，最引人入勝。吃餅、品茶，吃餅、品茶，只可惜窗外烏雲密布，沒有圓月。

「幾年來，他們兄弟姐妹都約定在中秋那天，在獅城的五星級酒店內相會。雖然吃著西餐，卻也不忘買了幾盒上等月餅，讓我帶回山番芭。我不為了什麼，只等中秋那天，看看成家立業的子女，就只是那麼一個期望而已。……」

月餅的紙皮盒子，印刷十分精美，「月圓人壽」四個字是熨金的。盒子正中剪了個心形，透明紙上有個「福」字，那紅底的紙盒正好襯托出心形裏赤臘赤臘的月餅。

「我這把年紀，還能有幾個中秋呢？兒子們覺得為了中秋一日，要飛行千里，很不值得；女兒的丈夫也頗多怨言。從今年起，獅城中秋會是取消了；不過月餅照舊送到，還是『快郵遞送』，市鎮的機器部件老闆特地請人準時送來。……瞧，十幾盒，四五十個月餅，要吃到什麼時候？何況，我這把年紀，消化又不好。……」

簡陋的工人房裏，八仙桌上整整齊齊地疊著一盒盒的月餅，精緻的紙盒，倒為板壁增添了一份節日的氣氛。

「要幾盒，隨便拿吧。吃不了，送給親戚朋友。在這鋸木廠裏，也只有你和我。瞧你，一生頂多也只能品品茶，收藏幾件茶具。沒個家，看來很寂寞！因為你不曾得到的，就不會失去。……唉，月亮中衝出了雲層啦，還記得『天狗吃月』時，孩子們敲打著破盆，多熱鬧！這裏，好像什麼都消失了。……」

把開水在茶壺外燙了一陣，然後把小杯裏的濃茶聞了聞，喝了，再呵一口氣，是舒暢多了。又切了個「雙黃」月餅，抬頭望一望窗外的圓月，烏雲重重地圍著，月邊，沒有半顆星星。……「我這把年紀，還能有幾個中秋呢？唉！」

變形的母親

輕輕推開那唯一的小窗，汽笛、摩托車聲和高分貝的嚷叫聲立刻闖進耳鼓。晨霧中，一片灰白的天色，籠罩著屋林。肺部悶得很，深深透了幾口氣，還是悶！腦袋裏還回轉著醒前的惡夢，總是那張面孔，笑中帶淚。

她踏著腳踏車，後頭載著方形膠桶。她坐在膠樹下，無神而困倦地望著一排排的老樹。她喝著開水，抹著臉上的汗，回想著剛爬上梯子去割出的膠汁，又想到下跌的膠價。她沒歎氣，也沒出聲。她聽著斜坡颳來的風聲，又喝著水，又抹著臉上的汗……

「媽需要你，留下吧。」一把最好看，又是比較新的幾件衣服給摺得整整齊齊，放進了旅行袋。汽燈時亮時暗，她的臉色一直沒有表情，也真看不出她的內心。「這些日子不好過，可是，誰餓過？」

家裏是沒人餓過。三餐不是飯，便是粥。屋旁有片空地，種了綠綠的菜，屋後搭出去的小棚，養了好幾十隻雞。肉販騎著三輪摩托車，三兩天就來一趟。的確，誰也沒餓過！

「我和你爸爸去割膠，弟弟上學去，外婆是該有個人照顧的。」從衣櫥上取下那雙新年剛穿過的膠鞋，連盒子一起塞進了旅行袋。「外婆都七十了，行走又不方便。媽實在需要你……」

板牆掛著的結婚照，男的是爸爸，女的是媽媽，小時候，常看媽媽的笑臉，看到發呆。額前的瀏海，很美；眉下的一對烏溜溜的眼，很美；笑著的唇，更美！記憶中，她總是笑得那麼美。

鏡子裏，那瀏海，那眉下的眼，那笑著的唇，都和照片的媽媽一個模樣。

「這女孩，將來可不知要迷死多少人！」每穿一次新衣裳，外婆就要這麼說一次。「有怎麼樣的母親，可就有怎麼樣的女兒。」

她踏著腳踏車，後頭載著方形膠桶。她下了腳踏車，喘著氣。額上沒了瀏海，皺紋顯得更深，眼皮鬆下來，大眼睛變了樣，那最美的唇，也已經乾癟了。她的膚色變黑，背也有點駝了。

「這女孩，將來可不知要迷死多少人！」

肺部實在悶，幾個深呼吸，還是一樣的悶。頭昏昏地，彷彿還在夢境裏，看到了那張臉，笑中帶淚。卡拉ＯＫ是個鬼地方，男人總是毛手毛腳的。那巨型的音響系統，從一開始就衝刺著耳鼓。那空間不大，卻擠著一堆又一堆的人，而那些香煙，總是沒完沒了地燃燒著。

眼前還是一片灰白，耳裏還是一片噪音。打開了小窗，還是那麼一個樣！

「媽需要你，留下吧。」

「要我留在這裏，像你，像外婆……」

「這裏有什麼不好？誰餓過啦？」

「活著只為了吃三餐嗎？」

「外邊肯定更好嗎？」

「那片膠園，全是老樹啦！」

「可以翻種。」

「就這樣，新樹割到老樹，站在地上割到爬梯子。老樹砍了，翻種新樹……一代又一代，就那樣過日子？」

「不對嗎？」

眼角有點濕，抹了抹，是淚。轉過身，正對著鏡子，苦笑了一下，淚又掉落了。怎麼，那不就是夢中的那張臉孔嗎？笑中帶淚……

「哇！媽咪好年輕呀，四十了吧？」

「去你的，我還不到三十五呀。」

「上美容院拉拉臉皮吧。不然，再過三幾年，可就成老太婆了！哈哈……」

「男人，沒個好東西！」

整個晚上，就聽那些無聊的話，就聽那千篇一律的歌，就吸著那沒完沒了的煙霧，還要避開那些東摸西摸的手。

「外邊肯定更好嗎？」

窗外的晨霧散了。白色的天空，穿插著刺眼的屋林，四面八方聚來高貝分的噪音，全湧進了耳鼓，敲擊著失眠的腦神經！

乾咳幾聲，才覺得喉嚨也發痛了。一定是被灌下的那杯VSOP在作怪！

「這女孩，將來可不知要迷死多少人！」

又一次，閃出了笑中帶淚的臉，抹了一下眼眶，又是淚。

「有怎麼樣的母親，可就有怎麼樣的女兒。」

啊，綠色，有多美呀！每次推開小窗，都希望看一看無盡的綠野；每次推開小窗，都想聽一聽斜坡颳來的風聲。但是，每次推開小窗，總是看到灰白的天空，穿插著灰白的屋林；總是聽見高分貝的噪音……

綠色，有多美呀！那綠色的膠林中，爬在梯上割膠的姿態有多美呀！從斜坡颳來的風，有多涼快呀！還有，在綠色的襯托下，那片笑中帶淚的臉，有多親切呀！

「媽需要你……」

把唯一的小窗關上，知道又有淚水滴下，也沒時間抹了。只想在笑中帶淚的臉龐，給個輕吻，說一聲：

「我在等著——做變形的母親。」

清溪水，慢慢流

我這一生中，最能使我感到慰藉的，莫過於獨自一人，默默地站在河邊，望著漫流的河水，流向蒼茫遼闊的海峽。

這條慢流的河，和我有著共同的個性，雖然偶爾會有風浪，偶爾會有漲水；但是，那畢竟是短暫的。在漫長的歲月中，河水是平靜的，近乎哀怨地在流著，流著……

四五十年來，他始終伴著我，不管是在清晨的薄霧籠罩中，還是夕陽染紅的彩霞下，我都會向河邊那座山，不時地，癡望著……

我曾因為這條河和那座山，讚頌過愛的純潔，歌唱過愛的永恆。在我的眼中，我的不變，河的不變，山的不變，都是愛的表徵。無論什麼時刻，我見到了這條河，見到了流水，我的心境都會激起情感的波動，就像我見到了我妻子的那對眼睛，和她那不變的微笑。

我愛這條河，妻也愛這條河。我們曾在河邊樹下談詩；我們曾在河邊的月下談情；我們也曾在流水聲中依偎……

我感激妻子對愛情的堅貞，她從封建的思想下解脫出來，她也在利誘的情況下，掙脫了環境的束縛，和我這個一貧如洗的青年一塊兒建立起家庭。

那一曲愛情的歌，差不多就像這條漫流的河，偶爾有陣風浪，隨著便又平靜下來。

＊　＊　＊

昨夜，我失眠了整個晚上。今早，我兩眼澀痛，肩部的風濕又發作了，整個人也絲毫提不起勁兒。但是，我一定要起身，我要去面對流水，才能沖淡腦中的煩亂。

年輕時，我也曾受過失意的衝擊，我瞭解那份苦痛。因此，當我看到雄兒的淚水時，我的心就一陣麻痛。在霧氣的籠罩下，我看不清河的面貌，不過，清涼的和風，使我的精神為之一振。

我看不見對面的山影。可是，我想起了那座雄偉的高山。就因為那山的雄偉，又使我想起了雄兒。

他出生時，有九磅重，結結實實，蠻叫人心愛。我一眼就看出，他不是阿斗之輩，他長大後，必然身高體長，是個有出息的人。於是，我自個兒說，他成為英雄也好，有雄才大略也好，總之，不會是個泛泛之輩，便叫他做「雄兒」。

他果然長得高，而且眉清目秀。

在學校中，他簡直就像一座山。同學們總是圍繞著他，聽他的指示。在班上，他是班長；在童子軍中，他是隊長；在學生軍中，他是曹長。

他什麼時候都顯得很開心，他和我說話時，總先泛起妻子臉上那種慣有的微笑。

「爸，我學校裏有個有趣的故事，讓我說給你聽……」

他學校裏的有趣故事倒也真多，差不多每天都有三幾個。

聽他開懷地談著那些趣事，我和妻子常常會忘了收聽李大傻的《三國演義》和武俠小說。

他不和我們談趣事時，我們就知道，那是學校考試期到了。

他念書，可說十分用心。我一直對他充滿信心，希望他能戴上方帽子。

可惜，教育文憑的成績公佈時，他躲在房裏兩三天，不但少說話，也少吃東西。

我和妻子都知道，那是怎麼一回事。

「發明大王愛迪生，並不是一下子就得到成功的果實。你又為什麼要為考試成績悶悶不樂呢？」我按著他的肩膀說。

他的目光凝視著書架，沒有回話。

「你是不用安慰的。」我瞭解他，所以才這麼說：「但是，我要看到你很快地站起來！」

他的眼眶濕潤了。他吞了一口氣，低聲地說了三個字。

「我會的！」

後來，我才知道，他考得很不錯，只是國文一科不上水準。他因此失去繼續在政府中學念大學先修班的機會。

想了一段時間，他似乎想通了。他說：

「爸，我打算到吉隆坡去。」

「繼續念書？」

「念私立學校。」

「什麼科？」

「商科。」

「也好。」我說：「其實，只要有一技之長，幹哪一行都是一樣的。」

「爸，我對不起你，我沒讀上大學。」他望著我，一對眼睛又明又亮又富感情，簡直就和妻子同一個樣兒。

「別怪自己，也千萬別為了這麼一個考試而感到自卑。人生的道路上，有著無數的戰鬥，你要勇於面對更大的挑戰！」

他點點頭，把手掌按住我的手背上，說：「我會的！」

＊　＊　＊

河邊的人越來越多了。我很少去注意身旁的人。他們當中，有的在跑步，有的在甩手，有的只在閱讀……我到河邊來，除了晨操之外，就只愛望著河，望著河水西流……

只有見到這漫流的、日日夜夜不停流著的河，我的心境才能平靜下來。

天漸漸地亮起來。霧氣消散了，淡黃的河水在晨光照耀下，生動地閃耀著點點波光，漂流著無數的浮萍，朝海峽流去……

我一抬頭，又看見了山，那富詩意的高山。看見了那山，我不期然地又想起了雄兒。

他念完了商科學校，便在那兒找到了工作。

我不反對他在外頭工作。我總不能把他拉回身邊，硬要他替我看那小本經營的雜貨店。

我知道妻子並不這麼想。可是，她能忍受心中的哀傷，她也懂得利用忙碌來消除內心的寂寞。因此，對於雄兒居留在那裏的問題，她始終不曾提出意見。

雄兒在都門的生活並不好，這點可以從他臉上看出。他那像母親純潔而又富情感的微笑，漸漸地消失了。

他在一間洋行中當推銷員。他省吃儉用，準備買一輛汽車。

「汽車對你那麼重要嗎？」

「爸，那裏是大城市，不是鄉鎮。每次出門，少說也有十幾二十公里路，沒車子，很不方便的。」他說：「何況，在搶生意上，爭取時間是很重要的！」

這一下子，我覺得他似乎完全長大了。

「你很辛苦吧？」妻子向來少說話，看著兒子消瘦了，忍不住插嘴問了一聲。

雄兒沉默了一陣，才說：

「我不怕苦！」

我點點頭，勉強地笑了一下，說：

「這世上，幹活兒哪有不苦的？不過，自個兒的身體也該注意注意。」

妻子聽我說出了她心中的話，便又沉默下來。

「要是有了一輛車，就不必等巴士、等計程車，也就能準時吃飯，少曬太陽……」

「你需要一筆現款？」我截住他的話，問。

「我想靠儲蓄。」他睜大了眼，重新露出那雙充滿信心的眼神。

過了不久，他果真駕了車子回來，是一輛日產的小型轎車。最令我們吃驚的是，車上還坐了個年輕的少女。

「爸、媽，她叫朱莉。我們是在商業學校認識的。」

我看了妻子一眼，妻子的臉上，泛起了一陣興奮和喜悅。

「好，好，進裏面談談吧。」我說。

「我想帶朱莉去河邊。在吉隆坡，難得見到那麼美，那麼叫人心胸開朗的河。」

我連連點頭，腦中，即刻泛起我和妻子年輕時，手挽著手在河邊漫步的影子。

「好，好，你們去吧。不過，記得回來吃晚飯。」我說。

「爸，不必了。」雄兒看了朱莉的臉色，說：「這裏著名的煎蠔，我會帶朱莉去吃。哦，朱莉還說要去游水，我已經替她在古城酒店訂了一間房間。」

「什麼？」妻子只說了兩個字，便皺皺眉，不說了。

「古城離這裏也有三四十公里路呀。」我說：「為什麼要這麼麻煩呢？」

「爸，三四十公里路有什麼關係，只半個小時就到了。」雄兒說著，只見朱莉也點了個頭。

「好，好，你們年輕人有年輕人的節目，我們也不留你們。有空，常帶朱莉回來玩玩。」

就這麼樣兒，他們倆連門兒都沒踏進，便上車走了。

望著車子走遠了，妻子才歎了一口氣，自言自語地說：

「這孩子，像是變了。」

「哦，」我搖搖頭，握著她的手，說：「想是我們變了。」

* * *

又是一個晚上無法入睡。鐘才響了五下，我便起身，換了衣衫，穿了膠鞋，走到河邊去。

河水，依然是那麼富有節奏地流著。偶爾吹來的微風，清涼舒暢。

我深深地呼吸了一陣，便在堤岸邊坐下。

河邊上，幾隻海燕正在舞唱，輕快、活潑、自由自在地在翱翔，在掠水……

看見海燕飛翔和舞唱，我腦中的悒悶便又被勾起了……

雄兒寄來的生日舞會照片裏頭，就有幾個女孩，穿得像海燕，輕飄飄的，我想，他們在跳舞的當兒，姿態一定比海燕還生動、迷人。

「雄兒也是的，好學不學，怎麼學起開『派對』來了。」妻子喃喃地說著，滿臉不高興的神色。

「年輕人的事，我們理不了的！」我說。

「這麼多女孩子，怎麼就不見朱莉？」

「可能拍不到吧。」

「怎會呀？」

「你就等雄兒回來時，問問他好了。」

「我當然要問了。這等事，是兒戲不得的！」

「說不定，他有更理想的伴侶呢？」

「怎麼可以這麼隨便更換呀，要是不喜歡人家，就別亂帶人家出門，上酒店……」她納悶地說。

「我都說了，年輕人的事，我們理不了的！」

嘴裏這麼說，心裏卻不這麼想。雄兒到底是自個兒的孩子呀。他的事，怎麼可以不理？他一回到家，我劈頭就問：

「朱莉呢？」

「沒帶她回來？」

「斷了？」

「唔……還連著。」

「怎麼？還連著？」

「爸，我認識了沙麗。沙麗的父親是我那洋行的人事經理，職權大得很。」

「什麼？沙麗？」

「我的生日舞會上，穿大紅紗裙的那一個。」雄兒若無其事地說著：「其實在部門，大家都很現實的。朱莉，她老覺得我爬得慢，我想，要爬得快，就要靠關係。」

「那，你到底喜歡哪一個？」

「兩個，兩個都喜歡。」他純真地笑了一下：「爸，告訴你，還有一個總經理的女兒，她最有風度，儀表又好……」

我簡直給他說昏了頭，心中有幾分生氣，便說：

「你不覺得在胡鬧？」

「胡鬧什麼？」

「你把愛情看成什麼？」

「唔……賭注。」

我楞住了，「我的天」三個字總算給我吞了下去。

「其實，舊式婚姻更像賭注，要冒很大的風險。新時代，人人說『自由戀愛』，實際上，也是盲目的。我想，我這一代，這樣處理愛情，從任何角度看，都比較理智。」

他是越來越會說話了。或許，這和他當推銷員有關吧。

「爸，我很感謝你對我的關心。你放心，我知道怎麼做的。」他又笑了笑，樣子十分輕鬆。聽他這麼說，我也就無話可說了。到底，孩子真個是長大了。

「爸，這一次我回來，想和你商量一件事。」

「你說。」

「我想換車。」

「那車不是好好的嗎？」

「只是……」

「只是什麼？」

「太小了。」

「你想買貨車不成？」

「不，我想把這輛一千CC的車子，換輛一千六百CC的跑車。」

「那你就換吧，反正，對車子，我完全外行。」

「我不夠錢。」他苦笑了一下：「這輛二手車只值九千元，我想買的跑車，值四萬多。分期付款嘛，第一期也要還兩萬多元……」

「你要多少？」

「一萬就行了。」

「一萬？」我的聲調，顯得有點吃驚。

「唔。」他點一點頭，用那對圓而大的眼睛盯著我：「怎樣？」

「汽車換汽車，花那麼多錢，划算嗎？」我覺得三四萬元確是個大數目。

「我一定要讓沙麗了個心願？」

「什麼？沙麗？」

「她怕人笑話坐我的小車子。」他說：「我知道，她這一生，有個心願，就是要坐兩個門的『淑女』跑車。」

「雄兒，你聽著。」我的心一陣麻，又一陣痛。那針刺般的苦楚，有如風濕病發作時，那麼難受。但是，風濕是骨肉之痛，我忍得了；這內心的麻痛，卻使我難以忍受。我想，雄兒怎麼會變成這個樣子呢？我看他仍然雙眼直盯著我，便繼續說下去：「你是我的獨生子，我的一切，將來都會由你去承受。所有的財產，也將為你所有。你要一萬，兩萬，我即使現在不給你，將來也是屬於你的。只是，我想知道，為了一個女孩，去花三四萬元，值得嗎？」

「爸，相信我，那是值得的！」雄兒再一次用那富有情感的微笑，肯定地回答我。

「我，我就給你一萬。」我知道，自己的聲音已近乎沙啞……

＊　＊　＊

在這漫流的河岸邊，偶爾也可以看到一二輛外地來的跑車。那種車頭長，車身窄，坐不了三四個人的車子，我知道它的價格很高。但是，我從沒想到要買這麼浪費錢財的車子。所以，我很少多看它一眼。

現在，我真想能在這裏見到一輛，我要仔細地觀察一下，這等長頭車子，有什麼地方叫沙麗心醉的？

一萬元，雖是個大數目，到底是被拿走了。想它，又有什麼用？

我深深地吸著清涼的河風，頭抬高了，自然而然地便又看見了山。看見了山，便又想起雄兒；想起了雄兒，我的心便禁不住又要顫抖起來了。

「會不會遇上另一個女孩，要買一輛更貴的車子？」我想。

「會的！」我又記起妻子的話。她那迷人的雙眼，如今在額上的皺紋陪襯下，已失去了光采。

「就讓他去買好了。」我強裝著若無其事地說：反正，錢財，都將是他的，他高興怎麼花，就讓他去花好了！

「我不疼錢！」她沉重地說。

「那你疼什麼？」

「我疼，失去一個孩子……」

「你說什麼？」

「我失去了一個純樸、充滿著情感的兒子……」

我望著山，我真羨慕那座山，千百年來，還是那麼堅實、純樸，一點兒也沒有改變。山，映在水中，河水依然慢慢地流。我讚歎，河水長流，也是千百年不變……

「為什麼，雄兒在短短的幾年當中，會變得那麼快？」

我不明白。

「只要你移居到大都市去，爸，你很快就會明白的！」

我十幾年來最喜歡的那雙大眼睛，如今變得寒氣逼人的光芒，射入我的心房。

「爸，你能在閒暇時，去看山，去看水，那當然不必花你分文啦。但是，你踏進了超級市場、保齡球室、迪斯可舞廳、冷氣電影院、咖啡座、服裝店……你就會知道，沒有錢是不行的呀！所以，我在追求的，是錢！要達到目標，我就一定要變！要變！如果我追得到沙麗，我就有提升的機會；萬一，我運氣好，追上總經理的女兒，那時候，我什麼也不用愁了。」

「哼！」我哀歎了一聲：「庸俗！」

「是的，這是很庸俗的想法，但是，在這庸俗的商業社會裏，不庸俗可以嗎？難道真個要清高到像電影裏的男女主角，成天在公園裏追逐，不用找錢，也不用吃人間煙火？」

聽他說話，有時我會感到茫然；有時我會吃驚；有時我甚至會問自己：

「眼前這個青年，是雄兒嗎？我對他為什麼那麼陌生？」

* * *

「無語問蒼天」這是一句老話。

但是，我除了自問之外，平時，我會問山，問水。儘管，山不答我，它沉默地兀立著；水也不答我，它慢慢地流著。有時，我卻能從山影和波光中，得到慰藉。至少，山和水能使我煩亂的心平靜下來；至少，山和水，可以勾起我美麗的往事。只有在這山影和波光中，我能暫時忘卻煩惱……

可是，當我回到家門時，看到了妻子的皺紋，便記起自己灰白的頭髮。皺紋和白髮，會使我們心境更沉悶、更蒼老。

走進雄兒的書房，望了一眼牆上掛著的少年的半身照片，心中會更覺空虛、茫然……

早些年，終日都在盼望著雄兒快快長大。見他長高了，又期望他早日成家。如今，他是成人了，他也懂得為自己的前途著想。可是，自己又在回味他的童年，希望他能像孩提時那樣，重回我們的懷抱……

「未來，難道就只有看山看水的日子？」我禁不住地自問。

「不！未來是美好的。」雄兒和我談起未來時，就曾這麼地說過。對於未來，他似乎充滿了信心。

「你不覺得，未來充滿了挑戰？」

「我有把握渡過難關！」他說：「爸，你一定要給我力量，支持我，支持到底。」

「支持你？」

「是的，只要你不時伸出援手，我一定能達到目標！」

「伸出援手？」

「就像露西向我提出的挑戰，說什麼只要我能在市中心買下一幢房子，她便可以和我深一層做朋友。」

「什麼露西？」我呆住，「不是什麼，什麼沙麗嗎？」

「爸，不是沙麗，沙麗在我眼中，只是第二人選。」

「朱莉呢？」

「哦，她呀，排在第三。」

「那，誰是露西？」

「就是總經理的女兒呀。爸，她才是我夢寐以求的對象！」

「你怎麼樣一個又一個……」

「爸，別責怪我，現在是什麼世紀了，找對象，也一定要力爭上游。說實在的，董事長沒有女兒，不然的話，我也要試。」

「簡直是胡鬧！」

「爸，我說認真的，你說什麼都行，只要你認為婚姻大事是我個人的事情，那麼，你就讓我去試、去做。」

「……」我半句話也說不出口，心跳卻很急。

「那好，話說回頭，露西看不起我，認定我這個小職員買不起房子，爸，你就助我一臂之力。」

「你真的為了女人的一句話，就要買一間房子？」

「其實，買房子，是一種可靠的投資。三五年後，物價一定上漲。爸，你一定要幫我這個忙。」

「在那裏買一幢洋房，你知道要多少錢？」

「我問過了，雙層排屋十三萬，雙層半獨立十九萬……」

「你拿什麼去買？」

「爸，我們可以分期付款。」

「哦，又是分期付款？那好，你說需要付多少錢？」

「爸，我問過了，要是買雙層半獨立的，先交百分之十；地基完成後，再交百分之十；磚牆砌起，門窗安上，另外百分之十五……爸，我們只要還九萬，其餘的，每月付一千四百元，十年就可以還清了……」

「你說得倒輕鬆，雄兒，我們哪裏去找九萬呢？你以為爸爸是開銀行的？爸爸只不過是小雜貨店的東主。還有，你一個月收入多少？車子分期付款，難道，你打算搶銀行？」

相信是我說的語氣太重了，同時，臉上也一定很難看，雄兒不敢再說下去。

他悶了一個晚上，我也失眠了一個晚上。

清晨，我到河邊去，回來時，他已趕去都門。這一去，兩三個月都沒有回來。信，也沒寄一封。

我當然很掛念，妻子更是憂心如焚。

我三思之後，便把雄兒打算買屋的事告訴妻子。她聽了，悶著氣說：

「你也真是的，他要買屋子，就幫他，何必和他生氣？」

「我什麼時候和他生氣？」

「孩子已經長大了，當然會有自尊，人家看不起他，他已經夠難受的了，做父親的，也看不起他，你說，他要怎麼面對現實，怎麼抬起頭來做人？」妻子的話，說得很平淡；但是，聽在我的耳裏，卻像一根根的刺，刺進我的腦神經！

「好，你同意他買房子，那我問你，我們用什麼去幫他？」

「頂多，不就把這小雜貨店給賣了！」

「把這小雜貨店賣掉？」我出奇地望著她。

「你我都五十多歲的人了，還能當幾年的老牛？」

我做夢也沒想到妻子會有這種想法。對著她那對失去光彩的又大又圓的眼，和她額上的皺紋，我一時應不出話來。

「孩子既然在那裏工作，將來要是真個在那裏成家，那麼，你我兩個老骨頭遲早不也要上那裏去住嗎？那時候，能沒有一間自己的房子嗎？」

二十多年來，我和妻子之間第一次有了歧見。過去，她總是比較少說話，而且當我發表意見的時候，她不是沉默，就是點頭。沒想到，這一回，倒是她向我發表意見了。

不過，我平心靜氣地想了半個晚上，倒也悟出她的用心。我想，雄兒既然已經不再屬於這個鄉鎮了，不如順手撐他一把，讓他能在大都市裏站住腳，以便他日後能更安逸地生活下去。

於是，我寫了一封信給他，要他回來，商量一下買屋的事情。

但是，他沒有回來，也不回信。

我又寫了一封信，他還是沒有回來。我很傷心，也很生氣。心想，雄兒這孩子也太任性了。算了，他好強，就看他強到什麼時候。我決定不再寫信給他，也不去想他回不回來的事！

*　*　*

我躺在河邊的石椅上，也許是太倦了，竟睡了一覺。夢中，老是看見雄兒的影子，那陰暗的背影……醒過來時，已快九點了，陽光射入河中，河面閃出千千萬萬的光點，像串串珠兒，又像點點的淚珠……

想起了淚珠，我便又記起了雄兒。

是昨天的事兒，他突如其來地踏進了家門，把我和妻子都嚇了一跳。

才幾個月的光景，他竟變成了另外一個人。這一回，改變的不是他的言行，而是他的模樣！

他長長的頭髮剪短了。方臉卻瘦得長長的，兩隻又大又圓的眼睛，已經沒有半點生氣，眼眶已似乎凹陷了。

「你病了？」妻子吃驚地問。

他搖搖頭。

「你發生了意外？」我接著問。

他又搖搖頭，兩隻眼球滾了滾，掉下兩顆淚珠……

自從他長大以來，這是我第二次看到他掉淚。我知道，他若不是有極大的痛苦，他是不會輕易掉淚的。等到吃過晚飯——他只喝了口湯，根本就沒吞下半口飯——我們又相對坐著，妻子則悶坐在一旁，縫補著雄兒的衣服。

「有事，就要說出來，悶在肚裏是不能解決的。」我說。

「我失戀了。」他的聲音，低得幾乎聽不見。

「和露西鬧翻了？」

「我根本沒追上露西，他父親勢力眼，她也勢力眼，我恨他們！」他一邊說一邊咬著牙。

「那麼，該是沙麗變了心？」

「……」他點了點頭。

「算了，那女孩也不怎麼可愛。」

「我也這麼想。其實，我失去她，並不曾痛苦過。」

「那，你指的失戀……」

「爸，也許你料想不到，在我追不上露西和沙麗之後，我才感覺到，我真正愛的，是朱莉！」

「朱莉？」

「是的。在商業學校求學時，我就愛上她了。可是，我的感情不夠穩定，或許，是我的思想還不夠成熟吧，我老覺得，她追不上時代潮流……」

「追不上時代潮流？」聽他這麼一說，我可有點兒摸不著頭腦了。

「在我工作的那間洋行裏，女職員們都很懂得時髦。她們打扮入時，舉止大方，講究儀態，注重化妝，衣著都是名牌貨……」他眼神木然地望著天花板，似乎不敢正視我，又似乎是在凝思：「她們的形象深深地烙在我的心中，日子越久，我就越覺得朱莉有太多的缺點……」

「我不明白。」我納悶地說：「到我們的家門口，不進門來，卻要跑到二三十里外去住酒店，這還不算新時代的女性？」

「爸，我得向你實說，那一次的鬼主意，全是我出的。在酒店裏，她曾和我吵了一場，過後，我賭氣不見她。那時，我料不到，她比我想像的還要保守！我氣她，冷落她，乘機會追求沙麗……」他說著說著，臉上泛起懊悔的神情。

「現在，朱莉在哪裏？你為什麼不去向她道歉？」

「她已有了新的男朋友，是個電機工程師，有一座獨立洋房，一輛BMW跑車……」

「你見過她嗎？」

「我不但見過，而且要求她放棄那新朋友。」他說：「我對她說，愛情是可以超乎一切的。她只是冷笑，後來，她忍不住心中的感受，終於哭泣起來。這時，我看出，她還是愛著我。但是，她說：『太遲了！過去，我相信愛情超乎一切，現在卻不然。你教懂我：愛只是一場賭注！你拼命向大注下賭，而我，一開頭就輸了……今年，我已經二十八歲了，我還能和你賭個五年、十年嗎？』我被她問得啞口無言。於是，她又說：『那一次的打擊，我差一點就結束了自己的生命。好在父親一直在旁開導，我好不容易才從失戀的苦痛中解脫出來。父親說得很對，世上最不可信的是賭徒；而愛情的賭徒，就更不可信了！』爸，你想，她說了這麼樣的話，我還會有轉機嗎？」

「唔，這一回，你是輸定了。」我歎一口氣。「無論如何，你一定要看得開，不要因為失去朱莉，便萬念俱灰。」

「爸，我已想通了，這一次，是我自作自受。我的確受不了這種打擊，但是，我到底是熬過了。以後，對於感情的事，我會很認真，很謹慎的。我真料想不到，社會的變化那麼迅速，人的觀念也改變得那麼快，就只有感情這等事，還是停留在舊時代裏……」

妻子靜坐一旁，始終不曾開口，她不停地在為雄兒縫補衣服。其實，她知道那是多餘的，現在年輕人哪還要穿補過的衣服，即使好好的，只要樣式過時，也得扔了。然而，她喜歡縫補雄兒的破衣，那是因為從工作中，回味一下往日母子的溫情……

「如果，你打算在首都長住，或是想在市中心買間屋子——」我看了妻子一眼，說：「我們一定幫你。不管需要多少錢，我們都會設法的。」

「……」雄兒驚異地望了我一眼，隨著低下頭，歎了一口氣。

「我和你母親已商量過了，是的，我們都已老了。這小雜貨店，對我們已不再重要，假使你需要三五萬元，我們可以把它押了，要是你要更多，我們可以把它賣掉……」

「爸，現在，我什麼都不要了。或許有一天，我會回到這兒來；或許，我會在這裏長住……」他激動地說著，一對又圓又大的眼睛忽然又閃出了情感的光芒。「當我真正需要一座洋房時，我會自己去設法的。過去，我只想買一間房子來作賭注，現在，這場賭局已結束了……」

我聽了他這麼說，心安了些。心想，他終於覺悟了。他既然已走出了迷途，我哪還需要為他的未來操心？

「雄兒，」我伸出手，緊緊地握住他冷冷的手，帶著一份愛心，我說：「你一定要堅強點！」他不停地眨著那雙大眼，眼眶噙著淚水，用沉重而又堅定的口氣對我說：「我會的！」

綠綠河水依然慢慢地流，高山仍舊巍然聳立。我看著那慢流的河水，看著河面的波光，便又想起了雄兒，還有他那難得一見的淚珠……河水長流，流入了海峽，流向了遠遠的印度洋，流到沙漠邊緣的江海……

* * *

我的心有著陣陣的麻痛。我從河水的流動中，仿彿看見了雄兒在酷熱的遠方，辛勤地在工作，我瞭解，他要從工作中尋求慰藉；就像我，要從河和山的影子中，尋找一些安慰一樣。

我看見他要出遠門時的神色，我對妻子說：「他不會失落的！」

妻子只是低著頭，哽咽著。很久很久，她才吐出幾個字，對雄兒說：「這一生，我只有你一個……」

他再一次離開了這個家，而且，離得更遠、更遠。不過，在我心目中，這一次，他的影子卻無時不在我的身旁。夢中，我和他在一塊兒，看見他的童年微笑；在河邊，我從閃閃的波光中，看見了他那對又大又圓，純樸而又富有感情的眼睛……如今，我所盼望的，是他經過磨練之後，能夠帶著的純真，回到我和妻子的身邊。

望著兀立不變的山，看著永遠長流的河，我心中泛起了一陣悲傷。但是也只有從這山、這河當中，我才能得到最大的慰藉……

愛的咒語

麥哥，你知道我有多恨你？在我的日記裏，沒有一篇不在咒罵你！

我丟下校服，換上你送我的迷你裙，在迪斯可瘋狂過之後，我為你失去了學生時代。我的SRP，八個A全都送給了你！母親守寡十年，滋潤我身心的十幾年愛，也都被你帶走了……

我愛坐快車，我曾為你的飛車技術而驚叫，也為你的橫衝直闖而祝福；但，在我的每一頁日記裏，我都有奇想：願你在車禍中，死無全屍。

我原是個書呆女，就因為遇上你而大開眼界。你讓我坐在五星級的咖啡座喝下午茶；你讓我聽著鐵板燒的油炸聲，享受牛排晚餐；你讓我深夜醒來，如在雲間飄浮地躺在電動水床上……你真是個文藝大師，從你眼神中，從你熱情的唇上，從你……我竟然輕易地失去一切，甚至失去了自己。

麥哥，你可知道，我常常在構思，如何在你的胸口刺上幾刀，如何從你胸膛裏抓出那顆硬黑的心；甚至在你爛醉時，剪下你的……

整個城市都響起了聖誕歌聲，那是多麼羅曼蒂克的樂音，該是依偎在你的胸前，聽你心臟跳動的時刻；遙望天空星星像聖誕樹上的小閃燈，在向我們傳達建立新家庭的訊息時，你居然在那張電動水床上，和另一個書呆女重演同樣的劇目！

麥哥，你利用你眼眶裏的淚，把我推向太陽樓前的接客站；你利用你文藝腔的感情，籠罩了我的理智；你甚至利用我在床上的歡愉，淹沒了我自己……

我不知道，未來的日子，到底會是怎麼樣？我的思維和感情彷彿已經凝固，我的肉體似乎也已經麻木。如果我還存有一些寄望，麥哥，我一定會構思如何在你的胸口割上幾刀，如何從你胸膛裏抓出那顆硬黑的心；甚至用一把不利的鏽剪刀，剪下你的……

哦，聽見了車笛聲了。啊！那正是麥哥新買的日本跑車，只有兩個座位，像是專為我們倆而設計的。唉！當我坐在他身邊，讓飛車在市街上穿梭，聽那迷人的迪斯可音樂時，我又免不了要多看他幾眼！

別再按車笛吧，我就來啦！死麥哥，你能讓我穿回校服，一切回復到一見鍾情的時刻，重溫舊夢嗎？麥哥，我願為你犧牲一切，就只求你別載我去太陽樓的接客站，行嗎？

麥哥，今晚我倆同醉，然後，我將依照構思行事，這一次，該是你第一百零八次的死！

少女圖

畫家老李進了我的客廳，便四處張望，像在搜尋什麼。

我請他坐定，送上「凍頂烏龍茶」。

他仍左看右看。我覺得十分奇怪，便問：

「有什麼不對的嗎？」

「那幅《少女圖》怎地不見了？」

「《少女圖》？」我想了想，恍然大悟，「那是一幅帶禍的油畫！」

「怎麼會呢？」

「那，首先，你以畫家的眼光，評它色調不調和，又說透視學不對！」我說，「後來，你連整張圖都不欣賞，說構圖不好……」

他張大了口，似乎想說什麼，卻又沒說出來。

「更糟的是，自從買下《少女圖》之後，家裏便不得安寧。」

「有這麼一回事？」

「我要是聽你的勸告，把圖收起來，不掛在客廳就好，因為，每天放工回來，我一躺上『老人椅』，就難免要全神貫注地欣賞那幅畫。其實，我覺得它的構圖很不錯，色彩突出，近乎印象派畫家秀拉的風格，而在筆觸方面卻大有點描派與野獸派大師葛洛斯的手法……」

「不錯，不錯，你說得一點兒也沒錯！」老李拍一下手，說，「那畫有風格！」

「是嗎？」這倒令我驚奇了，「你不是一點也不欣賞那幅畫嗎？」

他張開了口，又不說話了。

「掛上那幅畫，太太便和我吵了幾回！」我歎息著說，「也不知是哪一個傢伙，打電話告訴她，畫中的少女，是我的舊情人！」

「哦——」

「我們夫妻倆居然為了這麼一幅新買的畫，吵了好幾回，你說，這不是禍端嗎？」

「哦——那幅畫上哪兒去了！」

「為了夫妻間的感情，我忍痛把畫給割爛了！」

「我的天！」老李驀地叫了起來，臉色茫然地說，「你為什麼不讓給我呢？我簡直為那幅畫癡狂哩……」

「你認為那是佳作？」

「不然，我怎會不擇手段……」

搶匪

「這一次，我們的目標是金融公司。喏！就是圖中的這一間。」
「為什麼偏找市中心的這間？」
「我查清楚了，九個職員當中，除了經理和保安人員，其他的都是女人！」
「太靠近警察局了吧？」
「在我們眼中，最危險的地方才是最安全的。職員一定疏忽了保安工作。」
「萬一那些女職員被嚇狂了，不聽指示，怎麼辦？」
「開槍！」
「開槍？」
「開槍！而且要殺一個，嚇其他的。」
「你是說，殺死沒武器的女人？」
「幹我們這行的，就是要心狠手辣，無毒不丈夫！」
「真的要開槍？」
「幹我們這行的，是拿命搏命，不能三心兩意，不然，搶不到錢，還要賠命的！」
「電話響了。」

「×你母，為什麼偏在這個時候來電話？你去接。」

「喂，是誰？哦，是找你的，好像是你母親的聲音。」

「喂，有什麼事嗎，什麼，哪個王八蛋敢搶我妻子的手提袋？什麼，和他打了起來？什麼，那個王八蛋有槍？是真槍？什麼？媽，你說那王八蛋開槍打中……什麼，那王八蛋打死了我妻子……他，他——殺一個女人，那個王八蛋還有人性嗎？天啊！」

麗珠和茱蒂

那輛在陽光下閃著光芒的銀色名貴汽車，打了個U形轉彎，安穩地停在油站的加油機旁。留著八字鬍子的年輕伙子得意地按了一下車笛，然後把電動車窗給按下，說：

「喂！前面的大鏡替我抹乾淨，要快！」

他身邊坐著的那個打扮入時的少女，正對著小圓鏡，在補唇上的口紅，偶爾也弄弄額前新月式的髮絲。驀地，她看見了正在抹車鏡的少女，一楞，隨著叫了起來：

「麗珠，還認得我嗎？」

「你是小蓮，六年級同班同學，怎會不認得？」

「我現在叫茱蒂，你沒上大學嗎？」

「環境不好，先找事做。」

「這工作不苦嗎？嘿，不如到我的情人理髮店來，工作又輕鬆，薪金又高。瞧你，簡直成了灰姑娘啦！」

「我覺得蠻好的。」

「風吹日曬，一臉泥塵，一身油污，還說蠻好？班上哪一個不讚過你，今天卻落到這步田地，太可惜了！瞧我，過去，大家都只管叫我『醜小鴨』，現在，我有了白馬王子，我變成公主啦！」

「多少？」留著八字鬍子的年輕伙子打斷了話，問：「輪胎夠風嗎？」

抹乾大鏡，那少女用手背擦了一下額頭的汗水，說：「四十九元八角五分。」

「喏，五十元，不必找了。」他轉過頭，對身邊的少女說：「你怎麼和這種人說那麼多的話？我們沒時間啊，還得趕遠路，上雲頂去哩！」

說罷，開動了引擎，又是打了個U形轉彎，然後「轟……」地飛奔遠去……

望著車子消失在高速公路之後，她輕輕地歎了一口氣，臉上卻泛起純樸的微笑，在陽光下，那微笑顯得更清秀動人……

寫給母親的信

她從迪斯可回來，沖了個涼，精神十分振奮。剛才的熱情奔放，狂歌歡舞，使她無法入眠。她坐起身，亮了臺燈，在擺好的信箋上，這麼地寫：

我最親愛的媽：

女兒在這繁華的大都市，孤獨的一個人，每到黑夜的來臨，便會想念起您！到子夜十二點才回到家。

媽，您不必擔心女兒的健康。都已經十八歲了，當然會照顧自己的。

祝您

安康

女兒

×月×日

* * *

她從夜總會回來，洗去臉上的脂粉，換上了睡衣，心情卻無法平靜下來。在腦海中，她的白馬王子的笑容，還有那支在她耳邊清唱的歌兒，始終都在浮沉著、蕩漾著……她無法入眠，坐起身，亮了臺燈，又在擺好的信箋上寫著：

我最親愛的媽：

在這一個多月的漫長時光中，女兒已經學會了適應環境。小學時，在學校學女紅，學針織，現在終於用上。這不但是打發寂寞時間的好辦法，還可以多得點酬勞。

媽，請您放心，女兒已經了解做人的道理，一定會好好地照顧自己！

祝您

安康

女兒

×月×日

* * *

她從一間五星級的旅店回來，懶洋洋地躺在床上，兩行淚從眼眶滾了下來。她的心情煩亂得很；對剛剛發生的事，也不知是高興還是悲傷。她明明知道對方是個出了名的花花公子，但是還是存著幻想。矛盾的心情，使她無法入眠。她亮了臺燈，坐起身來，在擺好的信箋上，一字一字慢慢地寫：

我最親愛的媽：

今天，是我最開心的日子。三個月的辛勤工作，廠方給了我一個月的分紅。好久好久很想享受的一頓大餐，終於實現了！可是，當我想起付出的代價，我又不禁感到心酸！

媽，我好想您呀！

祝您

安康

女兒

×月×日

＊　＊　＊

她從一間私人診所回來。她覺得頭昏目眩，全身無力。她往床上一躺，整個人似乎已經鬆散了。她失去了白馬王子，她失去了她最渴望得到的；她無奈地離開了夢中的情人，也忍痛把自己的骨肉給毀了！她沒有哭，因為她的淚已經流乾了。

她掙扎著坐起身來，在擺好的信箋上，吃力地寫著：

我最親愛的媽：

由於過度操勞，我終於病倒了。經過了這一場病，我已懂得怎樣珍惜自己的身體，日後我會知道該用什麼辦法去抗拒那可怕的病魔！

經過了這次的教訓，我不再做超時工作了，也不會羨慕人家領分紅。

我將織一件羊毛衣，帶回鄉下給您。啊！媽，我實在想您呀！

祝您

安康

女兒

×月×日

包裝水

半年學費八百元整
學院註冊費一百元整
房租每個月九十元整
伙食每個月一百五十元整
早點每個月六十元整
雜用每個月八十元整
包裝水每個月一百元整
……

牛伯把老花眼鏡拿下，放在桌上，用一種無可奈何的眼神看了女兒一眼。

女兒忙著在點算行李，額角冒著汗珠。

要是有個媽媽，她可就不必這麼辛苦，什麼準備工作都得自個兒動手。她母親要是還在身邊，牛伯的心情也就不至於這麼沉重。

「不是每個月都要回家一次嗎？」

「學院考試月，就很難說了。何況，車資不便宜。」

「帶那麼多行李，一個女孩子，怎麼上下巴士？」

「學院離家，最少也有三百五十公里，不把東西帶齊，買起來都是錢哪！」

牛伯拉開抽屜，從裏頭拿出一個木製的錢盒，他打開了盒了，默默地數著十元的鈔票。

自小伴在身邊，轉眼也已經十九年了，可就是這麼快，就要離開自個兒的身邊。牛伯發現有水點滴在紅色的鈔票上。他拭了拭眼角。

「不用買書本嗎？」

「等學院發出書單，才知道要買些什麼，需要多少錢。」

「你每月的開銷，我都同意，只是，只是……」

「包裝水，對嗎？」女兒坐在大行李箱上，呶著嘴，望著牛伯：「聽說，大地方的包裝水很貴哪，一包賣七八角，一天喝三四包，是要三幾塊錢的。天氣熱不喝水要長青春痘的！」

「過兩年，我就退休了，你不是說只念兩年嗎？」

「課程是兩年，要是能在首都找到適合的工作，爸，你就搬來一起住，那不很好嗎？」

牛伯把一疊鈔票摺成三束，用膠皮圈給套緊了。他走到女兒的身前，把錢交給她。

「一千八百元，該還的，先還。萬一要用錢，就搭車回來。」

「路很遠呵。」

「是很遠呵。」

「爸，我可以先向同學借。」

「你能不喝包裝水嗎？」

「那要喝什麼？」

「不能帶瓶白開水嗎？」

「又不是小學生。何況，趕巴士很不方便的。」

牛伯的職工會，向資方爭取了近十年，才獲得百分之十五的加薪；牛伯略略地一算：六百乘以百分之十五等於九十。

唉！還不夠女兒喝包裝水哪！牛伯搖著頭，撫摸了女兒的短髮，露出了苦笑。

「我會常常寫信回來的。」

「我知道。」

「過年過節，放長假，我會回來的。」

「我知道。」

「如果我有拍照，我會寄照片給你……」

女兒望著牛伯發紅的雙眼，眼眶也潤濕了。

「爸，我不喝包裝水就是了！我會帶個水瓶去。」

「不！你不該省的，就別省。其實，我知道你最愛喝什麼，不必為了幾塊錢，叫自己生活得不快活！」

牛伯終於忍不住眼裏的淚，滾落在女兒的掌心上。

「大地方的人是要喝包裝水的，還有，衣裝……」

那含笑的面龐

四十年來，他不曾把那幀已經褪色的小影抽離隨身攜帶的皮包。不管他到哪兒談生意，只要他一有閒暇，他便會把小影拿出來回味一下當年的柔情蜜意。

在他腦海中，她就像是特為他而到人間來的，不論是她的臉，她的嘴，她的鼻，她的眼，甚至那身材，都似乎是為他而生的。他從未見過像她那樣兒十全十美的女郎。或許，正因為這樣，他四十年來始終沒動過再娶的念頭。

他從飛機的窗口望出去，除了白雲，便是白茫茫的一片。但是，在他腦中，那小影的微笑卻使他覺得雲的美，白茫茫的美，一切都是那麼使人陶醉……。戰亂把他們分開，但是時光卻讓他的記憶不斷地濃縮；四十年後，他更清楚地記得那含笑的面龐。

他在處女林中熬出頭來，但是他不感到滿足，他當了板廠的董事長，卻也沒有那份愉快；他被譽為工商界鉅子，可是他仍然得不到歡樂。

他想，這一生中，他唯一能滿足的，應是再看一看那含笑的面龐。同時，重溫一下四十年前的柔情蜜意。實際上，他便是在這個意願下，奮鬥著和生存著……。

聽到空中小姐的報告，他知道就到香港了。他到香港，少說也有百回；但是，這一次，他的心情卻全然不同，他覺得心跳得很急，而且呼吸有些急促。好不容易才從中國商人那兒代他聯絡上闊別了四十年的情人。「我這一生，總算沒有白活了！」他自言自語著：「讓我和她，在香港半島酒店，重度一次難忘的蜜月吧！」

飛機安然地降落在啟德機場。他爭先恐後地趕到出口處。他才步出檢查站，便見到那位好心的商人在向他招手。他三步作兩步地走上前去。

他和友人緊緊地握手時，見到了友人身邊有個老態龍鍾、滿臉皺紋的老太婆在向他微笑，便也和她打了個招呼。「是令堂吧？」他順口問了一聲。「啊！你不認得了？」那友人驚叫了一聲：「她就是你的情人呀！」他定眼一看，愣了一會兒，覺得心頭悶得無法喘氣，頭一陣暈，驀地倒下了。友人眼巴巴看著救傷車把他載走，不禁歎了口氣，說：「他活不成了……」

高空天線

昨夜那陣狂風也夠惡作劇了，把一百二十尺高的電視天線颳彎了腰，重頭部分正好打爛了剛蓋過的鋅板屋頂的一角。

鄭老頭發呆地望著那倒「U」型的天線，耳鼓裏彷彿還響著怒吼的風聲，而那爆破的電視螢光幕巨響，還令他胸口發痛！

「是夠高的了，八十尺，沒裝避雷針，很危險的！」

「我僱你來裝天線，可不要你來教訓我。」

「我不能不說，你說收不到鄰國的節目，那又有什麼辦法？一百二十里遠，又背著山，怎麼能和市區比呢？」

「那就給我裝到一百二十尺吧，價錢由你開，我不賴，只要收到鄰國的節目。」

「你瞧，這鐵管，越高直徑就越細，一百二十尺，怕頂不了吧，只要颳一陣大風，那一切都很不妙的！」

「我問你，要多少錢？」

「只是為了女兒的男友住幾天，你就那麼費勁？索性買一架錄像機，租幾套電視連續劇，再不，找幾個不曾檢查過的加料帶，三幾天不就打發過去了嗎？」

「你在胡說什麼？要多少錢？」

「你這可不是裝高空天線，而是在放長線呀。」

鄭老頭心裏在想，釣金龜婿本來就是要放長線嘛。萬一，女兒的男朋友來到了這膠林，看不慣住不慣，影響了和女兒的感情，怎麼是好？可是，現在更糟了，連屋頂都打爛了，他們回來，要怎麼住得下？明天就是除夕了，上哪兒去找人來修理呢？

「老伯，電報！」

鄭老頭回頭一看，是個騎摩托車的郵差。他接過電報，拆開一看，觸了電似的，呆了半晌。電報上只有幾個字：

爸爸，新年不回家了。

Happy New Year!

馬莉

缺德呀缺德

機場報告員開始催促回馬的旅客上機了。我們五十多人焦急得像熱鍋上的螞蟻。

「導遊小姐怎麼還沒來呢？」一個女婦人捏著雙手，東張西望地說：「飛機就要起飛啦！」「我不就在這兒嗎？」導遊小姐露茜握了握她的手：「我會帶領大家入關的。」

「不！我是問那位代我們買人參的。」「放心，她準到！」露茜蠻有把握地說：「每一回，她都會在最後一刻趕到。」

「缺德！」另一個老婦人說：「買人參是要補氣。她這麼做，是要人受氣！早知道，在商店買一些，就算了，省下這等人的麻煩。」「老人家怎麼這樣沒耐性呢？」露茜微笑著，邊說邊向四周望了望。「呀！那不是來了嗎？」我們不約而同地朝她指的方向望去。果然，是她來了！後頭，還跟著一個推著載滿人參盒子的小車夫。

「我說得沒錯吧。」露茜得意地說：「來，大家過來。這些人參是你們訂購的，誰訂幾盒就拿幾盒。飛機就要起飛啦，快手快腳呵。」匆匆地進了關，又匆匆地上了飛機。只過一陣子，飛機便飛進了雲霄。……空中小姐開始忙著分發點心的時候，忽地聽見有老婦人在喊：「哎呀，怎麼不是『天』呀？」座位上便跟著有人在查看他們所訂購的人參。「缺德呀！怎麼能收『天』的錢；卻給我們『良』的貨！」

「導遊小姐，導遊小姐……」

「對不起，這可不是我的事兒。你們又不把錢交給我，向我買人參，你們怎麼找起我來了。你們應該在收貨時，先看個清楚才對。怎麼亂怪人哪？」

「唉！天、地、良。那導遊小姐倒說得清楚；不然，大家隨便吃了，豈不都一樣化成氣，皆大歡喜！」一個老婦人歎息著說。「缺德呀缺德！」另一個忿然地喊叫著。

鑽石手錶

他喝了一大口「XO」，透了一口氣，色瞇瞇地望著小舞臺上正在唱〈毛毛歌〉的酒廊歌星，忍不住地喊了一聲：

「我要！」

那酒廊歌星擺擺腰，把麥克風從右手傳到左手，然後用右手向他作了個「飛吻」。他樂得呵呵大笑起來，並且不停地高舉左手，向她揮動著。燈光一閃一閃地照著他腕上的金錶，看來特別耀眼。……

「這輛二手車能賣多少錢？」

「雖是BMW，但款式老些，得三萬五。」

「三萬八，減一分都不行！」金錶行裏擺在最搶眼的地方的那隻手錶，價格是三萬八千元。他看得很清楚，除了純金帶和金質錶殼外，錶裏還鑲上一粒寶石！

「三萬六吧，老兄，很好價錢啦。」

「三萬八！」

「三萬七，怎樣？」

「三萬八！」

在酒廊裏喝酒，誰看見停車場的名車？大家指手劃腳，揮來揮去，老是看見閃閃發光的金錶。瞧那騷妞兒，眉來眼去的，還不是問「這錶值多少錢呀？」

「八千五！」

「我的一萬六，一萬六。」

「你瞧我的。」

大家靜下來了。

「只不過兩萬五而已，哈哈哈……」

那騷妞兒立刻把胸靠了過去，笑瞇瞇地說：「你什麼都比別人家強！」他又喝下一大口「XO」，臉上不時流露著得意的微笑。〈毛毛歌〉唱完了，他大力地鼓掌，雙手故意舉得高高的。那燈光似乎專為那隻金錶而亮著，照得金光四射。……

「值兩萬五吧？」那騷妞兒靠在他身邊，問。

「只不過三萬八而已！」他自豪地答。

「唷！一個金錶就值三萬八，你不是千萬，也是百萬吧……」

「那裏，那裏。」

「這錶上的鑽石，是真的嗎？」

「三萬八，還有假的嗎？」

他等待的那一刻，終於來臨了。不只是那騷妞兒的酥胸靠了過來，還有更重要的，所有的目光都投了過來。……

他醉得飄飄然，也不知道是那妞兒送的吻，還是「XO」的酒精在作怪，他的腳，像在綿堆上踏著。

剛走出走廊不遠，那燈光稍暗的地方，忽見兩個青年向他衝了過來，一個抓住他戴著金錶的左手，一個手起刀落。……

領屍

天剛亮，醫院太平間的書記阿利才走到門口，便看見七八輛既少見，又豪華名貴的汽車，排著隊停放在太平間的路旁。

阿利像在汽車展覽會場上，一輛接著一輛地觀賞著。他確實大開眼界，不時要發出讚歎聲。

驀地，他記起了停屍處的那具屍體。他的妻子法莉達是醫院的護士，曾經這樣對他說：

「那老人是患上了絕症。他自以為可以活上半年，沒想到才三個半月就走了。」

阿利看得很清楚，那是一具很瘦很癟的屍體。心想，他死前一定受了很大的折磨。

法莉達不同意丈夫的想法，她說：「他很堅強，而且很樂觀。」

「他很有錢嗎？」阿利問妻子。

「看樣子，他不窮；卻也不是富有人家。對錢，他看得開，有時還託人買點小禮物，送給醫生，送給護士。他常笑著說，他的錢夠他花上半年，所以他一定要在半年內用完！」法莉達回答：「有時，我們會覺得奇怪，怎麼沒有一個人來探望他？」

「他有親戚嗎？」

「我也這樣問過他。他笑得很怪，反問我，像他這樣會有親戚嗎？」

「他不像是本地人？」

「他身分證上的住址是吉隆坡。」法莉達接著說：「但是，他說那是個鬼地方，連晚上睡覺都得服安眠藥。」

「他也患上精神衰弱症？」

「不曉得。只是他說偏愛小市鎮，特別是這個小山城，清幽雅靜，到處是膠園椰林。他告訴我，自小在鄉間長大，對樹木有一份感情。」

那老人去世前幾天，把腕上那隻用了一二十年的「梅花」手錶送給了法莉達。他只求她做一件事：在他氣絕時，打一個電話，報個死訊。但是，他不說誰將接聽那個電話。

「那不重要，只要他們知道我死了，就行！」那老病人這麼說。

坐名車的那群中年男女，個個珠光寶氣，舉止文雅高貴，相信都是上流社會的人。

他們對阿利表示是來領屍的，阿利卻看不到他們有絲毫哀傷的神色。……

不久，殯儀館的老頭兒來了。他向那群人打了個招呼。

「這可好了，一切都交由你去辦！」其中一個年紀稍長的用宏亮的聲音對他說：「買個上好的棺木，火化後，把骨灰安置在淨業寺。清明節，我們會去上香。」

「那——」老頭兒似乎有點口吃：「送殯路線——」

「什麼時代了呀，一切從簡。至於費用，過後才向我們收。」

辦完了領屍手續，沒片刻光景所有的名車都消失得無影無蹤。

阿利看在眼裏，歎了一口氣：對著那份領屍表格，又歎了一口氣。他禁不住自言自語地說：

「這個爸爸，到底做錯了什麼？」

辭職

「哈囉，是董事長嗎？哦，你是，我是——你厲害，一聽就聽出我的聲音。哦，是關於承建學校蓋走廊的事。……我知道，如果依照報紙的招標方式，我沒把握標中。……我的意思，哦，我的意思你該很明白。我們的董事部應該有取捨權。對了，對了，我正想請你董事長幫個忙。哦，怕人家講閒話？唉，怎麼會呢？又不是十萬八萬的大工程！嘿，這樣吧，我標中了，五金材料向你買，這樣豈不大家都好，大家都有得撈一點？……怎麼，又提那傢伙，成事不足，敗事有餘！……哦，你堂堂董事長倒怕起他那個小理事？……哦，怕他又發新聞？早不和你說了，董事部改選收收選票，把他滾出去……唉！你又怕他落選見記者。……哦，要問過他？他奶奶的，我才不會問他，求他！你是董事長，你要是這麼沒主意，董事部怎麼搞得好？……照你這麼說，民主民主，不如讓他來當董事長好了。……哦，說我笑你，我倒覺得像你這樣老拿不定主意，等著笑你的人，還多著呢？……不，不！我只是希望你能拿定主意，讓我承建那走廊頂蓋。……我標價是一萬四千，頂多也只能賺六千塊，五金向你買，你也可賺一兩千。……什麼，一萬四千的工程賺六千還算多？唉，摸摸良心，上回你承建廁所，三萬工程不是賺了一半？……哦，過去是過去，那廁所抽水馬桶的糞坑不通水，臭氣熏天，那廁所牆壁龜裂，屋頂漏水，……哦，說我挖你臭腳？……那停車場？哦，建得不好，也不見有老師的摩托車、汽車被壓了……那還不是你賣給我的材料？……哦，又是我不對了？什麼？他奶奶的，在會上那麼一提，你就縮了頭！哦，你的意思……照章行事？放屁，學校那一項工程是照章的？你包了三次，總務包了兩次，我就只得一次？……哦，你當我是傻子？……出錢出力為華教，你在騙誰……算了算了，我這個財政不幹了，我現在就正式通知你，我辭職！……不管你怎麼說，我是辭定了。哦，開會討論？費事！……我是辭定了，除非這走廊頂蓋由我承建！」

榴槤與女郎

「我說過，一定要帶我上最高級的餐館，吃一頓上等菜。」那女郎對著小圓鏡，一層又一層地在塗口紅。

「你餓了？」他駕著車，不屑地說。

「在舞臺上跳了一個小時，能不餓嗎？」她收起化妝盒，撥一撥長髮：「我這低胸大領裙好看吧？」

「你不穿更好看！」他把車轉入一條小巷。

「老色鬼！」她把領開得更低些：「你進這條巷，不是想吃榴槤吧？」

「對！我正想找榴槤吃。」

「我警告你，這玩笑開不得。我是外地人，不欣賞你們這種臭東西！」

「剛才你在跳，在搖，不是唱什麼，『榴槤，榴槤，我愛榴槤』嗎？」

「放你的屁！那是做秀，你當什麼真？」

他已把車煞住，車旁正是一個榴槤攤。一陣風吹來，他立刻嗅到了榴槤味兒。

「一公斤四塊錢！包吃的。」賣榴槤的青年從木椅上一躍而起，用沙啞的嗓子，說：

「你走運，今晚有上等上的山芭榴槤。」

「快開車！」那女郎捏住鼻子，喊道。他把引擎關上，一下車便捧起了一個青中帶黃的細刺榴槤，嗅了嗅，連連點著頭。

「瞧你的樣子，是個內行的！優待你，一公斤三塊半。怎樣？」

「不瞞你說，過去，我父親有片榴槤園，我幹過這一行！」

「你行，賣榴槤的能坐BMW。」

「要不是屋業走下坡，我說不定還能坐羅斯萊斯。」他捧起另一個榴槤，又嗅了嗅：

「就這兩粒，現吃！」

「要不是合作社出了大蛇，行情又不好，這個時候那還能看到這種好料？」那青年用彎刀打開榴槤：「你的女朋友不吃嗎？」

「她怕榴槤，別理她。」

「不是本地人？」

「一下說是香港紅歌星，一下又說是台灣著名舞女……哼，唱的是淫歌，跳的是艷舞，信她才是笨鳥！」

「她會搭計程車跑回去嗎？」

「明天再去夜總會聽歌，丟幾張大鈔，還不是一樣把她釣回來？」

「這就對了！明天，說不定有錢也吃不到這上等上的山芭榴槤了！」

他蹲了下去，一把抓起果肉，就往嘴裏送。

「老色鬼！你不走，我可要走了！」那女郎在車內大喊。……

「好！」他吮著手指：「再開一個，我一定要吃個夠！」

黃金地

他翻開《財經》版。

綜合指數創新高：達一千兩百點。

他自得地微笑著，睨視一下經理室牆角掛著的父親遺照，然後撥打手機。

「喂，是牛承建公司嗎？我是，圖測既已批准，怎還不快點給我動工？……那是塊黃金地，讓它長草，我還有面子嗎？……對，先把告示牌豎立起來，做好的，要醒目的！」

* * *

他翻開《財經版》。

綜合指數已破一千五百點大關。

他對著父親的遺照冷笑，順手抓起電話。

「喂，是牛承建公司嗎？……告訴繪測師，我在黃金地上興建的六層大樓，增添二樓。……對，要八樓，八嘛，好兆頭！手續、費用，沒問題！」

他翻開《財經》版。

綜合指數跌到一千一百點。

他額頭冒汗，睨視一下父親的遺照，耳朵彷彿聽到父親的冷言冷語。他急忙提起電話。

「喂，是牛承建公司嗎？工程能慢一點動工嗎？不，我的意思是……喂，喂！我想改一改圖測……」

* * *

他翻開《財經》版。

綜合指數一千點大關失守。

他面青唇白，不敢看牆角掛著的遺照，也不敢提起電話。

父親留給他的產業，僅剩那塊黃金地了！他總不能一輩子被指為「敗家子」呀！

驀地，電話鈴響了。

「喂，是銀行經理[illegible]……什麼，限期攤還貸款？什麼，可能被拍賣？你們簡直就是雨天收傘，不近

＊　＊　＊

他默默地走過那塊黃金地，竟然沒勇氣看一眼！工地的機械正忙碌地在操作。

他失落地坐在一個小茶攤，要了一杯濃咖啡。收音機正在報股市行情：

「今早的股市全面上升，綜合指數已衝上一千三百點！」

兩顆淚水，從他眼角滑落。

大傘・小傘

「各位親愛的來賓，讓我們以最熱烈的掌聲來表示對傑出的老工人的敬意！」

烏雲密布的廣場即刻響起了雷動的掌聲。

沙禮伯望了望烏雲，心中卻閃著四周明亮的強光燈的光芒。

他徐徐步上臺去，雖然氣喘得很，但是深感溫暖。

「恭請尊敬的大臣頒發今年度傑出工人獎給沙先生。」

於是，廣場又響起了不絕的掌聲。

滿臉皺紋的沙禮伯綻出一個得意的笑容，不停地揮動著一雙乾癟的手。

從大臣的手中接過了錫盾，沙禮伯緊緊地握著大臣的手，讓記者群不停地拍照。耳邊的掌聲，使他眼角滴下了淚水。

驀地，竟下起大雨來了，廣場上一陣騷動，而人群紛紛奔跑避雨。

就在這個當兒，幾條大漢撐著大傘，匆匆地衝上臺來，爭著給大臣遮雨。

沙禮伯想躲進大傘裏避一避，竟被一個大漢一把推開，差一點兒就摔倒在臺上。

大臣匆匆地走下臺去，那些大傘，就像他的影子，緊緊地跟隨著。

捧著錫盾的沙禮伯，全身已經濕透了！幾陣風吹了過來，他不禁哆嗦起來。不得已，只好徐步走下臺。

當他孤獨地站在臺下時，只見一個老婦人，撐了一把小傘，迎面走來。

「當心著涼呀！」

那熟悉的嗓音，那熟悉的身影，不就是陪伴了自己幾十年的妻子嗎？

沙禮伯眼角流下的，也不知是雨水，還是淚珠，而手中的錫盾卻「乓」地一聲掉落在地上……

但是

「各位社會賢達，各位記者先生，各位先生，各位女士……今天，我感到非常榮幸，能夠第三次蟬聯會長，能夠得到各位的支持和厚愛，使我有機會再為社會作出貢獻……

在過去的四年當中，我已經盡了最大的力量，為我們的同業爭取權益。但是，成績並不理想，這是我再次尋求蟬聯的主要原因。我相信，在座的各位都很瞭解我，我是不到黃河心不死的！無論如何，我都要把同業的權益完全爭取到手……

我們也堅持要在貨車上書寫華文商號，以求提高華文的地位。同時配合華教的要求，更廣泛地使用華文！但是，為了容易獲得交通部的批准，及時發出准證，我們還是堅決地放棄了這個堅持……

我們也曾經通過，為了加強華文的應用，要求同業所用的文檔，必須採用華文。但是，為了節省開銷，用兩三種語文，不如只用一種語文；何況，會計師和查帳官都只看一種語文，那只好把華文給割愛了！

無論如何，我們還是熱愛華文的，我們通過議案，每年撥出一萬元充作華文獨立中學的發展基金。但是，由於今年的會務開銷太大，只好等明年再捐獻了……

各位，我們是龍的傳人，是炎黃子孫，我們不能忘本，我們不能沒有根。但是為了全民的團結，為了子孫的前途，我們必須採取中庸之道，採取忍讓的態度，採取犧牲小我完成大我的精神！這些，都是我們的優良傳統，值得我們發揚光大！

我們應該牢牢記住，華文的地位一定要維護，同業的權益一定要力爭！但是……」

臺下已是鬧哄哄的一片，好多好多的手把酒杯高高地舉起，異口同聲地嚷叫著：「乾……杯！」

第一課

「你叫巴咪，十二歲。」

「是，頭家阿叔。」

「你不讀書了？」

「是，沒錢。」

「你賣過魚嗎？」

「沒有。」

「你懂得賣魚嗎？」

「不懂，頭家阿叔。」

「聽說你在學校成績不錯，只要注意我今天教你的，你就能學得好，當個魚攤的好幫手。」

「我會注意聽的，頭家阿叔。」

「第一，不新鮮的魚，應該說差不多新鮮；而新鮮的魚要說很新鮮，然後加一句價錢當然貴一點！」

「是，頭家阿叔。」

「價格貴的魚，一定要浸了水，然後和包裝紙一起上秤！」

「哦，這樣子魚不是加重了？」

「你倒有小聰明。」

「謝謝你稱讚我，老師也這麼說過。」

「第二，我這裏有兩個秤，你看見了嗎？」

「看見了，頭家阿叔。」

「這一個寫上我的名字的，是秤給政府人員和熟客用的；另外這個沒寫名字的，是秤給那些鄉下來的，或是老婆婆，老阿媽用的……」

「我怎麼知道他們是哪一類人呢？」

「多做幾天，你就自然分辨得出，開始時你只要注意我的眼色和招呼就行了。」

「用兩個秤，不是很麻煩嗎？」

「要賺錢，怕什麼麻煩？」

「是，頭家阿叔！」

「第三，凡是來還錢的，不管我在哪裏，你都必須去找我回來；要是是來收帳的，就算我在附近，你也一定要說我出外坡去了。」

「怎麼知道誰是還錢的，誰是收帳的呢？」

「多做幾天，你就自然分辨得出。」

「哦，那還有什麼重要的事要學嗎？」

「最後一項，也是最重要的，你可一定要牢牢地記住。」

「是，頭家阿叔！」

「萬一有人帶警員來找我，說我的魚斤兩不足，你千萬要說你看錯了秤！就這樣，第一課上完了，我給你日薪三元，工作時間從早上五點到下午兩點半。」

「頭家阿叔，我——」

「別怕警員，你是小孩子，不會有事的。」

「我的意思是，我還是回鄉下去，幫媽媽割膠的好！對不起，頭家阿叔……」

「哼！現在的孩子，笨得很，又不求上進！」

此河不得游泳

四個年約八九歲的村童一邊脫掉身上的衣服，一邊撫摸著自己的肉體；有時還捏捏這裏；有時還捏捏那裏，頑皮地嬉笑。

他們把衣服放在油棕樹下，走到小河旁，一個接著一個地在河邊豎著的「此河不得游泳」的告示牌上撒尿。

「很靈的，公公說，這麼做，河裏的水鬼就不會拉去當替身！」一個說。

「水鬼我不怕，校長我才怕！上回被發現了，打了三鞭，吃不消哩！」另一個說。

「天不下雨，井都乾了，洗個澡，沒錯吧？道德教育課不是要我們天天沖涼嗎？」又一個說。

「媽媽說，海龍王在招女婿，海龍王到底有幾個女兒呢？」這個說完了，便走到告示牌邊去察看那些小字。

「我數過了，那兒有八個名字。」

「瞧，下面還加了個新的，是九個。」他說著，順手拾起一枝木梗，在牌上寫著。

「喂，你寫什麼？」

「你的名字！」

「我打死你！」

「撲通撲通」幾聲，只一會兒，四個村童都在水中了。他們在水中追逐著，有時濺起水花，頑皮地嘻笑著。

那小河並不很深，村童站著，還可以看見肩膀；河水也並不很髒，只是混雜著一層泥色。

「這條河的小魚呢？」其中一個忽然想起，便問一聲。

「是呀，很久沒看見啦，死光了吧？」

「搬家去了，水鬼多的地方，它不怕嗎？」另一個開玩笑地喊。

「真的有水鬼？」

「不然那八個人怎麼死了？」

「雨季大水把他們淹死的？」

「不是，公公說是犯上了，回家生病，不久就死了！」

「又不見水鬼，怎麼會犯上的？」

「水鬼怎麼看得見，又不是開心鬼！」

「公公說，小便便是通告水鬼的。所以我才這麼做。但是我不會相信這些；只是，公公知道我偷偷到這兒游水，我便可以向他發誓：我小便了，不會有事的。就打我罵我，也不會那麼兇！」

「校長今天會來巡察嗎？」

「沒下大雨，他來幹什麼？」

「他是頭風的，有時沒事也會到這兒的。每一回村裏孩子出了事，他都會氣得不得了！村裏要是死了個孩子，大家都說是一個學生死了！他少了一個學生，怎麼不生氣？」

「少說廢話啦，我們一起做潛水比賽，不參加的是水鬼！」

四個村童在小河中玩了整個鐘頭，才穿了校服，想回家去了。

他們從小河走上山坡，整片油棕園，一望無際。

「我大概犯上了。」

「我覺得不舒服，想吐……」

「我也是……」

他們走過那片在蔚藍天空下閃爍著綠油油光彩的油棕園，無數的工人正忙著在亢旱的天氣噴射農藥，小河的上流，一些工人正急著在打水，有的正在洗滌農藥的工具……

中流砥柱

「豈有此理，千人宴開不成，居然連這百人宴都不熱烈！」董事長看了看手錶，眉頭皺成一團：「都快八點了，人還來不到一半。」

「華人就是有不守時的劣根性！」董事總務不停地在弄領帶結：「討厭，真要被悶死呢。」

「為了華教，犧牲了半輩子，二十幾年，也不能說短，連給人家一個光榮的退休都不行，還有什麼人情味？」董事財政似乎在埋怨。他朝那黑得發光的匾額看了一眼，對那「中流砥柱」四個金字點了點頭，說：「已經兩三年沒寫大楷了，要不是校長退休，我才不肯動筆呢！」

「中流砥柱，什麼意思嘛？用『華教之光』或是『桃李滿門』豈不更好？」董事長說：「校長似乎認為這學校沒了他，就得關門了。」

「我還是比較喜歡『功在教育』。」董事總務還在弄著領帶結：「這領帶，真要命！」

「忍耐點。」董事長又在看錶了：「怎麼記者還沒來？對了，我的講稿呢？」他緊張地摸著大衣的口袋，自言自語地說：「剛才，校長交給我，還告訴了我一些字的讀音，怎麼沒了？」

「還有時間，慢慢找吧。」董事財政嘴裏說著，視線還是停留在「中流砥柱」四個金字上。「說好的，今晚上不敷的費用，得由你負責呀！」

「說話算話！」董事長還在找講稿，「我們四個在我那俱樂部打了二十多年麻將，就由俱樂部負好了！希望退休後，校長還能常來，最好是天天來，那麼，四缺一的問題就不會出現了。」

「你看，大家會不會因為學生人數直線下降，對校長不滿？」董事總務看到出席人數還是不到一半，心裏似乎感到不對勁：「都已經八點了，怎麼這麼不守時呀！」

「講稿裏，校長提到了這一點，說是華人不愛華教，只愛名校。」董事長終於從褲袋裏摸出厚厚的一疊講稿：「這可要唸上一個小時呀。」

「唉！人家為華教，都犧牲了半輩子，你唸一小時，又算得了什麼？」董事總務說：「啊！校長來了。」

三個人連忙上前迎接校長，董事財政握著校長的手，問他：「那四個字寫得怎樣？」

董事總務把領帶束緊，喘一口氣，說：「不好意思，出席的人不理想。」

董事長在找他的老花眼鏡：「糟了，我忘了帶眼鏡啦！」

校長強裝了一個笑臉，對他說：「就用我的吧。」

「對呀，打麻將時，我也常借你的眼鏡！」董事長笑開了：「宴會過後，我們四人到俱樂部去，再打通宵吧！」

老人院門口

九個老頭兒把最整潔的衣服穿好之後，站成一排。儘管他們很想把腰給挺直，讓胸膛不凹彎，可惜那些努力都無濟於事。

「算了！」肥肥的油臉發著光的福利部官員歎著氣說：「反正不叫你們當儀仗隊，背駝了，就讓他駝下去好了。」

九個老頭兒這才不約而同地鬆了一口氣，你看看我，我看看你地搖搖頭。

「難得有那麼一位關心老人的慈善家。他等一下不只分送紅包給你們，還決定成立一個委員會，為你們籌款建新居哪！」

九個老頭兒似乎都不約而同地一怔！隨著便交頭接耳地在談著。

「我知道，你們又在懷疑籌款的動機了。過去十幾回，都因負責人沒有誠意，才沒實現你們的願望。可是，這一回，負責人是有頭有臉，有地位有身分的慈善家呀！」他一邊抹汗，一邊說：「等一下大家站在門口拍照，一定要面露笑容。」

九個老頭兒都點著頭，他們知道那照片是要刊登在報上的。不過，他們總是笑不出來。

「這一次的紅包，有多少錢？」其中一個忍不住地問。

「還有比建一間老人院更重要的嗎？」

「那要太多時間了，怕我們等不了。」另一個說：「求你和那慈善家說一說，給個大點的紅包，我們就滿足了。」

「哼！」肥肥的油臉上的眼兒突然露出一道凶光：「你們太沒出息，太沒遠見了！」

九個老頭兒聽他這一說，竟都冷笑起來。他們彎著腰，走到老人院門口，排成一行，在烈日下，額頭上開始冒汗了。

「最怕站在這裏了，幾年來，老朋友是越站越少了！」

一個老頭兒搖搖頭，一臉無奈的神色，望著蔚藍的天空，抖著嗓子說：「每一次，在這門口一站，隔天總會有人病倒；而來的人總是慈善家，走開後就變成了大老千……唉！」

好兄弟

他已經在鬧市兜了十來圈，轉向銀行門口，仍然沒有停車的地方。他的額上冒著汗水，也不知是汽車冷氣不冷，還是他急出汗來。

「領了這五萬現款，搭五點的泰航班機，我們便可以在暹羅逍遙法外了。」

他記著「五點」，那兩張機票確確實實寫著「五點」。

「為了我們生死兄弟，一個泰妹，算得了什麼！事成了，飛到泰國，你我嫖個夠！」

他的電子錶顯示出三點零五分。他把車子駕進地下停車場。

「兩個人，兩條命，從五十萬降到五萬，不值得呀！好在那傢伙守信用，不報警。」

他下了車，匆匆越過大街，三步作兩步地走到銀行大門前。

「三點過了。」大鬍子的保安人員一把將他攔住。

「我的朋友在裏面。」

「我剛從裏面出來，顧客全離開了。」

「不可能呀，我朋友——」

「請你離開。」大鬍子兇巴巴地瞪著他。

他走回車內，汗水直流。他開動汽車，又在街上兜了起來；一雙眼，不停地在掃描。

「在泰國，我帶你去美人窩，十個八個，隨你挑！」

紅燈亮了。他把車煞住。心，開始不規矩地亂跳著。

「找個生死與共的兄弟實在不容易！要不是你這位好兄弟，我才不敢一個人幹這個勾當。」

後面的車子響起汽笛，他看了看交通燈，是綠燈。一踩油門，車子衝了過去。他自覺衣都濕了。

車子飛快地朝著機場駛去。

「兩張機票，五萬塊錢。不對……」

他再看一看電子錶，四點十分。

「難道他是帶了暹妹去度蜜月？」

他打了個寒噤。當他看到警方的路障時，他連忙煞車，罵了一聲：「×你老母！」

三支手提自動機關槍指著他。

警長對他說：

「到警局去，我們需要你協助調查一宗綁架案。」

他呆住了，臉色發青，半晌，他舉起手，走下車，對警長說：

「我給你一個寶貴的情報，五點起飛的泰航班機上，有個綁架案的主腦！他叫……」

公主和番

鑼鼓聲響起了。

花旦對著大鏡，雙眼無神地望著自個兒的公主扮相，耳邊彷彿響起了陣陣的喝彩聲。

趕了近五百公里的路，她的確感到勞累。不過，她心裏想，公主和番，乘的是木輪馬車，一定更累！

老班主打從布幕外縮回頭，雙眉緊鎖地自言自語地說：「取神符保平安的人可不少呀……」

她默望著大鏡，突見爐主、頭家、善男信女……用著幾分愛慕的眼神望著她。她淡淡地一笑，散發出迷人的青春風采。

終於，開場音樂奏起了，依然是中規中矩的〈南進宮〉，高音的板胡，在管弦樂音配合著鑼鼓的節奏中，譜出完美而動人的樂曲，感人心弦。

她站起身來，驀地，感到格外孤單，身邊的小生、青衣、老丑……一一離去，叫她有一種牡丹失綠葉之感……

苦苦熬過的日子，讓她有演技爐火純青的時刻；然而，她沒有絲毫的滿足感，因為，每一次，當她出場時——

老班主歎息地對她說：「無論如何，你得忠於演藝；何況，你是演給九皇大帝觀賞的……」

幕開了，公主帶著哀傷的心情出場，她一眼看去，臺前，除了三幾個老婦人和小孩，但見神廟前高掛著一條紅布，上書「籌募民族文化基金」幾個大金字。

她清脆圓渾的嗓子唱出了「和番」的淒涼，並且真的哭泣起來……

「奶奶，這不是白雪公主，我要回家！」

馬六先生死了

馬六先生死了。

幾個相師聚在一塊兒，都愁眉苦臉，哀聲歎息。

「這樣一個好人，怎麼會死呢？」

賣平安符的自言自語地說：「看他的相，沒有活上九十，也有七十五，何況，我還給了他護身符。」

「我嫌他耳朵不夠長，他掛了金鉤，我說他唇兒太薄，他也留了鬍子。」看命的說：「其實，他長得富貴相，怎地無端端就死了？」

「他排行第六，所以叫馬六。我總覺得，他姓名的筆劃太少，勸他改名。」姓名學相士說：「他也依了，改為馬陸！」

「什麼，馬陸？那不成了『香油蟲』了？太不像話啦，一個大富大貴的人，怎麼變成圓筒形的小爬蟲啦？」看命的插嘴說。

「你懂個屁！」姓名學相士火了，罵著說：「六就是陸，多筆多金；多金就會長命！」

「才四十九，就完了，算長命嗎？」看命的似乎也火了，反問著說。

「好啦，好啦！吵什麼吵，馬六先生千古，是我們傷心欲絕的事，你們還有閒情吵罵？」風水先生一臉嚴肅地說：「四十九加三，也五十有二，應是福壽全歸呀。」

「哦，是福壽全歸！」看命的點了點頭。

「我看過他新建的大宅，前無水，後無山，便勸他要面水背山。」風水先生接著說：「結果嘛，他在屋前挖了個人工湖，屋後堆了三百卡車的紅泥。這倒真是十全十美了。可是——」

「可是他——」姓名學相士沒勇氣把話說完。

「他五十有二便西歸了！」看命的歎息著說。

「為什麼？」風水先生晃著腦袋，問道：「積善之家呀，為什麼？」

「唉！命中註定呀！」姓名學相士和看命的異口同聲地喊了出來。

風水先生點點頭，嗓子低沉得幾乎聽不見：

「失去這麼一個財神爺，看來也是命中註定呀！」

打手

他狠狠地把那瘦個子的青年打了一頓，連那厚厚的眼鏡片也給摔破了。

「不得已呀！」他一把將對方扶了起來，對著那張蒼白的臉龐說：「誰叫你搶走了人家的女朋友，害得人家失戀、痛苦？我拿了人家一百塊錢，只好替人做事啦。」

那瘦個子的青年雙手在摸索著，好像是在尋找他的眼鏡。

「破啦，買過新的吧。」他得意地笑著：「心裏要是難受，就付我一百，我照樣揍他！」

「你——」那瘦個子的青年抹去嘴角的血絲，喘著氣問：「你專打人的嗎？」

「這是我的職業。」

「你打了很多人了？」

「數也數不清。」

「你好寫意呀，又打人，又有錢拿……」

「怎麼樣，四眼仔，要出這口氣嗎？」

「哼！有仇不報非君子。」

「算你有志氣。一百塊錢，打到見血！」

「好。不過，我知道這一次是他那心理不正常的哥哥出的壞主意，所以，我要你揍他的哥哥，就是那個戴著助聽器的傢伙。」

「我是從不講人道的，只要你付錢，殘障的人也打！」

＊　＊　＊

那瘦個子的青年帶著一束紙花，來到病床邊。他把紙花放在那個頭部和左手臂都包紮著繃帶的病人身旁。

「唉！傷得不輕呀……」那瘦個子的青年弄了弄眼鏡，冷笑著說：「現在，你可嚐到挨打的滋味了吧！唉，都怪我，那天沒告訴你，那心裏不正常的傢伙，早幾年就考到跆拳道黑帶九段了！」

馬華文學獎大系10　PG0870

最後一趟巴士
——年紅小說選集

作　　者	年　紅
主　　編	潘碧華、楊宗翰
責任編輯	陳彥廷
圖文排版	彭君如
封面設計	陳佩蓉

出版策劃	釀出版
製作發行	秀威資訊科技股份有限公司
	114 台北市內湖區瑞光路76巷65號1樓
	電話：+886-2-2796-3638　傳真：+886-2-2796-1377
	服務信箱：service@showwe.com.tw
	http://www.showwe.com.tw
郵政劃撥	19563868　戶名：秀威資訊科技股份有限公司
展售門市	國家書店【松江門市】
	104 台北市中山區松江路209號1樓
	電話：+886-2-2518-0207　傳真：+886-2-2518-0778
網路訂購	秀威網路書店：http://www.bodbooks.com.tw
	國家網路書店：http://www.govbooks.com.tw
法律顧問	毛國樑　律師
總 經 銷	聯合發行股份有限公司
	231新北市新店區寶橋路235巷6弄6號4F
	電話：+886-2-2917-8022　傳真：+886-2-2915-6275

出版日期	2012年11月　BOD一版
定　　價	390元

Printed in Taiwan

國家圖書館出版品預行編目

最後一趟巴士: 年紅小説選集 / 年紅著. -- 一版. -- 臺北
市：釀出版, 2012.11
面；　公分. -- (馬華文學獎大系 ; PG0870)
BOD版
ISBN　978-986-5976-85-9(平裝)

857.63　　　　101021062

讀者回函卡

感謝您購買本書，為提升服務品質，請填妥以下資料，將讀者回函卡直接寄回或傳真本公司，收到您的寶貴意見後，我們會收藏記錄及檢討，謝謝！

如您需要了解本公司最新出版書目、購書優惠或企劃活動，歡迎您上網查詢或下載相關資料：http:// www.showwe.com.tw

您購買的書名：________________________________

出生日期：________年________月________日

學歷：□高中（含）以下　□大專　□研究所（含）以上

職業：□製造業　□金融業　□資訊業　□軍警　□傳播業　□自由業

□服務業　□公務員　□教職　□學生　□家管　□其它____

購書地點：□網路書店　□實體書店　□書展　□郵購　□贈閱　□其他

您從何得知本書的消息？

□網路書店　□實體書店　□網路搜尋　□電子報　□書訊　□雜誌

□傳播媒體　□親友推薦　□網站推薦　□部落格　□其他________

您對本書的評價：（請填代號　1.非常滿意　2.滿意　3.尚可　4.再改進）

封面設計____　版面編排____　內容____　文／譯筆____　價格____

讀完書後您覺得：

□很有收穫　□有收穫　□收穫不多　□沒收穫

對我們的建議：________________________________

____

____

____

請貼
郵票

11466
台北市內湖區瑞光路 76 巷 65 號 1 樓
秀威資訊科技股份有限公司 收
BOD 數位出版事業部

（請沿線對折寄回，謝謝！）

姓　　名：＿＿＿＿＿＿＿＿　年齡：＿＿＿＿　性別：□女　□男

郵遞區號：□□□□□

地　　址：＿＿＿＿＿＿＿＿＿＿＿＿＿＿＿＿＿＿＿＿

聯絡電話：(日)＿＿＿＿＿＿＿＿＿＿　(夜)＿＿＿＿＿＿＿＿＿＿

E-mail：＿＿＿＿＿＿＿＿＿＿＿＿＿＿＿＿＿＿＿＿